台湾のみなさんへ
ミステリーは民主主義の
物です。

中山七里

中山七里

印刷簽名版

首刷限定

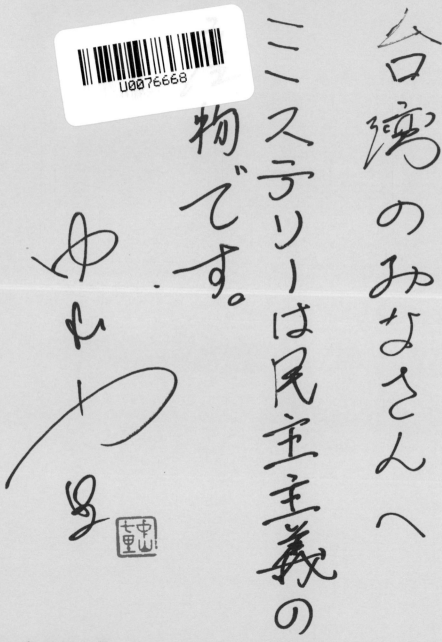

給台灣的朋友們

推理是民主主義的產物。

中山七里

惡德輪舞曲

あくとくのロンド

中山七里

瑞昇文化

目次

好評推薦

「正義是這世上最虛偽的字眼。」唯有對社會、人性觀察深刻的中山七里，方得設計出這樣一位顛覆世俗的反英雄、更徹底破壞倫常價值的主人翁。御子柴禮司重聚親生家人，揭開深藏於過去的祕密。生命由黑轉白、內心野獸卻可能隨時破籠而出的他，也似乎尋找到化解邪惡根源的一絲曙光……本系列您最不能錯過的一本代表作。

——喬齊安（台灣犯罪作家聯會成員／推理評論家）

善人亦可為惡，惡人亦有善念。

作者在編織謎題之際，也在挑戰一般認知中『善』與『惡』的界線。一部顛覆善惡界限的法庭犯罪推理，請暫時拋開要找出『好人』與『壞人』的觀念，抱著單純的解謎心態閱讀。

最後一百頁將有驚人的大反轉，建議一定要讀到最後一頁。

——高雲章（台灣犯罪作家聯會成員、最新出版作品為《集郵者》）

有別於熱血激昂的律師刻板印象，御子柴禮司背負著罪惡的枷鎖，試圖為被告謀求最大利益。與法律的次次周旋，對他來說無疑都是一場戰鬥——想要戰勝曾在心底紮根的邪惡，恐懼著過往憎惡的一切再度襲來。這種內心掙扎在此書中獲得最大的張力，且當真相大白時，讓人感覺驚訝又莫可奈何。

中山七里老師以一貫質樸的文字，帶動情感掙扎，劇情安排相當穩妥，讀來不忍釋卷，讀後心思尤為輾轉。

——沙棠（里爾影展亞洲唯一獲獎圖書：《沙瑪基的惡靈》作家）

任何人都會犯錯，小至職場上出包大至作奸犯科。一般人面對犯錯的人很難打從心裡完全給予原諒或是與對方和解，而對於被法官判決定讞的犯罪者，更是不在話下。惡德律師御子柴禮司身為更生人，能夠扛住來自社會大眾的壓力及歧視，成功地回歸社會，亦是實屬不易。

當年的「屍體郵差」選擇了這條無法後悔的道路，等待著他的重生與贖罪之路即使艱難也必須走完。以整個御子柴系列的發展軌跡來看，和解是一個重要的核心課題。重大案件的更生人用盡全力抗衡社會價值觀而找出獨特的生存之道，同時必須與自己的過去和解，包括需面對大多數人對加害者的歧視、對加害者家屬的鄙視，在承受這些外部聲音的同時，進行親情與人際關係的重建，試圖與社會進行和解並且取得與他人的和平共處來達到內心的平衡。這種強調社會和諧又不忘牽引出單一角色的獨特性，儼然已成為中山七里的招牌。

——白羅（台灣犯罪作家聯會成員、粉絲專頁白羅 at NDHU 版主）

第一章

辯護人的惡德

第一章

1

「對不起，拜託你快死吧……」

郁美一邊勒緊丈夫脖子上的繩索，一邊低聲說道。郁美無法肯定對方是否聽得見。因為丈夫早已不醒人事，也沒有做出任何抵抗的動作。

接著郁美開始脫下自己的衣服。聽說人在斷氣後，會因為括約肌鬆弛出現失禁的現象。穢物要是沾在自己身上，事後可能會讓自己惹上麻煩。因此接下來的步驟，最好還是只穿內衣進行。

肌肉完全鬆弛的肉體，搬運起來分外沉重。郁美以雙臂勾住丈夫的兩側腋下，拖動丈夫的身體。

郁美已經好幾天沒有和丈夫睡在同一張床上，上一次和丈夫發生肌膚接觸，已不知是多久以前的事了。郁美的身體容易發冷，因此常感覺丈夫的體溫較高。但如今丈夫的身體溫度馬上就會快速下降。人只要一死，屍體就會變涼，這雖然是常識，但過去的郁美作夢也沒想到自己有一天會以肌膚的感覺來驗證這一點。

這個斷了氣的男人，是個相當理想的丈夫。個性溫和，說話彬彬有禮，從來不曾在自己的面前出現情緒失控的狀況。不曾對自己說出污穢的字眼，當然也不曾對自己拳腳相向。他的臉上總是帶著溫和的微笑，說起話來輕聲細語。生活中就算有再多的繁瑣與不如意，只要與他聊一聊，心中的煩悶馬上就會煙消雲散。

自己實在是配不上這個丈夫。

不管是學歷還是出身，自己都與丈夫天差地遠。為什麼他會願意娶這樣的女人？他的條件這麼好，應該會有許多更好的對象可以選擇。自己到底是哪一點讓他看上了？如今回想起來，郁美從來不曾當面向他詢問這個問題。

因為根本沒有詢問的必要。

丈夫真的是一個大好人。

郁美殺死丈夫，並不是因為憎恨。

而是因為錢。

再怎麼沉浸於感傷之中，也無濟於事。郁美放下了沉重的丈夫，拿起繩索的尾端穿過「那個」，然後以全身的體重將丈夫吊起來。只要使用這個方法，就算是弱女子也能吊起重物。告訴郁美這個方法的人正是丈夫，這是多麼諷刺的一件事。

驀然間，郁美聽見了咕嚕聲響。郁美不確定那是繩索受到拉扯所發出的聲音，還是尚未死透的丈夫所發出的最後一聲哀嚎。

郁美想要摀住耳朵，卻又不能放開繩索，只好不斷在口中喃喃自語。

老公，對不起。

老公，對不起。

郁美壓抑下了想要尖叫的心情。就在這時，遭吊起的丈夫腿部竟從後方朝郁美撞來。咚的一聲重響，郁美嚇得整個人跌坐在地上。但這個動作反而讓郁美更用力拉扯繩索，丈夫的身體也被吊得更高了。

只差一點點了。

郁美用力拉緊繩索，弓起了身子。遭吊起的丈夫身體不斷晃動，似乎想要掙脫繩索的束縛，卻沒有辦法改變垂吊在半空中的事實。

垂死掙扎的振動，沿著繩索傳到了郁美的手上。那是來自於生存本能的最後抗拒。丈夫的抵抗遠超過郁美的預期，讓郁美緊張得全身僵硬，但此時絕對不能放開繩索。

垂吊在半空中的身體宛如發了狂一般舞動，就像是跳著死亡之舞，而觀眾只有一個人。

快結束了。

快結束了。

郁美更用力握緊了繩索。此時要是放手，一切就會前功盡棄，好不容易下定的決心也會變得失去意義。

郁美維持著這個姿勢靜止不動。過了一會，自繩索上傳來的振動越來越細微。

振動終於完全消失。

郁美深深吐了一口氣，彷彿想要將肺裡的空氣全部擠出來。就在下一秒，郁美聽見了令人極度不舒服的聲音。

噗嘶！

那是糞便與尿液自屍體噴出的聲音。穢物的顏色在屍體的衣著下半身迅速渲染開來。所幸濺出來的穢物沒有沾在郁美的身上，大量的液體沿著屍體的兩腳內側滑落，滴在榻榻米上。不一會，整個起居室裡便瀰漫著一股排泄物的惡臭。

事情到這裡還沒有結束。郁美先將繩索的尾端暫時固定住，然後將事先準備好的梯子搬到起居室的中央。為了不留下痕跡，郁美事先在腳底包上抹布。接著郁美站上梯子，拆開繩索的尾端，綁在門框橫木上。這是最後一個關鍵步驟。郁美使盡全身的力氣，將繩索在橫木上纏繞好幾圈。

確實將繩索的一端綁在橫木上之後，郁美把「那個」打開，將繩索取出，同時取下「那個」。這麼一來，就沒有任何證據可以推測出死者是被人吊起來的。乍看之下只有一具搖搖晃晃的屍體，垂掛在橫木底下。

死者的表情相當猙獰。雖然無法確定死者是否在遭殺害的過程中恢復了意識，但可以肯定的是他走得並不安詳。

對不起……郁美不斷在心中道歉。

對不起。

對不起。

雙腿突然一軟，郁美癱坐在榻榻米上，上半身像得了瘧疾一樣不住顫抖。郁美試著環抱自己的雙肩，但依然沒有辦法讓顫抖停止。原本支撐著自己的使命感及意志力，早已到達了極限。

然而該做的事情還沒有結束。要是在這個時候有人走進來，偽裝的工作將失去意義。

郁美將吊起丈夫身體時所使用的「那個」及梯子放回原本的位置。雖然感覺自己的動作異常緩慢，大腦卻沒有辦法命令手腳加快速度，身體彷彿不再為自己所有。

終於還是動手了。

自己終於成了殺人凶手。

雖然是深思熟慮之後的行動，但恐懼與罪惡感卻壓迫著自己的胸口。持續不斷的嘔吐感，應該也是來自相同的理由。

整理完了現場之後，郁美走向廚房，衝動性地灌下了一大口自來水。水溫半冷不熱，還帶著一股氯的臭味。但是自來水流過喉嚨，還是發揮了緩和恐慌的效果。

郁美坐在椅子上，看著牆上的時鐘。凌晨一點三十二分。雖然不知道有沒有類似的統計，但這應該是相當適合自殺的時間吧。

自己接下來必須回到被窩裡，靜靜地等待天亮。雖然現在自己正處於身心俱疲的狀態，但肯定無法入眠吧。即便如此，還是必須耐著性子等到早上，然後依照平常的時間起床，大叫一聲之後通報警察。

早上我醒來的時候，發現丈夫不在被窩裡。走到起居室一看，橫木的下面竟然掛著一具屍體……

這幾句話，郁美早已推敲過許多次，也練習過許多次。遺書上的簽名也是本人所簽。應該不會有任何環節會引起警察的疑心。

過了一段時間，心中的恐懼與罪惡感絲毫沒有消褪。看來自己實在不是一個適合幹壞事的人。

驀然間，郁美想起了自己是超級大惡棍的母親。這一年來，郁美從來沒有一天忘記這件事。但輪到自己殺人的時候，卻把這件事忘得一乾二淨。

信一郎在殺害阿綠的時候，心情是否也像自己這樣忐忑不安？抑或他揚起了那看似冷酷無情的嘴角？自己明明曾經再三責備及斥罵孩子，如今自己竟然也做出了相同的事情。

這是多麼可笑的一件事，但郁美一點也笑不出來。接下來有很長一段時間，郁美只能將臉埋在桌上。

2

「老闆，這個麻煩您過目。」

日下部洋子將目前正在訴訟中的答辯書放在桌上。雖然原則上御子柴禮司會看過一遍，但這只像是例行公事。這種程度的答辯書，洋子絕對不可能打錯字。

委託者是與御子柴簽了顧問契約的建設公司，訴訟內容是要求損害賠償。這家建設公司所負責施工的某一棟公寓發生了傾斜意外，經調查之後得知當初施工期間的打樁工程資料遭蓄意竄改，而且補強用的水泥也使用了廉價品，不符合當初的設計規劃。建設公司原本希望與住戶們和解，但最後談判破裂。公寓的住戶們聯合起來進行集體訴訟，建設公司於是找上了御子柴擔任辯護律師。

發生在前年的安養院老人殺害看護師的案子，檢察官求處十五年重刑，負責辯護的御子柴成功讓最後的判決縮短為六年。不僅刑期降到了檢察官求刑的一半以下，而且更重要的是御子柴在這起案子裡以「緊急避難」作為辯護重點，讓這起案子一舉成為法曹界人士的注目焦點。由於相關的法律及解釋觀點在日本的法庭上甚少被提出，因此這起案子不僅受法律方面的專業雜誌爭相報導，甚至是在一般的報紙及週刊雜誌上也常被提及。原本御子柴因背景經歷頗受爭議的關係，有一段時間客戶大幅減少，但是在安養院的案子宣判之後，這些客戶都漸漸回流了。雖然跟全盛時期相比尚有所不及，但也與兩家企業簽訂了顧問契約，其中一家就是前述的建築公司，另外一家則是某藥廠。

洋子看起來心情不錯，或許是因為最近事務所的經營狀況逐漸好轉的關係吧……御子柴正這麼想著，忽聽洋子問道：

「老闆，事務所的獲利如果持續增加，您會搬遷回虎之門嗎？」

「怎麼突然問這個？妳想念起了高樓大廈和時尚的餐廳？」

「不是的……這裡的租金比虎之門的辦公室便宜得多。」

「所以才搬到這裡來。」

「兩家法人的顧問費用，扣掉這裡的租金及我的薪水，還是有不少的盈餘。」

「妳想表達什麼？」

「就算解除跟宏龍會的顧問契約，我們的事務所還是經營得下去。」

御子柴登時恍然大悟。

仔細觀察洋子的表情，發現她的神情中流露出一股不成功便成仁的決心。看來她也很清楚站在事務員的立場要求老闆挑選客戶是非常不合身分的行為。

「好不容易很多正常客戶開始回流了，我認為應該要在牽扯不清之前，跟宏龍會劃清關係。」

「過去我從來不曾跟特定客戶發生牽扯不清的狀況。」

「或許老闆沒有那樣的意圖，但宏龍會很想把老闆拉進他們的組織裡。」

「妳的意思是我應該憑自己的好惡挑選客戶？」

「宏龍會不是普通的客戶，他們是反社會勢力。我們應該要努力增加的是正常的客戶，和那種組織牽扯不清只會打壞我們事務所在社會上的評價。」

御子柴聽了洋子這番話，嘴角不由得微微上揚。

當黑道的顧問律師，根本不是什麼大不了的事情。畢竟自己年輕的時候可是重大犯罪的少年犯。

「那我問妳，正常客戶指的是什麼樣的客戶？為了節省建築經費而竄改打樁資料，違反設計規劃使用廉價建材的建設公司？還是就算研發的疫苗會產生副作用也不肯下架，堅持要把庫存賣完的藥廠？」

洋子默不作聲，眼神顯得相當沮喪。

「妳說得沒錯，宏龍會是反社會勢力，但我幫他們辯護的案子，不過是違法持有槍械及毒品，以及暴力妨礙業務執行。比起建設公司販賣會傾倒的公寓，以及藥廠明知道疫苗有副作用也不肯下架，那一邊對社會的危害較大？」

「您的意思是說，這兩家企業比黑道幫派還不如？」

「我的意思是遭受危害的人數不可同日而語。這個社會喜歡以身分及衣著來作為判斷的基準，所以都抱持著厭惡黑道分子的刻板印象，但事實上有很多平民百姓及企業也是每天幹著壞事。差別只在於黑道分子知道自己是壞人，平民百姓喜歡假裝清高。」

「照您的說法，所有客戶都是壞人？」

「我自己也不是什麼正派的律師，只能說物以類聚。要在我的客戶裡找到好人，恐怕並不容易。」

那些客戶挑上自己為顧問律師，可見得看重的不是表面功夫，而是真正的辯護實力。像這樣的委託者，當然不會是什麼道德高尚的人物。況且事態既然已經發展到需要辯護律師的階段，公司在社會上的形象及名聲大概早就已經跌至谷底，就算選個帶些污點的律師，對公司形象也已經沒有什麼太大的影響。

洋子微低著頭，噘起了嘴。她不再試圖反駁，轉身回到自己的座位。御子柴實在不明白，為什麼她寧願讓人在背後指指點點，也不願意辭去事務所的工作。

就在這時，外頭傳來了敲門聲。御子柴反射性地望向洋子。就自己所知，今天的這個時間並沒有安排任何面談。

「應該沒有事先預約。」

洋子微歪著頭，走向門口。現在的情況已經跟以前大不相同，自從御子柴的惡名傳了開來之後，幾乎不會有突然登門拜訪的委託人。會來到事務所的人，大多是想要將御子柴從前所幹的壞事加油添醋地寫成文章的記者或自由媒體工作者。

「既然沒有預約，不用給什麼好臉色。如果不是想要委託案子的客戶，就直接趕走吧。」

由於事務所內擺了一座隔板，從門口處看不見御子柴的身影。洋子只要堅稱御子柴不在，對方大多會放棄離開。

然而結果並不如御子柴的預期。

「請稍等一下。」

洋子與來訪者交談了兩、三句話，帶著一臉狐疑的表情走回御子柴的面前。

「這位客人說是要委託辯護，還說跟您很熟。」

「跟我很熟？」

御子柴忍不住重複了洋子的話。就在這時，委託人已經走進了事務所內。

那是個年約四十歲左右的中年婦人。剛開始的時候，御子柴完全不認得眼前的婦人是誰。但是過了幾秒之後，婦人的臉孔逐漸與記憶中的少女臉孔重疊在一起。

不可能吧……

御子柴不禁站了起來。

「好久不見了。」

女人的臉上毫無笑容，而且明顯流露出對御子柴的厭惡。

「還記得我是誰嗎？」女人問。

「我才剛想起來。」

「是嗎？我可是沒有一天忘記你。」

女人沒等御子柴招呼，就自行在接待客人用的椅子上坐了下來。從她那態度看來，她似乎相當有自信，御子柴絕對不會拒絕她的委託。

「人家說打人的記不住，挨打的忘不了，果然是真的。」

女人的名字叫做梓。

她是御子柴的妹妹，比御子柴小了三歲。

洋子或許是感覺到對話的氣氛頗不尋常，相當識相地躲進了事務所的後頭。對御子柴來說，洋子的這個貼心舉動毫無意義，但梓明顯露出了鬆一口氣的表情。

梓的年紀與御子柴差了三歲，年紀應該是四十出頭，臉上卻有著此時的年紀不應該出現的明顯皺紋。不過那似乎不是因為老化，而是因為太常愁眉苦臉，導致皺紋一直留在臉上無法消除。她的頭髮乾癟沒有油光，手指看起來也很粗糙，顯然從事的不是什麼輕鬆的工作。

「沒想到你當上了律師。」

「妳一直不知道？」

「我沒有理由知道，也不打算知道。如果可以的話，我永遠不想見到你這個人。」

御子柴因殺害住家附近女童而遭逮捕，是在昭和六十年（一九八五年）八月，當時梓還是個國小五年級的女學生。御子柴在接受偵訊的期間，就只有母親來探望過一次，父親與梓一次也不曾出現在御子柴的面前。進入關東醫療少年院之後，御子柴跟母親也疏遠了。算起來到現在已過了約三十年，御子柴再也不曾見過妹妹，甚至連聲音也不曾聽過。因此雖然是親妹妹，認不出來也是理所當然的事情。

兄妹之間原本感情就不好。一來可能是因為年紀差了三歲，二來可能是因為御子柴從小就表現出了不同於一般人的感受性，因此御子柴常常懷疑自己跟梓根本不是親兄妹。對於這個妹妹，御子柴從來不曾感受到親情，雖然住在同一個屋簷下，御子柴總覺得自己與妹妹並不是相同的生物。因此即便獲得了「御子柴禮司」這個新名字，離開了少年院，御子柴從來不曾回想起關於這個妹妹的事。

「你知道爸爸已經過世了嗎？」

「教官跟我說了。」

「你心裡沒有一點罪惡感？」

御子柴得知父親園部謙造自殺的消息，是在十五歲的時候。當時的御子柴還沒有找回人性，而且也還沒有適應醫療少年院裡的生活。當負責教育院生的稻見教官將父親自殺的消息告訴御子柴的時候，御子柴絲毫不以為意，甚至不認為這件事跟自己有關。

御子柴沒有回答妹妹的問題，梓按捺不住情緒，接著說道：

「反正我猜你應該是一點也不在乎吧？當時有高高的圍牆保護著你，你在裡頭過著衣食無缺的生活，還有教官呵護關心，你跟你的惡棍朋友們每天過得逍遙自在，甚至還有時間讀書，你當然不會在意發生在圍牆外頭的事。」

梓說得憤恨不已。光是從她這幾句話，便不難想像她這三十年來過著什麼樣的生活。不，就算沒聽妹妹這麼說，御子柴心裡也很清楚。御子柴身為律師，當然很瞭解這個社會及新聞媒體對犯罪加害者的家屬有多麼殘酷。

「因為你的關係，我們園部家可說是名副其實的家破人亡。」

「妳一直維持著園部這個姓氏？」

「怎麼可能……我跟媽媽都改回了舊姓薦田。但你以為這個社會會輕易原諒園部家的人嗎？」

梓的抱怨已讓御子柴開始感到不耐煩。

「妳來找我，就只是為了對我說這些？」

「不，我來找你是為了委託辯護工作，我剛剛不是說了嗎？」

「妳搞砸了什麼事？」

「不是我，是媽媽。你該不會連這件事也不知道吧？」

「妳們改名換姓，就算我聽到消息，也不知道跟妳們有關。」

梓嘆了一口氣，流露出錯愕與輕蔑。

「媽媽上個星期遭到逮捕，罪名是殺害丈夫。」

御子柴吃了一驚，問道：

「她再婚了？」

「媽媽去年再婚了，對方姓成澤，聽說也是再婚。我只知道他們是在相親聚會上認識的，對方似乎是很善良的人。」

「很善良的丈夫，沒有理由遭到殺害。」

「……你這種講話尖酸刻薄的個性，從以前到現在都一樣。」

御子柴不敢肯定她是刻意挑釁，還是單純說出了心中的感想。雖然是親妹妹，畢竟跟陌生人沒有兩樣，因此御子柴只是默不作聲，沒有表現出任何反應。

「媽媽說人不是她殺的。」

「抓錯了人？」

「但警察不這麼認為。」

梓簡單說起了案情的來龍去脈。

上個星期的七月四日清晨，東京都世田谷區三軒茶屋三丁目的成澤家傳出了命案。通報者是成澤家的女主人成澤郁美，她向警方聲稱「丈夫死在起居室裡」。世田谷警署的員警接到通訊指令中心的指示後趕往現場查看，發現確實如女主人的通報，成澤拓馬在門框橫木下吊頸而死。由於現場留有遺書，警方初時研判為自殺，但在其後的調查行動中，警方開始重視他殺的可能性。

「那個成澤好像很有錢，除了媽媽之外沒有其他的親人，因此警察懷疑媽媽為了得到遺產而殺人。」

「警方找到了什麼關鍵證據？」

「我沒有跟他們住在一起，不清楚詳情。我問警察，警察也不肯說。」

從梓的說明裡，除了郁美遭逮捕的事實之外，幾乎得不到任何有用的訊息。在這種母親遭遇劫難的緊要關頭，梓不可能故意省略什麼案情細節不講，想來應該真的是一無所知吧。

「媽媽沒有認罪？」

「警察不讓我見媽媽。」

連親女兒也沒辦法會見，應該是檢察官向法院申請了羈押禁見吧。

裁定羈押禁見的案子大致上分為以下三類。

（1）犯罪嫌疑人居無定所，與第三者會見恐有逃亡之虞者。

（2）犯罪嫌疑人否認犯行，有湮滅證據或串供之虞者。

（3）詐欺案件、藥物案件、黑道幫派相關案件等等，具組織犯罪嫌疑，有湮滅證據或串供之虞者。

目前雖無法得知郁美本人作何供述，但（1）及（3）皆與事實不符，想來應該是（2）的情況吧。梓曾說母親不承認殺人，這點也符合（2）的條件。

不過御子柴自己也不敢十分肯定，因為還沒有與母親談過，無法斷定母親是否當真沒有殺人。

一般情況下，身為兒子一定知道母親的為人，通常會毫無條件地相信母親沒有犯罪。但是御子柴並不瞭解郁美的為人，不清楚她擁有什麼樣的靈魂。再加上三十年的歲月，要改變一個人可說是綽綽有餘。

「這麼說來，辯護的委託人是妳，而不是嫌疑人？但是辯護人委任書上頭，還是必須有嫌疑人本人的簽名。」

御子柴擺出一副傲然睥睨的態度。

「還有，律師費是誰要出？是妳，還是嫌疑人？」

「為母親辯護也要收錢？」

「既然提供專業服務，收錢是天經地義的事情。」

「看來你比傳聞更加不要臉。」

「我不知道妳聽到了什麼樣的傳聞，但既然知道我的工作，應該也知道我收費不便宜。」

「你要拒絕這項委託？」

「不，我只是想確認由誰支付律師費用，以及是否能獲得嫌疑人的承諾。」

「好歹我們從前也是一家人。」

「妳希望我變回從前的園部信一郎？」

梓聽到這句話，皺起了眉頭，露出明顯的不悅表情。這反應完全符合預期，御子柴暗自竊笑，說道：

「我不是不想接這個案子，只是想強調礙於私交或情面接下工作往往不會有好結果。同樣的道理，妳如果是想靠親情讓我接下這個工作，就別指望我會盡心盡力。」

「律師費用應該不是什麼大問題。」

梓並沒有輕易退縮。

「那過世的丈夫很有錢，媽媽若能獲判無罪，就可以繼承遺產，支付律師費用。」

前提是必須獲判無罪。

「事實上我委託你辯護，除了因為曾經是家人之外，還有另外一個理由。」

「什麼理由？」

「沒有律師願意接這個案子。」

這次輪到梓對著御子柴傲然睥睨。那模樣所代表的不是自信，而是對眼前之人的輕蔑。這可說是兄妹的少數共通點之一。

「成澤郁美以前叫園部郁美，是『屍體郵差』園部信一郎的母親……每個律師在得知這件事之後，都拒絕為媽媽辯護。現在似乎大家都知道當年的『屍體郵差』如今變成了律師，知道媽媽名字的人當然也不少。」

御子柴心想，這也是理所當然的事。法律界多的是喜歡自詡為正義之士的人。這些人自以為是法律的守護者、人權的堡壘。要是裡頭混進了一個曾經是少年犯的人，消息當然會瞬間傳開，從前的案子會被挖出來討論，當事人會遭到排擠，這些都是可想而知的事情。

「公設*律師良莠不齊，沒辦法讓人安心。」

「這確實沒有錯。」

「我拜託了五個律師，五次都被拒絕了。而且他們都說了相同的話……為什麼不去找嫌犯的兒子辯護？」

梓的嘴角流露出了不知是自虐還是侮蔑的情感。

「你雖然是個人渣，但辯護的能力聽說不錯。雖然手法卑劣，還會收取高額報酬，在法庭上卻是百戰百勝的高手。幾乎每一個人都說，你是為成澤郁美辯護的不二人選。」

雖然這個委託人說話相當難聽，但御子柴不會將個人好惡當作判斷是否接受委託的依據。

「只要能拿到足夠的報酬，叫你為任何人辯護，應該都不是問題吧？」

「錢沒有乾淨與骯髒之分。」

「那你就接下這個工作吧。拯救親生母親，應該能夠稍微挽救你在社會上的形象。」
「我不需要什麼社會形象。」
「那你需要什麼？」
「詳細的案情……不，首先需要的是嫌疑人的委任書。」
「媽媽還羈押在世田谷警署，你快去見她吧。」
「我還沒有答應要接這個案子。」
「你為媽媽辯護，也算是還債。」
「還債？」
「你對園部家做的事，就算你忘記了，家人們可永遠不會遺忘。你殺了爸爸，還毀了我跟媽媽的人生，這筆債你非還不可。我們早已不當你是家人了。但你對我們做了那麼過分的事，竟然還有臉拒絕我們的要求？為媽媽辯護，是你的義務，你無權拒絕。」
「妳們的人生過得怎麼樣，不是我應該負責的事情。我也不記得曾經向園部家的人借錢。」
「你……」
「但我也沒說不接這個案子。我的意思是目前不知道詳細的案情，也沒有得到嫌疑人的承諾，我沒有辦法現在就答應妳。」

＊「公設」原文為「國選」，指的是被告無力延請律師，由法院代為指定公設辯護人的情況。

梓似乎明白繼續說下去也沒有任何意義，從桌上扯下一張便條紙，在上頭寫了十一個數字。

「這是我的手機號碼。」

為什麼沒有寫地址？御子柴還沒有開口詢問，梓已主動說道：

「有什麼事情要談，打電話給我就行了。我不想讓你知道我的現況，也不希望你跑到我家來。」

「真是強人所難的做法。」

「比起殘殺五歲女童，我這個做法溫和多了。」

梓說完這句話後，便起身走出了事務所。離去前一句客套話也沒說，反而給人一種乾脆明快的感覺。

躲在裡頭的洋子見梓離去，才走了出來。

「談得如何？」

她似乎完全沒有聽見兩人的對話內容。

「我還不確定要不要接這個案子。」

「是認罪的案子，還是不認罪的案子？」

「這也還不清楚。」

洋子沒有再多說什麼，但從她的表情可以看得出來，她非常希望御子柴能夠接下這個案子。洋子本來就是個不擅長隱藏心事的女人，她應該是希望多開拓一些新的客戶，減少來自宏龍會的案子。

「幫我找出上個星期的報紙。」

網路新聞因為太注重速度的關係，可信度較為薄弱，而且並不是所有的新聞都會出現在網路新聞上。

如果是最近發生的案子，照理來說自己應該會有些印象才對……御子柴抱著這樣的疑惑攤開一份份報紙快速瀏覽，找到了相關的報導。

〈七月五日，世田谷警署依殺人罪嫌逮捕了居住在世田谷區三軒茶屋三丁目一二五五番地的家庭主婦成澤郁美（六十八歲）。嫌犯成澤是數天前疑似自殺的成澤拓馬（七十五歲）的妻子，員警經調查後懷疑死亡現場有可能是遭人刻意布置安排成自殺的模樣。嫌犯成澤是在四日的清晨通報警方，聲稱丈夫在自家的起居室內上吊自殺。〉

報導的內容相當簡潔而單純。沒有寫出警方懷疑自殺現場是刻意布置的根據，應該是警方基於某些理由而下了封口令吧。御子柴讀完了報導，對案情的理解依然相當模糊。當初自己讀了報導之後並沒有將這起案子放在心上，理由也很單純。從報紙上的文章，只能得知死者成澤拓馬是個老人，無法得知他擁有龐大的財產。既然不是什麼能夠大撈一票的案子，御子柴當然不會特別記在心裡。

當務之急，是必須與嫌疑人見上一面才行。除了討論案情之外，還必須讓嫌疑人在辯護人委任書上簽名。只要能夠獲得嫌疑人的簽名，後續的事情處理起來就會順利得多……但不知道為什麼，御子柴就是覺得提不起勁。

身體明顯產生了變化。過去的自己只要心意一決，馬上就會採取行動，如今自己的身上卻彷彿有著無形的枷鎖，阻撓自己依照想法採取行動。

「老闆，怎麼了嗎？」

「……沒什麼。」

御子柴以宛如對他人的身體下令一般，命令自己的身體站起來。做出這個動作並沒有任何問題。

御子柴思索了一會，想到了一個驚人的可能性。

這個可能性讓御子柴感到無比錯愕。

母親與妹妹意外出現，母親背負了殺人嫌疑，而且竟然要委託自己進行辯護……這種種的要素，都足以影響自己的判斷能力。自己感覺身體異常沉重，理由很有可能就是因為大腦過度負荷。

家人！

在這個字眼裡，御子柴所感受到的只有「陳腔濫調」及「虛有其表」。一家人圍著餐桌吃飯，父母的臉上總是帶著空洞的微笑，妹妹的吵吵鬧鬧更是與氣氛格格不入。

在那樣的環境裡，御子柴永遠是孤獨的。家人們說的話，御子柴總是左耳進、右耳出。家人們臉上的喜怒哀樂，在御子柴看來都像是戴上了面具。

因此對御子柴來說，所謂的家人其實就跟陌生人沒有兩樣。如今雖然是為母親辯護，但在御子柴的心裡，這跟一般的工作沒有什麼不同。然而不知為什麼，御子柴感覺心頭異常紊亂。

想來想去，還是想不出合理的結論。御子柴已經許久不曾有此感受，因此更加摸不著頭緒。

御子柴胡亂在記憶深處摸索，驀然間十一歲時的梓及年輕時的母親身影浮上心頭。御子柴從來不曾嘗試將這些記憶從心中抹除。

但那並非因為心中還有著依戀與不捨，事實上剛好相反。

正因為對家人不抱任何感情或感傷，所以家人的記憶從來不曾成為御子柴心頭的負擔。

御子柴告訴梓，不管有沒有血緣關係，只要能夠拿到自己所期望的報酬，自己願意為任何人辯護。即便對方是當世罕見的殺人魔，或是吸毒成癮的廢人也一樣。御子柴是真心這麼認為。

但是這一次，情況有些不同。

那是一種沒有辦法訴諸於理性的感情。過去御子柴甚至不認為自己會有這樣的感情，但如今這些感情卻干擾著自己的理智。

該死。御子柴在心中低聲咒罵。

一個能夠對檢察官、法官及被告的心態瞭如指掌的律師，如何能夠連自己的想法也摸不清楚？過去御子柴很少像這樣陷入焦躁不安的狀態。當御子柴回過神來，竟發現洋子站在自己的面前。

「什麼事？」

「呃，老闆……您今天下午一點有行程……」

現在的自己果然有些不太對勁。

御子柴問了詳情之後，才猛然想起這件工作。

「我現在就出發。」

御子柴前往了位於八王子的醫療監獄。

八王子醫療監獄通稱「八監」，收容的是犯罪傾向較不明顯的初犯，或是罹患身心疾病的犯人。雖然有著高聳的圍牆，但門口的警衛戒備看起來並不森嚴，與其說是監獄，看起來其實更像是醫療機構。

監獄內部給人的印象，更明顯偏向醫療機構而非監獄。雖然並非完全看不到獄警，但護理師的人數比獄警更多。整座監獄鴉雀無聲，這點與一般的監獄大致相同，但寂靜的背後所代表的意義卻截然不同。籠罩著一般監獄的是規矩與服從，但籠罩著這座醫療監獄的卻是病痛與絕望。

御子柴完成了申請程序，在會客室裡等了大約五分鐘，便看見自己這次預定要見的人出現在壓克力板的另一頭。那人由於行動不便，因此由獄警推著輪椅。

「嗨，御子柴大律師。」

坐在輪椅上的稻見武雄臉上漾起微笑，朝著御子柴靠近。上一次御子柴前來探視稻見，大約是兩個月前。跟當時相比，稻見的雙頰似乎削瘦了些。

「嗯？你是不是看見我的面容變瘦了，所以有些擔心？你放心吧，只是消掉了一些贅肉而已。這裡的管理比長照中心還嚴格。」

「我一點也不擔心。」

「你應該很忙吧？不必來看我這麼多次。」

「我是你的辯護人，要是你死在收容機構裡，我可是會睡不安枕。」

「服刑期間，我是絕對不會死的。還沒服完刑就死，可就對不起從輕發落的法官、參與訴訟的檢察官，以及幫助我減少了刑期的御子柴律師。」

即使進了監獄，這老頭還是把這種話掛在嘴邊……御子柴不禁咂了個嘴。這傢伙的頑固跟守舊，從以前到現在都不曾改變。

當初御子柴待在關東醫療少年院的期間，稻見是御子柴的指導教官。但後來稻見成了看護師殺害案的被告，御子柴於是挺身為他辯護。有些人以孽緣來形容兩人的關係，但御子柴並不放在心上。

「已經習慣這裡的刑務勞動了嗎？」

「對我來說，那跟遊戲沒有兩樣。我負責的工作是製作紙袋，說穿了就類似家庭代工。早上七點五十分開始做，做到中午吃飯休息，下午再做到四點三十分。過了這段時間之後，在晚上九點就寢之前，基本上就只是無所事事，這樣的生活跟我在『伯樂園』沒什麼太大的差別。或許我這麼說有些失禮，但我總覺得應該更嚴格一點才對。」

「收容設施的選擇，是在考量你的身體健康狀況後決定的，你無權變更。」

「至少應該罰我每天重勞動，累得像條狗吧？」

「要求身障人士重勞動，可能會衍生人權問題。」

「人權？」

稻見的口氣彷彿在談論一件與自己無關的事情。

「當然我的意思並不是受刑人的人權並不重要……但如今自己成了受刑人，總覺得這裡注重人權有些過了頭。就算我再怎麼依照獄警的指示從事勞動工作，也完全沒有正在贖罪的感覺。這裡的生活可說是與接受懲罰天差地遠。」

「那是因為這裡是醫療監獄，狀況比較特殊。」

「就算是一般的監獄，大概也是半斤八兩吧。監獄裡的勞動工作，其實跟外頭的工作沒什麼不同。

不，單以肉體勞動來說，外頭還比這裡更累。」

「每個人對累的定義並不相同。光是要二十四小時受人監控，而且必須隨時服從獄警的命令，對許多人來說就是一件很累的事情。」

「這麼說起來，御子柴律師可說是救了我兩次呢。」

「兩次？」

「一次是幫我辯護，另一次則是讓我的腳沒辦法走路。要是我的腳還很健康，我接受的刑罰應該會跟現在不同吧。」

稻見的腿部不良於行，是因為從前在醫療少年院的時候，遭御子柴在左腿上刺了一刀。如果稻見說的是真心話，這是多麼諷刺的一件事。

「御子柴律師，我倒很想問你，你還好嗎？」

「工作順遂，沒有任何問題。」

「我看不見得吧？你說起話來一點也不像以前那麼犀利。」

稻見由下往上觀察著御子柴的臉色，那態度帶著三分調侃與三分關心。

「要是一天到晚講話尖酸刻薄，怎麼會有客戶上門？」

「人家說講話尖酸刻薄是智慧的象徵，但就算是再有智慧的人，在面對沒有經驗的事情時，往往也是沒皮條。」

「我不知道你想表達什麼。」

「每當你有掛心之事時，你就會露出那種眼神。」
稻見的目光突然變得犀利。
御子柴記得很清楚，那正是教官在質問院生問題時的眼神。
看來是很難瞞過眼前這個男人了。就算想隱瞞不說，他也會不斷追問吧。
御子柴無計可施，乾脆一鼓作氣把郁美的事全說了出來。三十年沒見的妹妹梓突然來訪，告知了母親郁美所遭遇的事件，還委託御子柴擔任辯護人。
不知道為什麼，當御子柴在稻見面前說出事情原委時，更加感覺郁美的事與自己無關。一起了話頭，便再也停不下來了。
稻見聽完了整件事情之後，依然維持著犀利的眼神。霎時間，御子柴感覺彷彿回到了院生時代。稻見的沉默所造成的壓迫感甚至超越了大聲斥責。明明不發一語，卻足以讓院生汗流浹背。
「你會接下這個辯護工作，對吧？」
「我還沒有決定。」
「不，你一定會接下。」
「請不要代替我下斷言好嗎？你不是我，我不是你。」
「不用說那些有的沒的。還沒有決定？若是平常的你，要接或是不接都可以當場決定。而且可不是魯莽決定，你具有在一瞬間判斷出利益得失的能力。從前你還是院生的時候，我可是被你這個能力嚇到過好幾次。」

「請別再提以前的事，我的耳朵快長繭了。」

「一個人要改變沒那麼容易。我現在談的不是從前的事，而是現在的事。你沒有立刻下決定，證明了你心裡有著想要接下這個案子的想法，你只是需要一個人在背後推你一把。」

「你喜歡為他人做性格診斷，那是你的自由，但是……」

「這不是診斷，而是經驗。你忘記我當你的教官當了幾年？」

稻見將臉湊了過來，鼻尖幾乎貼在壓克力板上。

「你自己難道不這麼認為嗎？」

「畢竟我還不知道詳細的案情，跟嫌疑人也還沒有談過。」

「但你們是母子，不是嗎？」

「這關係只會帶來負面影響。」

「為什麼？」

「既然她是我的母親，殺了人也不是什麼奇怪的事。」

「不要說這種話。」

稻見驟然皺起了眉頭。這個男人的每個舉動都符合御子柴的預期。

「這是很糟糕的自虐想法，沒有任何科學根據，而且太不健康了。」

稻見的眼神突然變得柔和。

「但這種酸溜溜的話確實是你的風格，這或許不是壞事，我看你差不多該下定決心了吧？」

「下定決心？」

「真正讓你迷惘的不是該不該接這個辯護工作，而是另一件事吧？」

「什麼事？」

「你不是不喜歡接受別人的性格診斷嗎？」

稻見竟然賣起了關子。

「總之你就跟你母親見上一面如何？連面也沒見到，說得再多也只是鑽牛角尖而已。」

「鑽牛角尖是我的自由。」

「你這小子真是的，連煩惱的時候也這麼頑固。」

御子柴聽稻見罵自己頑固，心裡一點也不著惱，或許是因為稻見自己也很頑固的關係。

「轉換立場也是一個好方法。只當對方是一名嫌疑犯，而不是母子或家人。這對你來說應該不會太難才對。只要辯護成功，你就能夠拿到高額的報酬，不是嗎？」

稻見露出了戲謔的微笑。

「這麼露骨的激將法倒也少見。」

「俗話說坐而言不如起而行，腦筋好的人往往會想得太多，鑽進自己的死胡同。鑽進死胡同的人，到頭來只能坐井觀天，活在自己的小框框裡。我想你應該很清楚這個道理。」

御子柴心想，這個男人應該是把坐井觀天、活在自己的小框框裡跟名為「怠惰」的罪惡劃上了等號吧。

但那真的是罪惡嗎？

有很多人必須坐井觀天才能獲得活下去的動力。走出小框框的結果，往往是面臨絕望。

稻見的哲學實在是太陳腔濫調了。那是昭和時代的觀念。如今就算他重新當上醫療少年院的教官，他那套理論對如今的院生恐怕也不再適用。

「你似乎不太認同？」

「你的想法總是這麼陳腐。」

「教訓人的話，哪一句聽起來不陳腐？老頭子說話，陳腐一點也是理所當然的事。」

稻見這番話說得既豪邁又霸氣，實在不像是囚犯應該說的話，卻完全不會讓人感到不舒服。

就連推著輪椅的獄警，似乎也對稻見抱著三分敬意。

通常檢警界人士如果淪為囚犯，很容易遭到其他囚犯欺凌，但在這「八監」似乎沒有這樣的現象。不過稻見就算陷入那種悲慘的局面，他也會甘之如飴，認為那是懲罰的一部分吧。

「如果你遇上了什麼不該發生的狀況，請你立刻告訴我。我身為你的律師，這是我的基本義務。」

「你先別管我了，快把那起案子解決吧。」

「你連我的工作先後順序也要干涉？」

「呵呵，你終於承認這是『工作』了。」

稻見露出了得意的微笑。

「既然是工作，唯一的問題就只是報酬的多寡。不是嗎，御子柴律師？」

看來繼續說下去，也只是被稻見牽著鼻子走。

「那我就遵照你的忠告，回去做我的工作了。」
「既然你已經聽我講了這麼多話，不妨再聽我最後一句。」
「你又想說什麼？」
「直到今天，你依然當我是教官，對吧？」
「……因為你是唯一讓我學習成長的人。」
「同樣的道理，你的母親也是唯一生下了你的人。」

離開了醫療監獄之後，稻見說的那些話依然在御子柴的腦中揮之不去。這老頭明明已經辭去法務教官的職務數十年了，說起話來還是這麼討人厭。

接下來該怎麼辦才好？

如果只是單純的工作，根本不需要任何遲疑。需要在意的事情，只有委託人能不能付得出自己所要求的報酬。要得到這個問題的答案，就必須檢視委託人的資產。雖然梓說成澤拓馬很有錢，但這種傳聞是不可靠的。法庭訴訟的證據調查，與委託人的資產調查，這兩件事情在本質上其實非常相近。需要做的事情都是舉證、核對及確認權利關係。

這也意味著不管要不要接這個案子，都必須與嫌疑人見上一面。

御子柴帶著自嘲的微笑，坐上了車子的駕駛座。

客的消息，於是轉身走向會客室。

3

千代田區霞關一丁目，中央共同廳舍六號館。槙野春生一回到辦公室，立刻從事務官的口中得知有訪客的消息，於是轉身走向會客室。

上任至今已過了五年，手上的案子一直處於過度飽和的狀態，雖然處理案子已算是駕輕就熟，但每次出庭之後，還是會產生輕微的疲勞感。有一些檢察官前輩將這種疲勞感稱作「激昂感的殘渣」，但不管是什麼殘渣，疲勞就是疲勞。槙野本來想在辦公室裡抽根菸，稍微休息一下，沒想到一進門就聽到了有訪客的消息，心裡不禁咕噥了兩句。

到底是哪個混蛋跑來打擾我休息……但這種類似空腹感的憤怒，在打開會客室房門的瞬間登時消失無蹤。

「你看起來氣色不錯。」

坐在沙發上的人竟然是額田順次。

「前輩！」

「我們明明在同一棟建築物裡，只是隸屬的單位不同，竟然會這麼久沒見面，想想真是有趣。」

槙野急忙跑到沙發邊說道：

「額田前輩，你是最高檢察官，我只是地方檢察官，跟你比起來差得遠了。」

槙野脫口說出的這句話，並非只是單純的客套話，而是槙野的真心話。最高檢察官與地方檢察官雖然同樣都是檢察官，但年薪與待遇可說是天差地遠。而且兩人的差距，並非只有所屬官廳的差距，更有著身為檢察官的實力差距。當初兩人待在同一層樓工作的時候，槙野就對這一點有著深刻的感受。

「是嗎？雖然法院的層級越高，著重法條主義的現象越明顯，但是到頭來除非出現新證物，否則做的事情基本上大同小異，我跟你其實沒什麼不同。」

額田依然秉持著不卑不亢的一貫態度。在法庭上的他，從來不使用訴諸情感的話術，只是以輕描淡寫的口吻敘述其法理推論。一些喜歡嚼舌根的法界人士，給他取了個綽號叫「別著檢察官徽章的法理學者」。正因為不訴諸情感，在講究實事求是的法庭上自然容易占上風。額田能夠順利地一步步往上爬，也得歸功於他這種論事風格。

「說起來丟臉，我實在沒辦法做到像前輩這樣就事論事。我總是會忍不住對被告產生厭惡之情。」

「我想你厭惡的不是被告，而是罪惡。聽說你在法庭上還是那麼義憤填膺？」

「區區一個地檢檢察官的壞名聲，竟然傳進了最高檢察官的耳裡？」

「法律界這個圈子很小，檢察官的圈子更小。」

「前輩這是自嘲的意思嗎？」

「不，是事實。絕大部分的檢察官幹到後來，都改行當律師去了。能夠當上大學講師或政治家的人，實在是寥寥可數。如果把法律界比喻成一個小村子，那麼檢察官的世界就像是一個極限聚落*。」

＊「極限聚落」原文作「限界集落」，指的是人口外流導致空洞化及高齡化，幾乎已無法維持共同體運作的聚落。

額田說得輕描淡寫，完全讓人感覺不出情感的起伏。平時額田在槙野的眼裡是個相當值得信賴的前輩，但此時槙野卻不禁擔心額田會因為太過拘謹內斂而沒有朋友。

「畢竟我們做的是容易引人注意的工作，不論好名聲或壞名聲都很容易傳開。這其實不是壞事，你反而應該引以為傲。」

「能夠聽前輩這麼說，真的是讓我感激零涕。不過前輩今天來找我，應該不會只是為了說這句話？」

「我聽到了一個傳聞，有些放心不下。」

額田的口氣雖然沒有改變，眼神卻閃過一抹憂慮。

「前輩聽了我的壞名聲依然滿不在乎，到底是什麼樣的傳聞能夠讓前輩放心不下？」

「聽說三軒茶屋的成澤老翁遭殺害的案子，是由你負責？」

「前輩竟然連這件事也知道，看來我們這個圈子真的是太小了。」

「別開我玩笑了。這個消息會傳到我耳裡，當然是因為嫌疑人的身分相當特殊。現在嫌疑人叫成澤郁美，但是三十年前叫園部郁美，就是那個有『屍體郵差』之稱的園部信一郎的母親。不，或許應該說是律師御子柴禮司的母親。」

果然不出所料……槙野早就猜到額田是為了這件事而來。槙野仔細觀察著額田的臉部表情。既然他的說話口吻絲毫不帶任何情感，就只能從臉上神情來推測他的想法了。

「是啊，負責偵辦這起案子的世田谷警署一查到這件事，也是一陣嘩然，署長還特地打了一通電話給我。」

七月四日，成澤郁美打電話報警，聲稱丈夫成澤拓馬上吊自殺。世田谷警署的員警與驗屍官趕往現場，經過勘驗之後，認為死者是典型的上吊自殺，符合縊死的八個鑑別條件。再加上死者留有遺書，因此初步判定並非他殺。然而鑑識報告一出爐，案情登時有了重大變化。

「員警找到了現場經過重新布置的明確證據，因此警方的偵辦方向立刻由單純的自殺轉變為覬覦遺產的蓄意謀殺。通常這種案子只要取得嫌疑人的自白，就會立刻逮捕及移送。」

「在你看來，這嫌疑人是黑是白*？」

「從偵訊的狀況看來，應該是黑，而且非常黑。」

「嫌疑人請律師了嗎？」

「還沒有，聽說她有個並沒有住在一起的女兒，正在為了延請律師而到處奔走，但目前還沒有確定要委聘哪個律師。」

「你認為御子柴會出面嗎？」

既然要談郁美的案子，當然不可能不提這個人物。

「有可能。法律並沒有規定律師不得為親人辯護，何況是自己的親生母親遭到起訴，想要出手相助是人之常情。就算御子柴曾經是『屍體郵差』，這一點應該與常人無異。」

事實上當初槙野剛得知嫌疑人的本名為園部郁美，而且是園部信一郎的母親時，著實嚇了一大跳。畢

＊「黑」、「白」為日本檢警的慣用術語。「黑」指有罪，「白」指無罪。

竟當年的園部信一郎號稱「屍體郵差」，可是讓全日本陷入恐懼與不安的人物。這起事件發生在昭和六十年（一九八五年），當時楨野才剛出生沒多久，但畢竟是昭和時期的重大犯罪之一，平常必須涉獵各種文獻資料且上過司法研修所課程的楨野當然絕不陌生。然而最令楨野吃驚的一點，是園部信一郎後來更名為御子柴禮司，成了惡名昭彰的黑心律師。

沒想到「屍體郵差」就躲藏在自己的敵人之中……雖然楨野早已預期將來有一天會與「屍體郵差」在法庭上對峙，但萬萬也沒想到會在處理老翁遭殺害的案子時，突然蹦出園部信一郎這個名字。

「我的看法也跟你相同。如果沒有人願意為成澤郁美辯護，最後御子柴可能會出手。但是對於他這麼做的動機，我的看法跟你不太一樣。」

「話說回來，為什麼前輩會這麼在意這個人？這案子雖然不是不可能纏鬥到最高法院，但是機率應該很低吧？」

「你曾經在法庭或其他地方接觸過御子柴這個人物嗎？」

「沒有，不知該說是幸運還是不幸，我過去從來不曾跟這個人有交集。」

「如果是這樣的話，我今天真的是來對了。或許你會認為我是多管閒事，但我實在忍不住想要給你一些建議。」

「建議？」

「或許是我杞人憂天吧，畢竟這案子還不見得是由他擔任辯護人。但如果你真的與他對上了，多知道一些關於他的事情還是有好處的。尤其是像你這種容易情緒激動的檢察官，要對付他更是難上加難。」

槙野一聽，登時明白了額田的言下之意。

「沒錯，我以前曾經在法庭上和他對峙過。」

「誰輸誰贏？」

「雖然我很不想承認，但是老實說，我輸得很慘。原本是一樁肯定會判有罪的案子，沒想到他輕易就做到了大翻盤。那已經是上訴到第三審的案子，所以直接定讞，我連挽回面子的機會都沒有。因為那起案子大敗虧輸的關係，上頭有好幾個月的時間不交派給我上法庭的案子。」

「真是不敢相信，額田前輩竟然會大敗虧輸？御子柴到底使用了什麼樣的手法？」

「只要是能夠讓局勢變得對他有利的手法，他全都用上了。」

額田的口氣簡直像在觸摸一塊已經結痂的傷口。

「博取證人的同情及認同當然不用說，甚至還會誤導或恫嚇。他很擅長以邏輯推論來說服他人，也很擅長操控法庭的氣氛。與我對峙的那一次開庭，他竟然把一臺幾乎跟成人的身高一樣高的醫療儀器當作證物搬到最高法院的法庭上。包含審判長在內，所有的人都看得目瞪口呆。」

「那畫面一定相當壯觀吧？」

「當時的審判長是著名的實務派法官真鍋睦雄。御子柴即使面對臉色越來越難看的審判長，也絲毫不為所動。不知該說他是有膽識，還是演技好。那樣的手法與其說是辯護，或許稱之為詐欺更加貼切。偏偏我就是敗在這個騙徒的手裡。」

「聽起來只是個喜歡虛張聲勢及耍花槍的傢伙。」

「你要是抱著這種輕敵的想法，肯定會吃不了兜著走。他的那些誇張的表現手法，全都是以嚴謹的理論及高明的談判術作為基礎。後來我又詢問了其他檢察官同事的經驗，大家都說他的辯護方式不僅輕重快慢拿捏得恰到好處，而且手法五花八門。總而言之，千萬別拿他跟你之前遇過的那些平庸的律師相提並論。」

不管是在法庭上還是法庭外，額田都不是個喜歡誇大其詞或危言聳聽的人。居然連他都這麼說，看來御子柴這個律師真的不容小覷。

「你剛剛說你認為嫌疑人應該有罪，那麼你有辦法在公訴法庭上站得住腳嗎？」

「嫌疑人在這個案子裡同時具備了機會、方法及動機。再加上自白書，保證萬無一失。」

「萬無一失？當初我也是這麼認為。如果可以回到那時候，我一定會打我自己一巴掌。」

額田揚起了嘴角，眼神卻絲毫不帶笑意。

「如果這起案子真的是由他辯護，有什麼是可以預期的狀況？」

「御子柴律師的真正身分，早已遭媒體揭露了。嫌疑人成澤郁美跟他的關係，遲早會在社會上傳開吧。」

檢察官根本不必刻意洩漏被告的背景資料給媒體，許多報社及出版社內負責司法消息的記者都有著相當靈敏的嗅覺，他們發現這兩人的關係只是時間早晚的問題。

「我也這麼認為。母子兩人都是殺人凶手，有其母必有其子……到時候一定少不了這種讓人看了心情就不舒服的新聞標題。這種聳動的話題正是社會大眾的最愛。我現在就可以想像屆時申請旁聽的櫃檯前一定是大排長龍。」

「想要不引人關注，幾乎是不可能的事情。」

「而且一旦確定是由他擔任辯護人，更是會鬧得沸沸揚揚吧。恩怨情仇、骨肉親情……民眾的看戲心態會被激發到最高點。將會有數不完的法庭畫家及好事的旁聽者在部落格上高談闊論。到時候你身為檢察官的一舉手一投足都將受到放大檢視，你絕對不能有一分一毫的疏失，如果最後沒有贏得有罪判決，包含你在內，所有參與訴訟的人員就算沒有遭到懲處，也會影響升遷。」

槙野聽了額田這番話，不由得全身微顫。

原本壓根沒有想到這些環節。

「現在你知道我為什麼想要專程來給你一些建議了吧？」

「我完全明白了……我真的是遲鈍得像一頭恐龍，現在我完全明白了。」

「你認為以你檢察官的立場，有什麼辦法可以未雨綢繆？」

「說服嫌疑人，盡早挑選一個御子柴以外的人擔任律師……而且最好是一個我們可以輕易掌控的人物。」

「你剛剛提到嫌疑人的女兒正在為了延請律師而到處奔走，但目前還沒有找到人選……你知道為什麼嗎？那正是因為受到委託的律師在得知嫌疑人是『屍體郵差』的母親後，全都打退堂鼓了。過去雖然不乏律師參與重大刑案的訴訟而打響知名度的例子，但這次的案子讓所有的律師根本不敢打這種主意。更何況御子柴在律師業界裡惡名昭彰，更是讓所有的律師不想蹚這趟渾水。」

「這麼說起來，由御子柴出馬擔任辯護人的可能性相當高？」

「我的許多同事是這麼推測的……」

槙野聽出了額田這句話的弦外之音，問道：

「前輩不這麼認為？」

「包含我在內，所有與御子柴對峙過的檢察官，對這個人都有一種感覺。」

「什麼樣的感覺？」

「御子柴是個無法以常理度之的人物。基於這種感覺，我不認為他會單純因為『被告是家人』這個理由而接下辯護工作。」

槙野一聽，登時露出了不以為然的表情。

「看你的表情，似乎不太能接納我這個說法？但我在法庭上實際和他對決過，這是我身為過來人的經驗談。」

「但他們可是母子，兒子為母親辯護不是天經地義……」

「他的身體裡流的恐怕不是紅色的血。」

「咦？」

「越是瞭解這個人過去的犯行，越會產生這樣的幻想。如果他接下這個案子，肯定是基於血緣以外的理由。換句話說，當你在進行公訴法庭的情境模擬時，如果抱著『他是被告的兒子』這種先入為主的想法，我勸你立刻改變方針。記住，千萬不要當他是普通人。」

「……小弟銘記在心。」

「說了這麼多，耗費你不少時間，真是不好意思，下次再找機會補償你吧。」

額田說完這句話後，轉身離開了會客室。

槙野獨自待在會客室裡，反覆推敲著剛剛與額田的對話。

一個十四歲的少年，竟然將住在附近的一名五歲女童殺害後肢解，將遺體一塊塊放在各地的郵筒及神社內的賽錢箱上。雖然這已經是很久以前的案子，但因屬於重大刑案，當年的大部分搜查及供述資料都留下了紀錄且開放閱覽。越是詳讀這起案子，越會對人性喪失自信，深深感受到教育及親情的無能為力。

這個社會對年僅十四歲的殺人魔園部信一郎如此害怕，並非因為他有著嚴重的精神疾病。許多認識園部信一郎的人都說，他只是個相當平凡的少年，和其他少年並沒有什麼不同。他很愛看書，雖然稱不上個性開朗，但也有一些朋友，每天都乖乖上學，上課的時候也很認真聽講。正是因為太過平凡，反而令整個社會恐懼不已，每一名家長都開始擔心自己的孩子會不會成為第二、第三個園部信一郎。

槙野自認為相當理解當時那些父母們的心情。對於人性的黑暗面，槙野覺得自己有相當程度的理解。

但是……自己真的理解嗎？

園部信一郎真的是個隨處可見的平凡少年嗎？

聽了額田的一席話，槙野不禁開始懷疑自己過去一直犯著相同的錯誤。

——記住，千萬不要當他是普通人。

在當年剛發生分屍案的時候，某本低俗的週刊雜誌使用了相當聳動但意思相近的標題。

《那少年是個「怪物」》

如今過了三十年的歲月，一個令自己尊敬不已的檢察官所說出口的話，竟然與當年那週刊雜誌的聳動標題帶有相同的含義。

看來自己必須遵循額田的忠告，對那個人徹底改觀才行。

園部信一郎……不，御子柴禮司或許真的是個怪物。

槇野越想越是不安，於是打電話到世田谷警署的暴行犯組，將負責殺夫案的久慈元成匡叫到了地檢來。

掛了電話之後大約過了一個小時，久慈元來到了槇野的面前。久慈元的職銜是警部，有著相當務實的性格。兩人已見過很多次面，互相稱得上是熟識。在這次的殺夫案裡，久慈元負責偵訊郁美。

「成澤那件案子，上個星期已經移送了。」他對著槇野說道。

警方在七月四日發現成澤的遺體，在開始進行調查的十二個小時之後，便發現了自殺現場很可能經過刻意佈置的證據。到了隔天七月五日，警方便逮捕郁美，原本試圖要在四十八小時的拘留期限內讓她認罪，但沒有成功。嫌疑人是在否認犯案的情況下移送地檢。

嫌疑人移送至檢察單位後，檢察官會進行訊問。若檢察官認定有羈押的必要，就會向法院申請羈押。成澤郁美的情況也不例外。

羈押的期限基本上為十天，但可以申請延長一次，在總共二十天的期限裡，檢察官必須決定是否起訴嫌疑人。槙野在訊問了郁美之後，同樣沒有辦法讓她認罪，但由於已掌握了充分的證據，所以決定將她起訴。

「明明年紀不小了……不，或許正因為年紀不小，所以她的嘴巴硬得很，就是不肯認罪。」

「唔，連槙野檢察官也拿她沒輒嗎？畢竟她可是『屍體郵差』的母親。聽說當年園部信一郎剛開始的時候也是堅持不認罪，可以說是有其子必有其母。」

「她兒子的事，我們先暫且擱在一邊，今天我想跟你討論的是如何讓她認罪。雖然我一定會將她起訴，但在起訴之前，我想要先取得她的自白供述書。」

「那個老婆婆相當頑固，就算我把證據擺在她的面前，她也只會推說不知道，什麼也不肯招。」

「移送之後的情況也一樣，不管我再怎麼向她說明ＤＮＡ鑑定的正確性，她也充耳不聞。」

初期警方認為成澤拓馬是自殺，依據的是現場驗屍官所提出的報告書。根據該報告書的內容描述，成澤拓馬的屍體符合縊死的八個鑑別條件。

（1）索溝（索痕）往斜上方延伸，沒有交叉痕，通過咽喉部的上方。縊死的索痕會以承受最大體重的部位為底點，往上方的相反方向延伸，因此符合條件。

（2）臉部沒有瘀血。若是以手掌、手腕等部位扼殺，或是以長條狀凶器絞殺的情況，由於靜脈血液會遭到阻隔而動脈血液依然維持流通，因此血液會集中在臉部，形成瘀血的現象。成澤的屍體並沒有這樣的狀況。

（3）沒有結膜溢血點。當臉部陷入瘀血狀態時，臉部各處的微血管會破裂，造成點狀出血及結膜溢血。成澤的屍體並沒有這樣的狀況。

（4）屍斑。屍體的屍斑集中在身體的下方，這意味著屍體從死亡後一直維持在垂吊的狀態，因此不太可能曾經遭到搬運。

（5）沒有皮下出血。死者如果是以扼殺或絞殺的方式遭到殺害，臨死前會試圖以雙手拉開凶手的手或長條狀凶器，導致死者的指甲在皮膚上留下防衛性創傷。成澤的屍體並沒有這樣的狀況。

（6）糞尿失禁。死者在死亡時會發生糞尿失禁的狀況，這些糞尿會殘留在屍體的正下方。這可以證明屍體在死亡後並沒有被人移動過。

（7）懸掛部位出現繩索造成的凹陷。這可以證明上吊的時候，全身的重量都集中在咽喉處。

（8）骨折。此處的骨折，指的是舌骨及甲狀軟骨的骨折。這些骨頭皆位於受到壓迫的部位或其上方，所以很容易會骨折。成澤的屍體也有這樣的狀況。

以上八個鑑別條件，足以證明成澤的死因確實是縊死。

另外還有一個判斷為自殺的重點，那就是遺書。成澤的屍體下方附近有一枚信封，裡頭有一張遺書。七十五歲的成澤因為年事已高，平常寫私信都是使用打字的方式。但他所寫的信向來只有內容採用打字，信末的簽名必定為手寫親簽。現場發現的遺書也是採用相同的方式寫成，內容描述他感覺到體力及精力都已大不如前，因此決意尋死。文末的簽名不僅筆跡流利而且與其他書信文件中的簽名筆跡一致，因此警方認定遺書並沒有造假。

然而警方在自殺所使用的繩索上採集到的證物，卻足以推翻前述這些證據。警方細查那條繩索，發現繩索的尾端殘留了一點皮膚碎片。經過DNA鑑定，確認那是郁美的皮膚碎片。

剛開始的時候，郁美聲稱完全沒有碰觸過繩索，後來員警以皮膚碎片一事來質問她，她又改口說是曾經試著想要解開繩索，因此碰觸了繩索的尾端。但是那條繩索綁在門框橫木上，以郁美的身高根本碰觸不到，而且皮膚碎片的殘留位置是在繩結的內側，因此郁美的證詞完全不足以採信。

基於以上這些理由，員警開始懷疑那封遺書的真實性。鑑識單位於是仔細查驗，發現簽名部分的墨水使用的不是一般墨水，而是碳式複寫紙的乾墨。警方接著趕緊申請對屍體進行司法解剖，法醫又在成澤的屍體內驗出了大量的酒精成分。到了這個階段，郁美的殺人嫌疑幾乎可說是證據確鑿。

警方推測郁美謀殺丈夫的手法如下。首先，郁美將成澤灌醉，令他醉得不醒人事。接著郁美將繩索套在成澤的脖子上，將繩索的另一端穿過門框橫木，將成澤的身體吊起來。如此一來，就能偽裝出上吊自殺的假象。至於遺書的部分，則是趁成澤在寫信的時候，偷偷在最後一頁的背面置入複寫紙。得到了簽名後，其他的空白部分就以電腦打出遺書內文。這麼一來，就完成了一封幾可亂真的遺書。

然而也有人對這樣的推測抱持懷疑的態度。最主要的理由，就在於以女人的力氣不太可能將一個成年男人吊起來。然而後來員警們在搜索住處的時候，在成澤家的倉庫內發現了一個相當方便的工具，這個工具可以為前述的疑點做出合理的解釋。

那是一個吊式滑輪，簡單來說就是一個附有吊鉤的滑輪。只要能夠找到合適的吊掛位置，就能夠在任何地點使用這個滑輪。根據員警的推測，郁美可能是先將吊式滑輪安裝在橫木的上方，這麼一來就能夠以較小的力氣將成澤的身體吊起，就算是身材瘦小的弱女子也能做得到。而且員警在橫木的上方發現了裝設過吊式滑輪的痕跡。

至於犯案的動機，當然是覬覦死者留下的遺產。事實上成澤與郁美的相識過程本身就頗令人起疑。據說兩人是在一場專為中高齡人士舉辦的相親聚會上認識的，剛開始的時候是成澤主動向郁美表達好感。但這些都是郁美的單方面說詞，並不值得採信。員警懷疑郁美打從一開始就是為了搶奪財產而接近成澤。

「動機、方法、機會，三個條件都有了。我們已經是立於不敗之地，但如果可以的話，還是取得嫌疑人的自白供述書更加保險。」槙野說道。

「當初我們也是這麼希望。如果可以的話，最好在移送之前就取得自白。畢竟已經有了這麼多證據，再加上嫌疑人的年紀這麼大，我們都以為讓她屈服只是時間早晚的問題……」

不僅是警方過於自信，就連槙野自己也有些過於自信。嫌疑人看起來相當和善，再加上談吐高雅，因而讓槙野過於輕忽大意了。在談到如何結識成澤，以及婚後的生活時，嫌疑人雖然談吐不算流利，卻是侃侃而談，沒有絲毫隱瞞。然而只要問到與案情有關的問題時，她就會變得相當頑固，什麼也不肯承認。

前一天晚上的酒，都是丈夫主動喝下肚的。自己並沒有在丈夫的脖子上套繩索，也沒有將丈夫吊起來。那封遺書更是從來沒見過，也沒聽丈夫提起過。當初會跟丈夫結婚，確實是為了財產。但是天底下有哪一個女人，在上了年紀之後不會擔心自己的老年生計？當初自己會看上成澤，原因之一正是他很有錢。但是自己絕對沒有殺了他。那天早上一醒來，就發現他在起居室裡上吊自殺了。自己感到非常害怕，立即打電話報警，完全沒有觸摸遺體……

嫌疑人從頭到尾只是反覆說著這些相同的論調。就算把每一樣證物都擺在她的面前質問她，她也只是保持緘默。與其說是膽大，不如說是固執。與其說是固執，不如說是狡猾。

槙野與久慈元經過討論之後，確認了一件事。那就是郁美不管是面對警察，還是面對檢察官，都維持著一貫的否認態度。嫌疑人會採取這樣的態度，通常有兩種可能，第一種可能是膽子特別大，第二種可能則是犯罪計畫經過縝密的構思與規劃。

「這嫌疑人有沒有什麼弱點？她不是有個叫做梓的女兒嗎？」槙野問道。

但久慈元無奈地搖頭回答：

「如果是年紀幼小的孩子，還可以拿來當作勸她認罪的籌碼，但女兒已經年過四十，而且還是單身，能夠獨立生活，沒有什麼利用價值。除此之外，她也沒有什麼親戚，除了律師御子柴之外……御子柴不僅不會成為她的弱點，搞不好還會成為她的後盾。」

豈止是盾，搞不好還會是一把矛。

槙野在心中咕噥。

「郁美應該還沒有跟御子柴接觸吧？」

「還沒有，想要設法讓她認罪，就只能趁現在……她的女兒很聰明，不肯把辯護工作交給公設律師，母女兩人都是一副要在法庭上抗爭到底的態度。我派我們署內的員警跟蹤女兒，發現她今天早上拜訪了御子柴的事務所。」

「……這麼重要的事情，怎麼不早點說？」

梓拜訪哥哥的事務所，一定是為了委託辯護工作。一旦他們聯手，必定是最可怕的敵人。

無論如何一定要趕快採取行動，不能讓敵人搶了先機。說什麼也要先讓郁美認罪才行。

但是該怎麼做才好？

槙野努力不讓焦躁流露在臉上。

4

御子柴在世田谷警署的門口下了車。

郁美應該就被關在這裡的拘留室。

本來由法院裁定羈押的嫌疑犯，應該要移送至不同於搜查機關的獨立刑事設施，但是《刑事收容設施法》規定可用警察署內的拘留室來代替，這就是所謂的「代用監獄制度」。在這樣的制度下，警察跟檢察官幾乎可以毫無限制地訊問嫌疑人，因此可能會成為冤獄事件的間接原因。國際人權公約委員會早已對此提出抗議，日本卻反其道而行，更加鞏固了這樣的做法。

代用監獄。光是聽這名稱，就讓人頭皮發麻。但是御子柴向來對嫌疑犯的人權漠不關心，因此在御子柴的眼裡，這個字眼並沒有什麼特別之處。唯有自己的委託人被關在裡頭的時候，御子柴才會對這個字眼感興趣。

御子柴走進署內，在拘留管理課的窗口告知了來意。然而窗口負責人的態度有些古怪。對方不斷使用各種理由推託阻攔，就是不讓御子柴會見郁美。

「手續上有什麼問題嗎？」

就算郁美遭法院判處羈押禁見，律師依然有權利要求會見郁美。要證明自己是律師，只要出示證件就行了，而且自己早已事先聯絡過。御子柴略一思索，便明白自己的會見手續並沒有任何問題。

「呃，目前嫌疑人正在接受偵訊當中……」

「你身為承辦人員，應該很清楚律師會見的優先順序高於偵訊作業。除非嫌疑人主動表示想要以偵訊為優先，否則你這是妨礙律師會見的行為。」

「是檢察官在進行訊問。」

檢察官的訊問，優先順序確實高於律師會見。對方懂得搬出這個理由來阻撓會見，還算是有點手腕。但畢竟還是棋差一著。怪只怪他們沒有找更老練的人來負責窗口。

「就我所知，這名嫌疑人是由槙野春生檢察官負責。我在五分鐘前才剛確認過，槙野檢察官正在霞關廳舍的辦公室內。他從霞關到三軒茶屋只花了五分鐘？到底是搭了什麼樣的交通工具？」

窗口負責人一聽，視線開始左右飄移，顯得有些不知如何是好。

當初他一看見御子柴，神情就有些不對勁。那眼神彷彿看見的不是前來辦理會見的律師，而是一名罪犯。畢竟御子柴不管是少年時期還是現在，都只能以惡名昭彰來形容。光從對方那表情，就能看出他對御子柴抱持著什麼樣的印象。讓這種人來擔任窗口負責人，實在是相當不適任。

「……請稍等一下。」

窗口負責人流露出明顯的懊惱之色，拿起了身旁電話的話筒。他大概是想要請示上級該怎麼做才好吧。但是在外人的面前打電話，等於是宣告自己權限不足，這又是一次應對上的疏失。

「好吧，請跟我來。」

事實上槙野檢察官正在霞關廳舍的辦公室云云，完全只是御子柴隨口胡謅而已。御子柴很清楚對方說檢察官在進行訊問只是推託之詞，所以也隨口說了一句假話來應對。對方完全沒有加以確認就信以為真，只能說是太容易上當了。

御子柴根本還沒有完成律師委任申請，檢警雙方就對御子柴抱持這麼大的戒心，可見得他們還沒有掌握起訴嫌疑人的充分要件。這一點，從他們不讓郁美與女兒梓見面，也可以看得出來。從檢察官的立場來看，在手上的籌碼還不夠充分的時候，當然不希望有人在嫌疑犯的耳邊教導一些陰謀詭計。

從另一個角度來看，現在正是辯護方的大好機會。

大好機會？

然而不知道為什麼，御子柴的心中絲毫沒有雀躍感，或是搶了先機的快感。

在會客室裡等了十分鐘左右，拘留負責人員帶著一名中等身材的女人走了進來。

這女人的外貌跟御子柴記憶中的郁美截然不同。頭髮早已花白，手指像枯草一樣乾燥，走起路來身體微弓，可說是一個名副其實的「老婆婆」。

唯獨深埋在凹陷眼窩裡的那對眼珠，依然跟從前一模一樣。

那是一對不時流露出驚懼之色的眼珠，讓人聯想到兔子、松鼠之類的小動物。那對眼珠永遠都在警戒著什麼，從來不對任何人展現出完全的信任。老婦人一看見御子柴，登時瞪大了那對眼珠。

從老婦人那驚愕的表情，可以肯定她已經知道坐在壓克力板對面的男人是自己從前的兒子。或許是拘留負責人員或是其他警署人員已經事先告訴過她了吧。

郁美的兩眼直盯著御子柴，戰戰兢兢地走到鐵椅邊坐下。

「信一郎……？」

郁美勉強擠出了這句話。御子柴早已預期郁美會這麼稱呼自己。

睽違了三十年的母子重逢。然而御子柴心中萌生的感情，卻只有類似後悔的沮喪。

「我剛剛聽他們說……你現在是律師？要當上律師，應該是一件很不容易的事，你竟然能做得到……」

御子柴心想，要是讓她陷入哭哭啼啼的狀態，事情會變得很棘手，所以趕緊舉起了手掌，制止她繼續說下去。

「抱歉，關於我的事情，以後有機會再談吧。我今天來找妳完全是為了工作。妳的女兒薦田梓委託我擔任妳的辯護律師，因此我必須先向妳確認，妳是否同意由我為妳辯護？」

郁美畏畏縮縮地看著御子柴的臉。

「我想妳應該不知道，我有個壞名聲，那就是我收取的報酬非常高。但是相對的，只要我接下工作，就一定會盡全力爭取委託者的利益。我能夠收取那麼高的辯護費用，就是最好的證據。」

「報酬很高……是要付多少錢？」

「簽約金一百萬，不起訴兩百萬，若是贏得無罪判決或緩刑，再收取勝訴報酬一千萬。當然交通費、文書處理費、出庭費用等必要經費另計。」

郁美驚訝地瞪大了眼睛。這樣的反應，可說是理所當然。一般的刑事案件，律師的簽約金行情價約二、三十萬，御子柴開的簽約金價碼是行情價的三至五倍，勝訴報酬當然也是。

「妳付得出來嗎？」

「如果賣掉我丈夫名下的有價證券，應該沒問題……」

「很好。」

「但我現在付不出簽約金。」

「那就先欠著，等到無罪開釋再一併支付。」

御子柴從公事包裡取出一份文件，貼近壓克力板。

「這是辯護人委任書，妳只要在這裡簽名就行了。等等他們會轉交給妳。」

郁美目不轉睛地看著委任書上的辯護人姓名。

「御子柴……禮司？」

「抱歉，我忘了自我介紹，這是我的名字。以後請你用這個名字稱呼我，不要使用其他的名字。」

「但你不是信一郎嗎？」

「那個名字已經不存在於這個世界上了。」

不知道為什麼，郁美流露出了哀怨的眼神。
御子柴完全無法理解她為什麼會露出這樣的表情。當初是她們想盡辦法要與園部信一郎切斷關係，不是嗎？
胸口的深處，又開始湧出了一股陰鬱的情緒。那是對家人的親密與疏離感。如果置之不理的話，這股情緒會不斷擴張，因此御子柴趕緊切換了心情。
「我想妳應該很清楚，在合約上，妳跟我的關係就只是被告和辯護人，除此之外沒有任何關係。如果不保持這樣的心態，我們很難在這場訴訟中獲得勝利，妳明白嗎？」
「……好。」
「接下來我想問妳幾個問題。第一個問題，妳知道自己是基於什麼樣的嫌疑而遭到羈押嗎？」
「他們懷疑我殺害了成澤拓馬。」
接下來是重頭戲了。
下一個問題的答案，將影響辯護方針。
「妳是否殺害了成澤拓馬？」
「沒有。」
郁美的聲音突然變得清晰。
「我沒有殺他。我一早醒來，就發現他在起居室的門框橫木底下上吊自殺了。」
「聽說成澤拓馬頗有資產，妳跟他是怎麼認識的？」

郁美的聲音突然又變得相當模糊。

兒時的記憶驟然湧上御子柴的心頭。

沒錯，這女人總是用這樣的方式說話。

小時候，不管是關於成績、老師還是朋友，每當她想要告訴兒子該做什麼或不該做什麼的時候，都只是像這樣在嘴裡嘀咕，簡直就像是一個人在發著牢騷。

郁美對自己的遭遇說明如下。

發生了御子柴殘殺女童事件的一年後，郁美的丈夫園部謙造自殺。郁美以丈夫的死亡保險金清償了部分賠款之後，便帶著梓離開了位於福岡的老家。畢竟兒子犯下了如此重大的刑案，母女兩人沒有臉投靠親戚，只能過著四處搬遷的日子。進入平成年代之後，母女兩人改回舊姓薦田，落腳於關東的北部地區。

梓找到工作後，便離開了母親身邊，過著獨立的生活。對郁美來說，家裡能夠少一個人吃飯，也是求之不得的事情。自這一年起，園部一家徹底瓦解。

郁美靠著兼差打工勉強餬口，過得一天算一天，就這麼在單身的狀態下接近了古稀之年。由於不符合國民年金的請領資格，她已有心理準備遲早要申請低收入戶補助。

人生最大的擔憂，莫過於年老之後的生計沒有著落。就在郁美一籌莫展的時候，偶然間在網路上得知了中高年相親聚會的消息。郁美於是抱著死馬當活馬醫的期待，以及數十年來不曾有過的興奮心情，前往了相親聚會的會場，在會場上結識了成澤拓馬。

「妳對他坦承了自己的過去經歷？」

為了正確理解嫌疑人與被害人的關係，這是一定要詢問的問題。當然不可否認，御子柴個人對這個問題的答案也相當感興趣。

「他向我求婚的時候，我全都告訴他了。包含你的名字，還有在福岡發生的凶案。但是他說他不在乎，還是想要娶我。」

「這世界上真的有怪人。」

御子柴說出了真心話。

「當時我也這麼想。如果沒有把握住這次機會，以後不可能再遇到像這樣的人了……所以我決定跟他再婚。」

「妳是在什麼時機點得知成澤很有錢？」

「……你這個問題讓人很不舒服。」

「沒辦法，這是我的工作。」

「第一次到成澤家拜訪的時候。在那之前，我只知道他是個談吐高雅的紳士。後來我才知道，他在世田谷的中心地段擁有一棟相當大的房子。聽說他原本是某一家大型企業的董事，但是在認識我的時候已經退休了。」

御子柴見郁美的鼻孔微微鼓起，心裡不禁有了個尖酸刻薄的想法——她大概想要表達自己並非想要嫁給金龜婿，而是在決定要結婚之後才得知對方是金龜婿。

「你們夫妻感情如何？」

「我們是上了年紀之後才在一起，所以懂得互相磨合，不會過度任性，也不會過度壓抑自己。畢竟我們都是再婚，過去的人生已經有了一次的教訓。」

一般來說，兒子在聽見母親描述再婚後與丈夫感情和睦，心理或多或少都會有一些感想。但此時御子柴的心中並沒有任何的感觸。

「關於發現屍體時的狀況，妳是否對警察說了實話？」

「我說的句句都是實話。」

「既然如此，為什麼警察會逮捕妳？警察是否握有證據，能夠證明妳殺害了成澤？」

「好像是繩子。」

「上吊用的繩子？」

「對，他們好像在繩子的尾端發現了我的皮膚碎片。透過DNA鑑定什麼的，確認那是我的皮膚。」

「實際上妳是否抓住過繩子的尾端？通常皮膚的碎片會殘留在繩索上，代表曾經很用力拉扯繩子，造成皮膚摩擦。妳是否曾經拉著繩子的尾端，做出類似拔河的動作？」

郁美想了一會，有氣無力地搖頭說道：

「對不起，我完全不記得自己做過那種事。」

「除了皮膚碎片之外，警察是否還向妳提到其他證據？」

「他們還提到一個類似滑輪的東西。」

郁美伸出手指，在半空中描繪出那個東西的模樣。

食指的指尖就舉在御子柴的眼前。御子柴仔細觀察那手指。只見指甲已微微泛黃，看來女人在接近七十歲的時候，已經不會有擦指甲油的習慣了。

驀然間，記憶再度浮上心頭。在還沒有殺害女童之前，御子柴依稀記得郁美的手指又尖又細，每當郁美伸手觸摸自己的臉頰，或是伸出手指指著自己時，御子柴都感覺那尖尖的手指宛如凶器一般。

郁美在半空中描繪出的滑輪，上方有著金屬製的倒鉤，也就是所謂的吊式滑輪。

「他們說只要把那個東西裝在門框橫木上，就算是像我這樣的弱女子，也能輕易吊起男人的身體。」

這是很簡單的滑輪原理。確實只要使用這個方法，就算是虛弱的老人也能完成粗重的工作。

但是另一方面，御子柴的心中也產生了一抹疑惑。如果真的要犯案的話，怎麼會把這麼關鍵的證物藏在家裡？當然，如果隨意丟棄，可能反而讓警察發現凶手曾經使用過滑輪，因此與其刻意將滑輪處理掉，不如當作不重要的東西一樣放置在倉庫裡。這樣的解釋，倒也不是說不通。但即使如此，御子柴還是覺得這樣的做法太草率了一點。

御子柴試著想像郁美將成澤的身體吊起來的畫面。既然被告堅持否認犯罪，辯護人就只能從無罪的方向進行辯護，但這並不意味著辯護人必須囫圇吞棗地相信被告說的話。尤其是這次的案子，存在著一些難以解釋的疑點。

若要加以形容，這個案子就像是一場經過詳細規劃的犯罪，乍看之下相當完美，但是卻不夠縝密，導致一些細節上的疏忽毀了整個計畫。事實上這正符合郁美這個人的性格。從前的她，從三餐的菜色到打掃、洗衣、購物等等，所有的事情都會事先規劃好，但在一些小地方上卻往往思慮不周，導致最後必須變更全部計畫。類似這樣的事情，已經不知發生過多少次。因此若說這次的案子是郁美蓄意謀殺丈夫，御子柴也不感到意外。

「妳過去曾經見過那個滑輪嗎？」

「沒有，所以當刑警拿那個東西給我看的時候，我什麼也回答不出來……」

御子柴仔細觀察著說得結結巴巴的郁美。

自己從事律師工作已屆二十年，面談過的委託人沒有一千也有五百。有些人回答得很老實，有些人會說謊。有些人不擅長說謊，有些人說起謊來就跟呼吸一樣自然。有些人是為了自己而說謊，有些人是為了他人而說謊。

身為律師，必須要能夠看穿委託人的謊言。不過目的不是為了譴責委託人，而是要區分出委託人故意撒的謊，以及在無意識之間撒的謊，在眾多客觀條件之下謀求委託人的最大利益。

多年來御子柴一直在鍛鍊著看穿他人謊言的能力，如今絕大多數的謊言都已瞞不過御子柴的眼睛。御子柴審慎觀察著眼前的郁美。她說的是真話，還是假話？如果是假話，她到底在哪些事情上撒了謊？

郁美是一個擅長撒謊的人，還是一個不擅長撒謊的人？

不，應該先問一個更加根本的問題，那就是郁美是否是一個會撒謊的人……

但御子柴的努力，最後還是徒勞無功。

御子柴暗自咂了個嘴。記憶中的郁美實在太過模糊。看著眼前的郁美，御子柴沒有辦法做出任何判斷。

「除了這些之外，警察還問了什麼問題？」

「他們還問過成澤的現金、存款及有價證券平常是由誰管理。」

「所以是由誰管理？」

「全部都是成澤自己。我要買東西的時候，就告訴他金額，他會給我現金。」

「存摺及有價證券平常都放在哪裡？」

「放在一只小型保險箱裡，密碼只有他自己知道。」

「事發當天，家裡的門窗有沒有關好？」

「前一天晚上，前後門都是我親自上的鎖。」

這意味著外人侵入家中的可能性並不高。

「成澤有沒有其他的親戚？特別是有資格繼承遺產的親戚。」

「他的前妻已經過世了，兩人之間並沒有孩子。而且他常常提到，跟他關係較近的親戚都已經先走了。」

這意味著除了郁美之外，沒有其他親戚能夠繼承遺產。

在上了鎖的透天厝裡，除了被害人之外，就只有郁美一人。而且郁美還是唯一的遺產繼承人。

這樣的現場狀況實在是太糟糕了。不管由誰擔任法官，都會認為郁美就是凶手。

御子柴在心中提醒自己要保持冷靜。

不要被這些狀況蒙蔽了思緒。

一定要找出足以成為辯護立足點的要素。

「你結婚了嗎？」

郁美突然沒來由地冒出了這個問題。御子柴忍不住瞪了她一眼。

「請不要說跟案情無關的話，我不想浪費時間。」

「但是從剛剛到現在，一直是我在說……」

「委託人負責回答，辯護人負責下達指示，委託人跟辯護人的關係本來就是如此。」

郁美再度露出哀怨的視線。

「你還是跟小時候一樣頑固。」

「我再說一次，妳所認識的園部信一郎已經不在這個世上了，如今坐在妳面前的是另外一個人。」

「因為已經變成了另外一個人，所以園部信一郎的責任都不用負了？」

責任？

一股竄燒的怒火幾乎讓御子柴失去理智。

難道靠自殺來支付賠償金就是負責任的表現？

父親自殺之後，母女兩人因為無法承受來自社會上的輿論壓力而到處搬遷，難道那也是負責任的表現？

「妳已經在供述書上簽名了？」

「沒有，因為我真的沒有做。檢察官一直逼問我，說什麼也不肯放棄，但是人真的不是我殺的。」

「那就好。檢察官可能會在未經妳的同意之下，寫出妳不認同的內容，請妳千萬不要簽名。如果被逼急了，妳就要求見律師。反正不管遇上什麼狀況，妳就大喊要見律師就對了。絕對不要做出讓他們露出笑容的事。只要妳發現他們的臉色越來越難看，那就證明妳的做法是對的。」

御子柴裝出若無其事的表情，簡單扼要地傳達了重要事項，內心逐漸恢復冷靜。

「今天就先談到這裡吧。在調查的過程中，如果又出現什麼疑問，我會再來問妳。」

「接下來他們會對我做什麼？」

「從案情來推測，檢察官做出不起訴處分的可能性非常小，我想妳應該會遭到起訴吧。到時候妳的身分會從嫌疑人變成被告，他們會把妳從這裡移送到看守所。」

「看守所是什麼樣的地方？」

「跟這裡沒有太大的差別。吃的、穿的，以及日用品的攜入都有一些限制。你可以把需要的東西列成清單，叫妳女兒送過去。移送到看守所之後，與家人的會面也會有限度地開放。」

「信……御子柴律師也會來見我嗎？」

「我剛剛說了，我只會採取調查上的必要行動，除此之外不做任何沒有意義的事情。」

御子柴還沒有說完，人已經站了起來，故意不給郁美說話的機會。

「既然接受了妳的委託，我會盡全力謀求妳的利益。但我希望妳不要誤會，我之所以幫助妳，完全只是因為這是我的工作。我再強調一次，我跟妳的關係就只是辯護人跟委託人，除此之外什麼關係也沒有。」

說完這幾句話之後，御子柴轉身走出門外，一次都沒有回頭。

離開了建築物，坐進自己的車子裡，御子柴才終於吁了一口氣。

臉部表情及肩膀都呈現緊繃的狀態，而且感覺異常疲憊，簡直就像是剛在法庭上結束了一場激辯。明明只是要了委任書的簽名，並且談了一些關於今後辯護工作的事情而已，自己為什麼會這麼緊張？

與郁美見面的過程正如同當初的推測，心情從頭到尾沒有任何特別的感觸。對於這一點，御子柴的心中並不感到特別懊悔或帶有罪惡感。畢竟當初分開的理由太過異常，如今重逢的理由也太過異常。

半冷不熱的雨打在皮膚上的不舒服感覺，從來不曾消失過。光是回想起郁美的臉孔及聲音，就有一種想要把胸口緊緊揪住的衝動。明明早就已經拋棄的過去，明明早已遺忘的記憶，如今全從墳墓裡爬了出來，彷彿是要向自己復仇一般。

不管是梓，還是郁美，都已經跟自己毫無瓜葛。

忘了那一切吧！

御子柴不斷這麼說服自己，但是那兩人的臉孔卻在腦海中揮之不去。於是御子柴強迫自己回想稻見的臉。沒想到這個做法相當有效，兩人的臉孔立刻被稻見的臉孔覆蓋了。

反正已經做出的決定，沒有辦法再更改。接下來該做的事，就跟平常一樣，只是不斷尋找有利的證據，以及足以推翻證據的證據。御子柴踩下油門，離開了世田谷警署。

5

槙野收到了辯護人委任書，御子柴正式成為成澤郁美的辯護人。幾乎就在同一個時間，成澤案確定適用裁判員制度*。

辯護人果然是御子柴。

槙野瞥了委任書一眼，便將委任書放進抽屜裡。原本想要找個有交情的律師攜手合作，阻止御子柴跳進來攪局，可惜御子柴的動作快了一步。當槙野接到來自世田谷警署的消息時，郁美已在委任書上簽名，來不及阻止了。

好吧，算了。反正只要自己繼續當檢察官，必定得跟御子柴這個人物正面對決，只是時間早晚的問題，槙野如此告訴自己。

接著槙野又想到了額田的事，就連額田也慘敗在御子柴的手裡。槙野一想到現在輪到自己對上這個敵人，就感覺胸口有一道青色的火焰在熊熊燃燒。俗話說君子報仇，三年不晚，如今正是報仇的好機會。

敵人馬上就要來到法院，進行公訴法庭開庭前整理程序的事前準備作業。這是槙野首次與敵人接觸。

*「裁判員制度」指的是讓一般民眾以裁判員身分參與重大案件審判的司法制度，在日本於二〇〇九年開始施行，亞洲其他國家尚無類似制度。

槙野看了一眼手錶，胸中熊熊燃燒著鬥志。

「公訴法庭開庭前整理程序*」是為了因應裁判員制度而新設立的制度。為了盡量減少裁判員的時間負擔，法官、檢察官及律師會在開庭前先見上一面，進行爭點及物證的事前確認。如此一來，開庭的過程就可以更加圓滑而迅速。據說御子柴這個人很喜歡在正式開庭的時候，才突然提出令人大吃一驚的證物或爭點，藉此打亂對手的陣腳。像那樣老奸巨猾的律師，必定很討厭這種必須事先將手中的籌碼攤在陽光下的新制度吧。這個新制度會讓御子柴被迫在不利的狀況下踏入名為法庭的戰場，槙野不禁有些期待看見御子柴露出懊惱的表情。

上午十一點整，門外傳來了敲門聲。看來御子柴是個相當守時的男人。

「請進。」

開門進來的男人，有著一對尖聳的耳朵，以及帶給人一種刻薄感的嘴唇。但是最大的特徵，還是那有如老鷹般銳利的雙眸。

「我是成澤郁美的辯護人御子柴。」

這個人就是當年的「屍體郵差」……槙野假裝若無其事地將御子柴從頭到腳打量了一番。

基於工作的特性，槙野到目前為止已看過不少殺人凶手。有些殺人凶手的外表看起來相當溫和，有些則看起來像是完全不知理性為何物的野蠻人。但這些人都有一個共同的特徵，那就是他們的眼神。只要是曾經殺過人的人，眼神必定極度陰冷。

然而御子柴的眼神，卻與其他殺人凶手的眼神有些不太一樣。雖然同樣透著一股寒意，但同時也流露出高度的理性與智慧，彷彿可以看穿他人心中的想法。
御子柴對著槙野微微頷首，依著槙野的指示走向沙發，坐了下來。兩人的身高差不多，但是面對面坐下之後，御子柴的高度稍微矮了一點。
「幸會，我是槙野，負責處理這起案子。久仰你的大名，一直期待能跟你見上一面。」
雖然是敵人，但畢竟御子柴的年紀比自己大，第一次見面還是應該表現出敬意，這是基本常識。
「久仰我的大名嗎？反正一定是壞名聲吧。不過這年頭律師也得靠宣傳來維持業績，惡名昭彰總好過沒沒無聞。」
「不，是好的名聲，大家都說你是鐵腕律師。」
「那只是譏諷之詞，跟壞名聲沒有兩樣。」
如此犀利的回應，果然名不虛傳。
「御子柴律師，我們進入正題吧。我寄給你的申請證據文件*，你已經過目了嗎？」
「我收到了六份文件，分別是證明預定事實記載書*、逮捕程序書、驗屍報告書、DNA鑑定報告書、嫌疑人的供述書，以及偵辦過程的蒐集、彙整資料。」

*「公訴法庭開庭前整理程序」的原文為「公判前整理手続」。
*「申請證據文件」（原文作「請求証拠書面」）指的是預計要在法庭上請求公開的證據文件。
*「證明預定事實記載書」指的是記載了預定證明的事實的文件。

「辯護方是否還需要我開示其他的資料？」

辯護方若是認為檢察官所提出的資料不夠充分，可以要求開示其他證據。

但目前並不存在對辯護方有利的證據，因此沒有什麼可以提出申請。光是檢察官所提出的六項資料，便足以認定郁美涉有重嫌，追加提出的證據都只是用來加強證明的力道而已。

「不必，已經相當充分。每一項資料都秉持著客觀的立場，沒有任何問題……除了其中一項資料之外。」

果然開始找碴了。

「成澤郁美的供述書，讓我不敢苟同。就算撇除嫌疑人堅決否認的部分不談，那樣的寫法就像是在暗示她謀殺了丈夫。」

「這麼一來，我們就得當庭詢問被告。」

「這正是我想要的。」

一開始就火藥味這麼重。很好，就是應該要這樣。

「辯護方是否有提出證據的計畫？」

御子柴意興闌珊地搔頭說道：

「目前還像是瞎子摸象，完全不知道該提出什麼才好。」

你就別假了。槙野在心中咒罵。剛開始的時候這麼說，等到正式開庭的時候一定又會拿出讓人大吃一驚的證據。這樣的手法早就已經不是祕密了。

「唔……御子柴律師，我不想班門弄斧，但我必須提醒你，『公訴法庭開庭前整理程序』這個制度的目的，是為了減輕裁判員的負擔。如果你現在什麼都不講，開庭時才提出新證據，那就違反了這個制度的宗旨，希望你盡可能不要這麼做。」

「減輕裁判員的負擔？」

御子柴的臉上漾起了譏諷的笑容。

「就為了讓裁判員完全沒有負擔，輕輕鬆鬆地坐在法庭上？這真的那麼重要嗎？」

「御子柴律師反對這個制度？」

「不管再怎麼減輕裁判員的時間壓力，到頭來裁判員畢竟是法律的門外漢。為了採納民眾的觀感，我們必須遷就那些連殘酷的證據照片都不敢看的裁判員，把案件搞得簡單易懂，盡可能縮短處理案件的時間？這麼做能為我們帶來什麼好處？過去有一陣子，藝術界及演藝圈都颳起了『素人』風，但是到頭來，這些門外漢只會降低整體的素質，把業界搞得一團亂，最後一個也沒有留下。如果我們只重視感覺，討厭磨練，好稚拙而輕熟稔，不懂得慢工出細活的道理，到最後只會讓整個法律界越來越墮落。」

御子柴滔滔不絕地說著制度的缺點。其中有幾句話確實言之成理，讓人忍不住想要繼續聽下去，但槙野及時克制自己，開口說道：

「真是精闢的見解，但規定就是規定，我們既然吃這行飯，就得遵守這一行的法規。好了，現在我們回歸正題，你認為這個案子的爭點在哪裡？」

「目前被告主張無罪，所以這是唯一的爭點。」

「當然我們也知道這是一起主張無罪的案子，但對於爭點，能不能說得更具體一點？」

「具體來說，主要是針對檢方所提出的甲五號證。」

甲五號證指的是沾有郁美皮膚碎片的繩索。這是讓郁美遭到逮捕的關鍵證物，當然會成為主要的爭點。

「辯護方針已經確定了嗎？」

「才正要開始研擬。畢竟我們都被彷彿急著想要開庭的步調搞得暈頭轉向，我跟被告還沒有辦法達成良好的溝通。」

對方又酸了一句。

槙野心想，那自己也不客氣了。

「我實在無法想像為親生母親辯護是什麼樣的心情，如果可以的話，能請你談一談嗎？」

槙野原本以為御子柴會巧妙閃躲，但得到的卻是意料之外的反應。

「這能當作參考嗎？」

「或許我這麼說有些低俗，但我相信這世上沒有人不對這件事情感興趣。你要說這是週刊雜誌的狗仔心態，那也沒有錯，但是從如何區分公與私的觀點來看，你的做法也相當讓人感興趣。」

「如果你感興趣的是這一點，那麼請你放心，這只涉及單純的職業倫理，完全沒有夾雜個人的私情。」

「完全沒有嗎？但是要完全排除親子關係，應該相當困難吧？」

「認為困難只是陷入了先入為主的窠臼。」

御子柴氣定神閒地看著槙野說道。

那冷澈的雙眸，宛如可以看穿對手心中的一切。

「沒有辦法斬斷私情的人，必定會陷入困境，尤其是在講求理性的法庭上更是如此。」

「要斬斷私情，有那麼容易嗎？雖然這是你的私事，但是恕我直言，你的家人應該為了你吃了很多苦吧？」

「那也是因為他們沒有辦法斬斷名為家人的私情，所以才會產生這樣的負債。」

「負債？」

「家人之中有人犯了罪，其他的家人只要徹底切割，就不會蒙受危害。說得更明白一點，只要把那個家人當成與自己毫無關係的陌生人，就可以迴避假道學的批判。家人會吃苦，完全是因為過度在意社會大眾及媒體的譴責，自我陶醉在身為一家人的責任感之中，這可說是自作自受。」

這番言論讓槙野大吃一驚。

不知已有多久沒有聽見如此自私的論調了。

蓄意拋棄責任，全盤否定血緣關係，這實在不是正常社會人士應該說的話。

「不久前遭到逮捕的那個隨機傷人的無業男子，他為自己辯護的論點也跟你差不多。」

「像這樣的人不會被面子或親情所迷惑，或許比一般人更加單純。至少他們不會在其他人的身上尋求救贖。」

「但他們是犯罪者。」

「不能以結果來否定一切。龜縮在名為家人的牢籠裡，跟採取理性的行動，完全是兩碼子事。歷史上不乏離不開父母的殺人魔，也不乏完全不與親戚往來的賢明為政者。所謂的親情，說穿了不過是人性的弱點。」

御子柴嘲笑著說道：

「槙野檢察官，世界上就是有我們這種人。在我的眼裡，成澤郁美就只是委託人而已，請不必對我們抱持特別的想法。雖然打輸官司會讓我感到懊惱，但就算成澤郁美遭判處死刑，我也只會認為那是她應得的報應。」

槙野頓時啞口無言。御子柴慢條斯理地起身走向門口。

「不小心說了太多話，浪費了檢察官的寶貴時間，真是不好意思。」

說完之後，御子柴開門走了出去。

槙野獨自癱坐在椅子上。

全身疲累不堪，感覺自己從頭到尾都被御子柴牽著鼻子走。彷彿有無數的怨念，沉重地壓在自己的肩膀及背上。

為什麼他會說出那種話？

那不是無法適應社會者的天真論調。

那簡直就像是活著走出煉獄之後的經驗談。

當槙野回過神來，發現自己的腋下滿是汗水。室內明明開著極強的冷氣，掌心卻是又濕又滑。過了一會之後，心情才稍微平緩。然而恢復了冷靜之後，槙野的胸中燃燒起了一股對自己的怒火。還沒有開庭，在氣勢上已經輸了一截。槙野不禁暗罵自己愚蠢。

既然對方聲稱不受親情的束縛，自己只要抱著平常心應戰就行了。

大約一個月後的八月六日，正式進入第一次的公訴法庭開庭前整理程序。通常整理程序會進行數次，法官、檢察官及律師會在協商後決定開庭日期。

通常辯護方會趁這段期間蒐集證據。找出反駁檢方論點所必要的證物，確認證物的真偽，以及確立辯論的方針。雖然御子柴對開庭前整理程序抱持反對立場，但這個制度基本上對辯護方有利。

槙野、御子柴及三名負責法官聚集在東京地方法院五樓的辯論準備室內。

三名法官的簡歷如下。

首先坐在正中間的是擔任審判長的南條實希範判事，他是有十二年資歷的老經驗法官，與槙野在法庭上有數面之緣。

坐在他的右手邊的是右陪審法官平沼慶子判事，她是有七年資歷的中堅法官，與槙野也互相認識。

坐在左手邊的則是左陪審法官三反園浩志判事補，聽說他是去年才剛上任的新人，在所有人之中最顯得神情緊張。

相反的，所有人之中最老神在在的人物，就屬御子柴了。事實上在日本，只要是檢察官起訴的案子，在法庭上百分之九十九・九會判有罪。換句話說，大部分的案子都是法院與檢察廳站在相同的立場，而辯護方則負責唱反調。由此可知法官與檢察官的關係非常緊密，像這樣齊聚一堂的時候，彷彿只有辯護人是異端分子。照理來說，辯護人在這種場合應該會感覺到如坐針氈才對，然而御子柴卻是睥睨全場，臉上帶著淡淡的笑意。

南條在確認所有人都到場了之後，便開口問道：

「檢察官與辯護人已經完成事前準備程序了嗎？」

槙野與御子柴同時點頭。

「那我們就早一點敲定開庭日期吧。」

「審判長。」御子柴旋即舉手說道：

「這是一起被告否認犯案的案子，雙方的主張完全對立。我身為辯護人，不認同檢方提出的甲五號證的繩索，以及乙三號證的供述書。基於這個理由，請給我多一點的準備時間。」

「辯護人，既然爭點已經相當明確，你們的辯護方針應該也已經確定了，提出證據的申請也已過了期限。」

「是的，這我完全明白。但站在維護被告利益的立場上，我必須強調這起案子基於案情以外的其他理由，在社會上受到高度關注。」

三名法官的臉上都流露出了困惑之色。

怎麼會突然說出這種論調？這起案子在社會上受到刻意宣傳及渲染，不就是因為辯護人與被告是母子，以及辯護人有著相當獨特的背景經歷？

「既然這是一起受到社會大眾關注的案子，我們應該慎重其事。相信參與這場審判的裁判員們，精神上也需要多一點的緩衝空間。」

「辯護人，我明白你的主張，但這不是與開庭前整理程序的宗旨反其道而行嗎？」

「我指的不是時間上的緩衝空間，而是精神上的緩衝空間。在檢方及辯護方都已充分完成資料的準備之後才開庭，才是真正體恤裁判員的做法。畢竟裁判員並不是法律界的專業人士，說穿了是一群門外漢。許多專業人士並不需要的資料及說明，往往能為門外漢提供相當大的幫助。」

槙野心想，原來他想要以這樣的話術來拖延開庭的時間。

大家都知道裁判員是法律的門外漢，相信在場的法官們或多或少都曾經被裁判員的無知搞得一肚子氣。換句話說，御子柴企圖以眾人共通的被害者意識，來說服法官。這巧妙的話術，連槙野也感到咋舌不已。

「但是案子可不是只有這一件而已。老實說，適用裁判員制度的案子如今已是堆積如山的狀態。延後開庭的時間，在實務上恐怕有所困難。」

經過這麼一番辯論，第一次開庭最後敲定在十月十五日。

第二章

旁聽人的惡德

1

十月十五日，第一次開庭。

御子柴朝東京地院交付所前方瞥了一眼。申請旁聽券的人並不算多，旁聽席頂多只會剛好坐滿吧。目前還沒有媒體記者察覺坐在被告席上的成澤郁美就是「屍體郵差」園部信一郎的親生母親。雖然御子柴曾說過這起案子會基於案情以外的其他理由而受到高度關注，但目前這個情況還只侷限在法律界內。如果消息已經在社會上流傳開來，如今申請旁聽券的櫃檯前方肯定是大排長龍吧。犯罪少年的母親疑似因覬覦財產而殺害再婚對象，而且還是由「屍體郵差」本人親自為母親辯護。如此戲劇化的公訴法庭，可說是前所未聞。如今申請旁聽的人數只有這種程度，幾乎已可算是奇蹟。

當然御子柴並沒有天真到將消息沒有走漏當成是自己運氣好。被告與辯護人的母子關係倘若在法庭上受到過度關注，有可能會誘發裁判員的同情心態，因此很有可能是檢察官在事前刻意下了封口令。相反的，假如他們認定公開兩人的關係有利於法庭上的攻防，他們肯定會毫不猶豫的公開祕密吧。這可說是最基本的戰術。

御子柴看了一眼手錶，距離開庭還有三十分鐘。有些律師習慣提早進入法庭，坐在等候室裡，但御子柴認為比對手提早抵達法庭沒有任何好處。因此御子柴將車子停進了停車場之後，便在地下室的餐廳「Darlington Hall」打發時間。

開庭五分鐘前，御子柴才前往八樓，打開八〇二號法庭的大門。由於被告和法官都還沒有入庭，法庭上顯得有些吵吵鬧鬧。御子柴一走進庭內，嘈雜的喧鬧聲不減反增。

會坐在旁聽席上的人，除了案子的關係人之外，就只有媒體工作者，以及一些喜歡在法庭上旁聽的好事之徒。這些人認得御子柴的長相和名字，也是很正常的事情。雖然御子柴沒有聽見法庭內有人說出自己的本名及「屍體郵差」這個綽號，但是從眾人的視線中，御子柴可以清楚感受到眾人對過去的犯罪少年所抱持的恐懼及輕蔑。不過御子柴絲毫不在意。反正在那些人得知自己就是當年的「屍體郵差」之前，自己早就是大家眼中的缺德律師。當時大家看自己的眼神，與現在其實也沒有多大的差別。

御子柴再一次深刻體認到世人的淺薄。律師就應該要擁有清高的志節，冠上「惡德」之名的人物必定是個狡獪之輩，而犯罪者必定是凶暴的惡徒。這種缺乏想像力的先入為主觀念，會降低正確判斷事情的能力。世人那些瞎起鬨的行徑，只能以滑稽來形容。

梓當然也坐在旁聽席上。她瞪著御子柴的眼神，彷彿在看著殺父仇人。過去御子柴曾經好幾次承受這樣的視線，但來自委託人的親人還是破天荒頭一遭。

驀然間，御子柴的心中有了一個奇妙的想法。上一次郁美、梓與自己三人齊聚一堂，已經是三十年前的事了。

不過御子柴的心中並沒有特別的感觸。差不多就只像是參加陌生聚會的時候，發現坐在隔壁的人與自己有著共同的朋友。御子柴心中唯一的期盼，只是希望梓在開庭期間不要做出奇怪的舉動。

槙野已坐在檢察官的座位上。此時的槙野，看起來和當初參加開庭前整理程序時沒有兩樣。不知道是因為太過年輕的關係，還是因為自負才氣的關係，他的臉上帶著一副勢在必得的神情。像這樣的人，往往只能在掌握主導權的時候表現出理性的一面。一旦趨於劣勢，很可能就會失去理智。

槙野應該已經看見了自己，但他故意不和自己四目相交，這證明了他的信心不足。在禮貌上，好歹也應該點個頭才對。

過了一會，郁美在法警的陪同下走了進來。她露出宛如迷途孩子一般的神情，在法庭內左顧右盼，一看見御子柴就坐在被告席的後方，立即對御子柴投以求助的視線。

御子柴不禁感到有些厭煩。

就算不露出那種眼神，自己也會盡全力救她。但那完全是因為這是自己的工作，與血緣或從前的往事沒有任何關係。說得更明白一點，夾雜這些私情只會妨礙辯護工作。如果是希望法官從輕量刑，或許訴諸親情攻勢也是有效的手段之一。但是被告在這個案子裡並不認罪，結果當然是非黑即白，不是有罪就是無罪，並不存在所謂從輕量刑這一回事。所以辯護人須要做的事，就只是徹底推翻檢察官所提出的每一項證據。

郁美帶著畏畏縮縮的表情，看了看御子柴，又看了看旁聽席上的梓，才走到座位上坐下。

又過了一會，書記官走了進來，對著法庭內的人朗聲說道：

「法官入席，全體起立。」

片刻之後，法官座位後方的門開啟，走進了三名法官及六名裁判員。

三名法官在之前開庭前整理程序時已經打過照面，此刻沒有必要再仔細觀察。因此御子柴將視線投向跟在後方的裁判員們。

裁判員共六人，性別為四男二女。第一個男人約六十多歲，頭上梳著側分的髮型。第二個男人約三十多歲，頭頂微禿。第三個男人約四十多歲，臉色看起來很臭。第四個男人約二十多歲，看起來相當緊張。第一個女人約四十多歲，一直皺著眉頭，看起來像是家庭主婦。第二個女人約二十多歲，臉上帶著雀躍的表情，看起來像上班女郎。這樣的一群人，正符合了「男女老少」這個語詞。

御子柴的敵人不是只有槙野而已。就某一層意義上來說，法官席上的九個人才是最大的敵人。如今他們很可能都認為郁美是有罪的。如果沒有辦法推翻這九個人的心證，這場審判可說是必輸無疑。因此當務之急，是要徹底摸清楚三名法官及六名裁判員的性格及思路。

御子柴仔細觀察六名裁判員，發現其中有五個人都把視線放在郁美及自己身上。這意味著他們都已知道了兩人的關係。多半是事前已受到告知，以避免在開庭期間得知時過度震驚吧。

南條審判長坐下之後，其他法官及裁判員也跟著坐下，接著法庭內的所有人一起坐下。每次開庭前都要做這個儀式，象徵著審判長在法庭內擁有絕對的權威。

「現在開庭，審理平成二十七年（WA）第七三二號案件。被告請上前。」

郁美聽見這句話，全身登時彈起，走向前方。

「現在進行人別訊問，被告請說出姓名、出生年月日、戶籍地址、通訊地址及職業。」

「成澤郁美，六十八歲，出生年月日為昭和二十二年（一九四七年）四月十日，戶籍地址為福岡市博多區吉塚九丁目九三，居住地址為東京都世田谷區三軒茶屋三丁目一二五五，職業為家庭主婦。」

郁美的聲音雖然有些沙啞，但一字一句說得相當清楚。這應該能夠讓裁判員對她產生不錯的印象。

「檢察官，請宣讀起訴概要。」

緊接著槙野在南條的指示下站了起來。槙野一直盯著御子柴看，彷彿將御子柴當成了全檢察官的公敵。

「今年七月四日，被告成澤郁美故意讓同住在一起的丈夫成澤拓馬攝取大量的酒精，讓拓馬失去意識之後，以繩索套在拓馬的脖子上，將拓馬垂吊在門框橫木的下方，使拓馬死亡，再布置成自殺的樣子。殺害動機為覬覦拓馬的財產。罪名為殺人罪，刑法第一九九條。」

「辯護人，對於檢察官的起訴概要，有沒有疑義？」

「沒有。」

「接下來將確認罪狀。被告，你在法庭上說的每一句話都將成為證據，但你有權對不利於己的問題保持緘默，你明白嗎？」

「我明白。」

郁美毫不遲疑地回答。事實上這是前幾天御子柴讓郁美預先演練的成果。剛開始的回答盡量清晰明瞭，有助於提升被告在裁判員心中的形象。

「現在我開始發問，請問剛剛檢察官宣讀的起訴內容是否屬實？」

「那不是事實。」

這也是御子柴再三指導後的成果。第一次否認的時候，絕對不能有任何遲疑，而且要對著審判長清清楚楚地說出口。

「我並沒有殺死丈夫，我是無辜的。」

郁美這句話，就等於是宣戰通告。接下來的法庭攻防將以罪狀的有無為主要爭點。

「辯護人，有沒有話要說？」

「辯護人同意被告的主張，認為本案的被告實屬無辜，接下來也會從這個方向進行論證。」

「好，被告請回座。」

雖然法庭內一片寂靜，但從旁聽席上明顯傳來一股亢奮的情緒。只要來到法庭上旁聽，就可以近距離看見辯方與檢方你來我往的激烈攻防，而且還完全免費。雖然名義上是旁聽，但說穿了就是抱著看熱鬧的心態。御子柴抱著自嘲的心情如此想著。

開場的儀式就此結束，接下來將進入檢察官的開頭陳述。槙野將視線從御子柴身上移開，轉頭面對法官席。

「被告成澤郁美，舊姓薦田，在平成二十六年（二〇一四年）六月，於一場專為中高齡人士舉辦的相親聚會活動中結識被害人成澤拓馬，其後兩人便結了婚。兩人的婚姻狀況皆為再婚。」

從檢察官的這一段陳述，御子柴便看出了槙野心中所打的算盤。通常檢察官在進行開頭陳述的時候，會簡單介紹被告的出身背景，但這一次槙野卻是從郁美的再婚開始說起。理由很簡單，因為如果從第一段婚姻，也就是與園部謙造的婚姻開始說起，必定得提及長男園部信一郎的事情。如今旁聽席上的人都還不知道被告與辯護人的關係，檢察官應該是與法官們約定好了，要保守這個祕密。只是不知道這個祕密可以隱瞞多久。

「當時的被告從事的是兼職的工作，生活相當窮困。而另一方面，被害人成澤拓馬則雖然單身，但頗有資產。因此這場婚姻可說是對被告單方面有利。由於被害人沒有親戚，一旦被害人死亡，所有的財產都將歸身為妻子的被告所有。到了今年的七月四日，被告讓被害人喝下大量的酒，趁被害人喝得爛醉的時候，將事先準備好的繩索套在被害人的脖子上。接著被告在門框橫木上方裝設吊式滑輪，這是滑輪的一種，只要使用這個東西，就算是弱女子也可以輕易將成年男人的身體吊起。根據驗屍報告的結果，被害人是在垂吊於橫木下方時窒息死亡。在被害人完全死亡之前，被告必定是一直在旁邊看著。接下來被告又利用被害人的電腦打出遺書，製作出偽裝自殺的假證物。具體的做法如下。被害人平常在寫私信的時候，都是以電腦打出信件內容，最後在末尾處簽上親筆簽名。被告因此利用了複寫紙，將被害人的簽名複印在偽造的遺書上。根據鑑識報告，遺書上的簽名所使用的墨水是複寫紙的乾墨，就是最好的證明。此外，被告趁被害人不醒人事的時候，將被害人垂吊在橫木底下殺死，想來是因為知道如果以手或繩索直接絞殺被害人，將會因索條痕與上吊不同而遭警方識破機關。光從這一點，便不難看出被告事先訂下了縝密的殺人計畫。另外，我們在被害人縊死時使用的繩索尾端，發現了被告的皮膚碎片，此證物已提出作為甲號證。」

槙野的年紀尚輕，手法稱不上老練，但已頗懂得法庭辯論的訣竅。他刻意強調被告的犯行具計畫性且擁有關於偽裝自殺的知識，藉此鞏固法官們的心證。此外他提及當成澤吊死在橫木下方時，被告一直在旁邊看著，也是為了彰顯出被告有多麼冷酷無情。

「被害人的死亡時間，是在深夜一點至兩點之間。被告將被害人吊死在橫木下，確認被害人死亡之後，自己又躺回棉被裡，直到隔天清晨。到了清晨六點三十分，被告撥打一一〇報案，這當然也是偽裝丈夫自殺的環節之一。」

這段話除了成澤的死亡推測時間有證據可以證明之外，其他的部分全部都是檢察官的個人臆測。這些部分與犯案手法並沒有直接關聯，因此不需要提出證據來證明，卻足以讓法官們更加堅信郁美是個殘酷辣狠的殺人凶手。

「基於以上陳述，可知本案為被告基於覬覦丈夫財產而謀財害命，並且偽裝成自殺。檢方為了證明以上陳述皆為事實，已提出證物乙一號至二十三號、證物甲一號至三十二號。」

槙野陳述完畢後，輕吁一口氣，坐了下來。雖然陳述內容沒有什麼新意，但成功強調了被告的心狠手辣，可以算是及格了。

「關於檢方的開頭陳述中提及的乙號證物及甲號證物，辯護人是否提出反對意見？」

「辯護人不同意乙三號證物的供述書，以及甲五號證的繩索。」

這個部分的立場，在開庭前整理程序時便已告知了槙野與南條等人。

「首先關於乙三號證物的供述書，被告並沒有表明自己殺害了被害人，供述書中的用字遣詞卻刻意誤導為蓄意謀殺，可以說是非常不客觀的證據。接著是甲五號證物的繩索，這個證據正是讓被告成為被告的關鍵證據，辯護人想要在法庭上揭露其假象。」

南條詫異地說道：

「辯護人，是否能請你說明一下，為什麼你認為這項證據是假象？」

「抱歉，審判長，這部分我方的準備尚不充分，沒有辦法建構起完美的理論。這一點我在開庭前整理程序時也已經告知過。」

不是事後才提出證據，而是要延後一些時間才能進行辯論。這就像是已經盡了事先告知的義務，所以法官於情於理也沒辦法堅持不接受。但是實際上御子柴還沒有找到能夠推翻這個證物的證據。在這個時機點使用這種緩兵之計，單純只是因為這是足以將郁美定罪的關鍵證據，無論如何一定要推翻才行。

果不其然，南條雖然皺起了眉頭，但最後還是輕輕頷首說道：

「那麼請辯護人在下次開庭時，必須做好辯論的準備。」

由於御子柴對供述書的內容表達了不同意，下次開庭時檢察官將會對被告進行訊問，必須先與郁美做好萬全的準備。

御子柴突然想到了一件事。教導郁美在開頭陳述中否認罪狀的技巧，並不需要耗費太多的時間。但是下一次要應付檢察官的訊問，勢必得事先設想出許多問題並反覆練習回答，這得花上不少的時間。換句話說，必須長時間與郁美相處。

御子柴的心中忽然感到一陣厭煩。雖然一再告訴自己「她只是單純的委託人」，身體還是會不由自主地產生排斥感。但那並非基於羞赧或罪惡感，而是一種類似恐懼的心態，妨礙著御子柴的專業意識。

然而南條的一句話，打斷了御子柴心中的糾葛。

「檢察官請進行論告求刑。」

「檢方針對被告求處十五年有期徒刑。」

一般來說，殺一個人判十五年稍嫌過長，或許是因為檢方認定殺害動機為覬覦財產，再加上被告堅不認罪，所以加重求刑了吧。由於近年來法院判刑本來就有加重的趨勢，再加上考量法官實際判決的刑期通常會比檢方求刑少一些，因此這樣的求刑長度嚴格來說並無不妥。

「辯護人有何意見？」

「辯方主張被告無罪。」

「你打算現在就對被告進行訊問嗎？」

「不，今天不打算訊問。」

「好，請在下次開庭時證明你的主張。」

南條的口氣相當平淡，簡直像在朗讀臺詞一樣。當初在開庭前整理程序時，南條表現出想要盡快審理的態度，但如今實際開庭，他卻顯得慢條斯理，或許是想要避免遭人批評過度草率吧。從他的表情，明顯可以看出對被告的憤慨與理性之間的矛盾。除此之外，還帶了一些「希望這種容易節外生枝的案子趕快結束」的心態吧。

「下次開庭是十月二十九日，閉庭。」

南條等法官離開之後，旁聽人也陸續走出法庭。雖然還有幾個好事之輩還在不停畫著御子柴的人物素描，但由於法庭馬上就要進行下一場審理，因此事務官不斷催促旁聽人退場。槙野也迅速站了起來。

梓則是一直坐在座位上。

她以憤憤不平的眼神，注視著被法警拉著腰繩帶走的母親的背影。御子柴本來以為她會就這麼默默目送母親離去，沒想到她突然開口說話了。

「媽媽。」

雖然聲音並不大，但因為法庭裡的人已寥寥無幾，這道聲音顯得加倍響亮。郁美轉過頭來，對著梓露出有氣無力的微笑。

就在這時，旁邊忽然傳來「喀嚓」的清脆聲響。坐在旁聽席上的另一個二十多歲女性，拿著智慧型手機拍下了剛剛那一幕。

梓瞬間臉色大變。

「妳在拍什麼！」

她一邊大喊，一邊衝上前去，粗魯地伸手拍落女人手中的手機。接著梓還一腳踏下，踩破了液晶螢幕。

「妳幹什麼！」

「我才想問妳在幹什麼！妳是傻子嗎？妳不知道法庭內禁止攝影？」

「現在已經閉庭了。」

「不管有沒有閉庭都一樣，不能拍照就是不能拍照！常跑法院的人，連肖像權的概念也沒有？如果妳不懂，我現在就告給妳看！剛好這裡有目擊證人，檢察官跟法官都在附近！」

那女人或許是被梓的氣勢嚇到了，趕緊撿起損壞的手機，倉皇逃出法庭。

庭內只剩下御子柴跟梓。

「你剛剛的表現真的是爛死了！」

梓接著又找起了御子柴的麻煩。

「才剛開庭，氣勢上就輸了一大截！法官們對媽媽的觀感都變差了！」

「要讓法官對一個殺死丈夫的女人抱持好的觀感，基本上是不可能的事情。檢察官同時擁有間接證據跟物證，當然氣勢很旺。」

「這樣下去真的贏得了嗎？」

「只要沒有人攪局就能贏。被告的家人對旁聽者發飆，也只會成為笑柄而已。」

「關你什麼事！」

「妳剛剛不是罵對方傻子嗎？跟傻子一般見識，沒辦法讓妳得到任何好處。」

「像那樣的傻子，如果不把她趕走，她會一直窮追不捨，就像蒼蠅一樣。」

「妳只是在浪費精力而已。」

梓瞪了御子柴一眼，說道：

「像你這種被送進溫室的人，從來沒被蒼蠅或細菌煩過，當然不會理解我的心情。」

溫室？

御子柴按捺不住心中的衝動，發出了低沉的長笑。

「你在笑什麼？」

「我還是第一次聽見有人將關東醫療少年院稱作溫室。在妳的想像裡，那是個有如天堂一般的地方？」

「明明殺了人，卻還能過著三餐溫飽的日子，每天都能運動和學習，身邊有老師還有同伴，過著無憂無慮的生活，出來之後還能換個名字。如果這樣還不叫天堂，那什麼才是天堂？」

在御子柴的心裡，醫療少年院就像是社會的縮影。裡頭有地位高低之分，有權力鬥爭，有欺壓霸凌，有悲劇也有喜劇。為了存活下去，必須捨棄很多東西。正因如此，當自己出院的時候，才能擁有嚐盡了人生辛酸的自信。

但是御子柴並不打算告訴梓這些。一來梓跟自己的差異太大，就算說了她也不會理解，二來御子柴也不打算獲得她的理解。

早在當年御子柴犯案之前，還跟家人住在同一個屋簷下的時候，就已經是這樣了。自己跟他們只是維持著有名無實的家人關係，不管是喜怒哀樂的感受，還是倫理價值觀，全都大相逕庭。家人笑的時候，自己笑不出來；自己認為是傑作的事物，家人完全不感興趣。交談時完全無法做到心意相通，簡直像是在跟外星人對話。

「你根本不知道我們後來的生活有多慘。」

御子柴確實不知道，也沒有興趣知道。

「妳也不知道我在少年院裡過的是什麼樣的生活，大家是半斤八兩。」

「你在少年院裡受到保護，我們母女卻得獨自面對殘酷的社會。」

「妳要一直持續這個話題嗎？」

御子柴打斷了梓的話。

「或許妳還想自怨自艾下去，但這些話完全提不起我的興趣，對妳委託給我的工作也沒有任何幫助。」

「自怨自艾？」

「妳雇用我的目的，應該不是想要獲得我的同情，或是希望我道歉吧？如果妳真的想要幫助被告，妳應該做的事情是積極提供更有用的資訊。」

「例如什麼樣的資訊？」

「被告成澤郁美和成澤拓馬結婚前後發生過的大小事情。」

「這會對訴訟有幫助？」

「妳沒聽見檢察官開頭陳述的那些話嗎？他故意暗示被告是為了搶奪財產才接近成澤。一個年近七十卻只能靠打工維生的單身婦人，為了錢財而接近並且謀害了有錢人……他想要在法官及裁判員的心中留下這樣的印象。一旦讓他成功，局勢會對我們非常不利，我們一定要提出反證才行。」

「啊，原來如此。」

梓恍然大悟地點了點頭。但她的反抗態度絲毫沒有改變。

「他們兩個人是在中高齡人士的相親活動上認識的，這是千真萬確的事情。我還記得她在參加前，還跑來問我該穿什麼樣的服裝才好。她原本沒有什麼機會在外面跟男人見面，所以緊張得手足無措呢。」

母親聯絡女兒，只不過是為了商量穿著打扮。從這一點也可看出母女兩人的感情很好。

「被告跟我說過，她因為年紀接近七旬，對未來的經濟狀況感到很不安。」

「看來你的眼裡真的只有錢而已。我可告訴你，我跟媽媽都沒有把錢看得這麼重。她嫁給成澤，不是因為對方是金龜婿才想要結婚，而是想要結婚的對象剛好是金龜婿。」

「我對妳們的童話故事沒有興趣。」

「難道理由不能是一個人太寂寞嗎？」

御子柴從來不曾覺得一個人會寂寞，但懶得與梓爭辯，因此默然不語。

「參加那樣的聚會，理由不會單純只是想要找一個伴。剛開始是誰先向對方搭訕？」

「聽說是成澤。媽媽不是個擅長社交的人，不太可能主動跟別人說話。」

「金龜婿自己送上門來？這聽起來有些讓人難以置信。」

「他們兩人相識的過程，我也不可能打破砂鍋問到底。你想知道詳情，可以去問她本人。」

「就算你不說，我也會這麼做。但是讓她自己說，跟詢問周邊的人，完全是兩碼子事。」

「這意思是她的話不能信任？」

「人是一種會說謊的動物，尤其是被逼急了的人更是如此。」

「看來『屍體郵差』的字典裡沒有『第二春』這三個字。」

御子柴心想，自己還沒有結婚，當然也不會有所謂的第二春，梓這麼說事實上並沒有錯。

「妳跟成澤見過很多次面？」

「畢竟他算是我的繼父，當然多少會見面。除了結婚的時候之外，婚後也見過幾次面。不過我住的地方離他們家並不近，所以也稱不上經常見面，大概就是一般正常的程度。」

「他是個什麼樣的人？」

「若要用一句話來比喻，就是個大好人，跟你剛好相反。」

談論他人的事情時，也不忘酸御子柴一酸。由此可看出梓這三十年來心中鬱積了多少恚恨。

「媽媽坦白告訴他，自己是園部信一郎的母親，但是他說沒關係，還是願意娶媽媽。過去媽媽從來沒有遇到過這樣的人，而且未來也不太可能再遇到，所以媽媽決定嫁給他。他們能夠結婚，完全是因為成澤是個難得一見的大好人。一般人聽到媽媽是『屍體郵差』的母親，早就臉色大變了。」

很耐人尋味的一段話。

不過令御子柴感興趣的不是母親與成澤結識的過程，而是成澤這個人的個人特質。

「聽說成澤的前妻也死了？死因是什麼？」

「這我不清楚，畢竟這種事情也不好多問。」

御子柴聽梓這麼說，對成澤這個人更加感興趣了。

2

公訴法庭閉庭之後，御子柴直接前往了東京看守所。等於是郁美才剛被送進來，御子柴就踏進了所內。或許是因為這個緣故，在會客室裡等待的時間比平常還要長了一些。

郁美終於進入了會客室內。明明才剛見過面，郁美望著御子柴的眼神卻充滿了懷念之情。

「謝謝你……」郁美正要鞠躬道謝，卻遭御子柴制止。

「這是我的工作，妳不需要向我道謝。」

「但我連簽約金都還沒有支付……要是我被判有罪，就只能讓梓來付了，但是那孩子的手頭也不寬裕。」

「妳不用想輸了之後的事，我一定會從妳的手中拿到報酬。」

為什麼自己強調的並不是身為律師的面子，而是報酬的有無，御子柴自己也說不出個所以然來。

唯一可以肯定的一點，是自己非常想要盡快結束跟這個女人的對話。雖然心裡一再告訴自己「她只是單純的委託人」，卻彷彿有另一個自己在排斥著這件事。

「成澤拓馬是個什麼樣的人？」

「……問這個對打官司有幫助嗎？」

「有沒有幫助，要聽了答案之後才能判斷。當初你們在聚會上相遇時，他已經年過七旬，而且過著富裕的生活。我很好奇他在那樣的年紀突然想要結婚的理由。」

郁美突然皺起了眉頭。

「年紀過了七十歲，家裡只有自己一個人，那種感覺是很可怕的。心裡當然會不安，擔心自己死的時候也是孤獨一人。沒有任何人陪在自己的身邊，屍體直到腐爛才被人發現。從前一直覺得自己不會在孤獨之中死去，最近卻是越來越害怕……他曾對我這麼說過。」

「聽說剛開始是他主動向妳搭話？」

「對。」

「妳不覺得有點奇怪？」

「你這麼問真是失禮。」

「這是我的工作。」

「我確實從來不認為自己長得漂亮，不過成澤的長相也稱不上英俊。他就是一個相當善良的人……雖然沒有什麼特別之處，但是跟他閒話家常讓我感到很安心。當年你爸爸也是這樣的人。」

「請不要說跟案情無關的話。閒話家常能夠感到安心……妳就為了這個理由跟他再婚？」

「對一個第二次結婚的人來說，這一點相當重要。」

當初郁美曾說過，她是在去了成澤的家裡之後，才知道成澤非常有錢。如今郁美說的這些話聽起來只像是在描述一個無聊的愛情故事，但至少並沒有前後矛盾的情況。

「除了善良的有錢人之外，能再說一些關於他的事情嗎？」

「聽說他原本是大企業的董事，後來他把手上的持股都賣掉了，所以能夠過著不愁吃穿的生活。」

「聽說他的前妻已經死了，他曾告訴你詳情嗎？」

「他只提到前妻叫佐希子，很久以前就病死了……其他的事我也不清楚。」

「你對這個人的理解就只有這種程度，竟然就決定要跟他結婚？」

郁美瞪了御子柴一眼。

「你講話真的很難聽。」

「我再強調一次，這是我的工作。」

在和郁美交談的過程中，御子柴愈來愈覺得不太對勁。

三十年前，當兩人還是母子的時候，御子柴就感覺和郁美交談就像是和外星人交談。但如今御子柴心中的感受又有些不太一樣。說得更明白一點，御子柴感覺不出來這兩人是同一人。當年的母親是個隨時隨地都會感到不安的人，沒有辦法對任何人寄予全面的信任。而如今坐在眼前的這個婦人，除了不安之外，還帶著一種莫名的奇妙氛圍。

御子柴一方面感到疑惑，另一方面卻又覺得這是很合理的事情。畢竟現在的自己跟三十年前幾乎不像是同一個人，郁美會跟以前不同也是理所當然的事。

不過嚴格來說，御子柴的情況比較特殊。如今御子柴的基本人格，是經歷了醫療少年院裡頭的人生體驗才形成。可以說如果沒有當年那些院生及指導教官，就沒有現在的御子柴。

那麼郁美呢？她是在哪裡遇見了誰，才造就了現在的她？

這樣不行。

打從當初交給她委任書開始……不，應該說是打從身為母子開始，御子柴就對眼前這個婦人抱持著一抹疑慮。這股疑慮不僅沒有辦法消除，而且越來越強烈。

在調查案情之前，恐怕得先將郁美這個婦人調查清楚。

從看守所回到事務所一看，洋子早已備齊了資料，正在等著自己。從打電話傳達指令，到御子柴回到事務所，不過五分鐘的時間。看來她確實遵從了自己的指示，把這項調查工作視為最優先事項。

當初那場中高齡人士的相親聚會，主辦單位是一家名為「TREASURE」的出版社。那是一家專門提供結婚及就業資訊的出版社。聚會的地點，則是東京都內某一家相當著名的大飯店。參加費用男女皆高達三萬圓，由此可知那是一場以高所得者為對象的相親聚會。

「男性與女性收取相同的費用，倒是很少見。一般來說，像這種聚會不是女性的參加費用會比較便宜嗎？」

洋子興致勃勃地說起了閒話。

「這是供給與需求的現象。雖然近年來貧窮老人的比例大幅提升，形成了社會問題，但是大多數的有錢人還是以老年人為主。有錢的老男人相當搶手，與那些急著想要結婚的年輕男人不一樣。」

對於將來可能要請領低收入戶補助的郁美來說，三萬圓的參加費用絕對不便宜。即使如此，她還是決定參加，可見得就像她本人所說的，她在經濟及精神兩方面都已開始感到不安。

「這次的委託人，是老闆的母親嗎？」

洋子的口氣似乎帶了一絲緊張。

「委託人就是委託人，只要付得出我所要求的報酬，是不是母親都一樣。」

「老闆，您是真心這麼認為嗎？」

「一個願意為黑道組織擔任顧問律師的人，妳覺得我會在意委託人是不是母親嗎？就像我平常所說的，鈔票沒有乾淨跟骯髒的分別。我不會在乎委託人的身分，不管是黑道還是母親都一樣。」

洋子似乎頗不以為然，卻也沒有多說什麼。

到了隔天，御子柴前往了「TREASURE」出版社。說明了來意之後，負責人員旋即走了過來。

「我想詢問關於前陣子過世的成澤先生的事。」

那負責人員姓船岡，有一張削瘦的臉孔，言行舉止相當女性化。

「我曾聽說在舉辦這種聚會前，主辦單位會將參加者的個人資料加以彙整並且留下紀錄。」

「是的，我們會記錄參加者的收入、興趣、嗜好、職業及學歷等等，並且加以分類。這些都是挑選伴侶時的重要資訊，我們建立這套系統，是為了確保所有的參加者都能挑選到最合適的伴侶。」

「噢，婚配業也需要系統化？」

「男性會員挑選對象的條件通常比較抽象，例如希望在一起的時候感到心靈平靜，或是擁有相同的興趣等等。但是女性會員的條件大多非常具體，如果我們沒有建立完整的資料庫，就很難提供讓會員們滿意的服務。」

當然這家出版社如此投入心血在建立婚姻介紹的制度，並非因為希望所有的會員都獲得幸福。能否讓會員在入會後的一年之內成功找到對象，是婚配業的重要指標。大多數想要尋找對象的人都不會考量自己有多少的魅力和條件，只想要擠進成婚率較高的婚姻介紹團體裡，那種心態大概就跟尋找補習班的應考生差不多吧。

「近年來常有利用相親聚會的詐騙行為，因此任何人想要申請加入會員，我們都會先實施面試。」

當初為成澤進行面試的人，就是眼前的船岡。

「能不能請你提供成澤先生的詳細個人資料給我？」

「呃，這可能有困難，畢竟個資屬於個人機密。」

「一般情況下，當事人死亡之後，就不再適用《個資保護法》了。」

「但是隨便提供個資給你，還是可能會引起問題……」

「我負責的這個案子，被告也是貴會的會員。就算你們沒有提供個資給我，也很難置身事外。更何況我的辯護工作，最大的目的是想要證明一個如今依然在世的貴會會員並沒有殺害丈夫。以現階段的狀況來看，受害者與加害者都是貴會的會員，而且加害者當初參加相親聚會的主要目的就是搶奪財產。這件事要是被媒體知道，你認為對你們的企業形象會造成什麼樣的影響？」

船岡一臉吃驚地說道：

「你這是在威脅我嗎？」

「請不要誤會，我只是想要提醒一件極有可能發生的事情。要是社會大眾認為你們『TREASURE』出版社在會員發生了這種事情後，卻沒有任何作為，勢必會出現譴責聲浪。但如果你們能對外宣稱已經向警方及律師提供了最大的協助，就能獲得社會大眾的諒解。社會大眾會希望你們怎麼做，我相信你們應該能夠做出正確的判斷。」

「……請稍等一下。」

船岡說完這句話，便離開了座位。大概是想要請示上司吧。通常負責人員沒有辦法拒絕，就代表御子柴會獲得最後的勝利。

果不其然，船岡走回來時，腋下夾著一個A4尺寸的檔案夾。

「抱歉，雖然會員已經過世，但資產方面的資料請不要影印帶出。」

御子柴同意了。比起資產，御子柴更感興趣的是成澤的個人魅力。

不過任何事情都需要經過確認，於是御子柴翻開了檔案夾。

個人檔案是由當事人自行填寫，內容都是自由心證，因此像是「年所得八百萬圓」、「總資產兩億圓」這些記載恐怕都不足以採信。不過倘若成澤退休前真的是大型建設公司的董事，退休後把持股賣掉確實能拿到一大筆錢。而且光是三軒茶屋的房子，不動產的資產價值就很有可能超過兩億圓。照這樣看來，成澤確實可以算是相當有錢的人。

「既然當初面試過，你們應該很清楚他的為人才對。要是連你們都會看錯人，那就像是販賣黑心食品一樣。」

或許是因為御子柴這個說法太有趣，船岡忍不住露出苦笑。

「基於工作上的需要，我們見過非常多的會員。有些會員為了抬高自己的身價，會在第一次面試時故意穿得相當體面，佩戴各種首飾和裝飾品，連說話的方式也會特別講究。但是穿戴平常不習慣的東西，或是說平常不習慣的話，馬上就會被我們看穿。」

「連為人也能看得出來嗎？」

「光是使用和平常不一樣的說話方式，大概就能窺知一二。聊個大概十分鐘左右，就會露出馬腳了。根據我的觀察，成澤先生是真正的紳士。他的穿著打扮也相當合宜，沒有任何不適當之處。從經驗上來說，一個每天都穿著寒酸衣服的人，突然穿上高級衣服一定會看起來很彆扭。用字遣詞也是一樣，成澤先生說起話來溫文儒雅，卻又帶有一股若有似無的威嚴，我們都相信他的個人資料並沒有造假。」

「有人說他是一個很善良的人，這點你怎麼看？」

「善良……嗯，應該確實是如此吧。和成澤先生說話，能夠感覺到心靈平靜。有很多人雖然身價突然暴漲，但是為人及品格卻遠遠追不上身價。相較之下，從成澤先生的一舉手一投足，我們可以清楚感受到他是一個人生歷練相當豐富的人。」

「資料上寫著前妻是病死，你知道死亡的時期和病名嗎？」

「如果是離婚的話，我們一定會問清楚離婚的理由，因為那是相當重要的資訊。但如果是病逝的話，畢竟是不可抗力的事情，而且對當事人來說，也是一樁傷心事，所以我們不會多問。」

仔細想想，這也是理所當然的事。婚配業者絕對不可能對前來報名的人追問過世配偶的死因。也罷，關於成澤佐希子的事可以再找其他門路深入調查。

「對於成澤郁美……也就是薦田郁美這個人，你有什麼樣的看法？」

船岡的表情一時之間有些遲疑。看來他雖然做這個工作需要多說好聽話，但骨子裡還是一個相當老實的人。

「你可以老實說沒有關係。我的工作是要證明委託人並沒有犯罪，而不是一味讚揚或吹捧委託人。老實的回答，反而能夠帶來較大的幫助。」

「既然是這樣的話……或許這說起來有些失禮，她連參加費的三萬圓，似乎也是勉強湊出來的。整體來說，她給人一種過慣了苦日子的印象，或許是之前的婚姻生活並不幸福吧……而且她還給人一種歷盡風霜的感覺，就算再怎麼化妝或穿著打扮，也沒有辦法掩飾這種生活上的困頓感。」

「套一句你剛剛說的話，就是為了具體的條件才來參加相親活動的客人？」

「當然這本身不能說是壞事，而且像這樣的會員事實上並不少。其實大家都是希望能夠過安心的老年生活，差別只在於想要獲得的是伴侶還是金錢。」

大概只有像船岡這樣看多了中高齡夫妻的業界人士，才會產生這樣的感觸吧。

「當你為薦田郁美進行面試的時候，是否還發現了什麼不對勁之處？」

「不對勁之處？你指的是什麼？」

「例如她看起來像不像一個會為了搶奪財產而殺死配偶的婦人。」

「看起來完全不像。或許我這麼說有點像是老生常談，但窮苦人並不見得一定會犯罪。雖然她看起來有點畏畏縮縮，簡直像是在害怕著什麼，但絕對不像是一個會為了搶奪財產而接近有錢人，甚至是安排殺人計畫的人物。」

郁美看起來有點畏畏縮縮。御子柴曾經和郁美相處過十四年的歲月，這方面的看法可說是與船岡如出一轍。從這一點可以看出船岡確實頗有看人的眼光。

「不過話說回來，像成澤先生與郁美女士這樣的搭配，就某些層面來說其實相當理想。成澤先生需要的是一個能夠獲得安心感的伴侶，而郁美女士追求的是經濟上的安定，這個搭配符合雙方心中的期待，我們原本還很替他們開心，認為他們會過得很幸福……」

如果只是婚姻破滅就算了，沒想到妻子竟然殺害了丈夫，這可說是最糟糕的結果。當初促成兩人結婚的船岡，心中必定也是百感交集吧。

「在案子發生之前，他們是否曾經跟你聯絡過？」

「結婚之後還跟我們聯絡的話，通常都是婚姻關係出了問題。我們只收到過他們寄來的賀年卡。」

「這意思是他們從相識到結婚，完全沒有出過任何問題？」

「可以這麼說。」

接著御子柴前往了位於三軒茶屋三丁目一二五五的成澤家。只見大門深鎖，沒有辦法進入屋內查看。房子的實際外觀，跟看了成澤個資之後的想像頗為相近。占地面積大約六十坪，在這附近一帶算是相當大的房子。房子本身為木造兩層樓建築，雖然頗為老舊，但因為蓋得相當堅固，而且看得出來會定期修繕，並不給人腐朽感。如果將房子連土地一起賣掉的話，賣個數億圓絕對不成問題。

然而御子柴此行的目的，是拜訪隔壁的屋子。

隔壁屋子的門口掛著一塊姓氏牌，上頭寫著「木嶋」。御子柴走上前去按門鈴，出來應門的是一個看起來年過七旬的老婦人。她一聽到御子柴是被告的律師，臉上登時浮現了困擾與好奇心這兩種感情。

「噢，原來隔壁的太太雇用了律師？」

木嶋太太自顧自地點了點頭。

「嗯，他們家那麼有錢，能雇用律師也是理所當然的事。不過這可有點傷腦筋，我要是幫了你，對過世的丈夫不好意思，但如果不幫你，又對太太不好意思。」

「目前還沒有證實我的委託人是殺人凶手。」御子柴說道。

「咦？真的嗎？但是報紙跟電視都說太太被逮捕了，而且審判也開始了。」

「警察及檢察官的說法並不見得百分之百正確，或許真相完全不是那麼回事。如果妳的證詞能夠幫助釐清真相，對被害人及我的委託人來說都是好事一樁。」

「真不愧是律師，好會說服人。不過我知道的事情，都已經對警察說了。」

「警察跟辯護律師是對立的關係，他們不會願意把消息告訴我。」

「好吧，既然是這樣的話，我就幫幫你。不過你到底想問什麼？」

「他們夫妻的感情。」

「你說成澤先生跟郁美太太嗎？他們兩個人都是再婚。」

「這我聽說了。」

「畢竟是再婚，再加上年紀不小，當然不會有什麼新鮮感，但是夫妻的感情應該還算不錯吧。我從來不曾聽到他們吵架的聲音。在發生那件事的前兩天，他們夫妻兩人還一起把修剪花木製造出來的垃圾拿到垃圾收集場呢。先生本來就是個性情溫厚的人，從前我們這附近只要有人發生爭吵，就會請他出來當和事佬。畢竟他是個品德高尚的人，只要他居中調解，原本在吵架的人也不好意思再吵下去。他就像是水面下的町內會長吧。」

「新任妻子住進這裡，到今年還只是第二年，是嗎？」

「是啊，不過那太太不是個愛出鋒頭的人，因此在這附近人緣不錯。剛開始的時候，有謠言說她是為了財產才接近成澤先生，但他們結婚之後，並沒有過什麼奢侈的生活，甚至很少到外頭吃飯。總而言之，太太是個相當低調的人，或許應該說是相當傳統的女性吧。走路的時候，太太絕對不會走在先生的前面。」

低調、不愛出鋒頭這兩句評語，確實是一針見血。不過這雖然與御子柴從小熟悉的郁美大致相同，但御子柴對此的觀點卻是截然相反。事實上郁美並非低調、不愛出鋒頭。她是不斷在觀察著丈夫的臉色，為了避免遭到批評而永遠躲在家人們的背後。

「那關於前一任的妻子，佐希子女士，妳有什麼樣的看法？」

「噢，你說佐希子太太？嗯，我還記得她。」

木嶋太太瞇起了雙眼，顯得相當懷念。

「佐希子太太也是一個很好的人，年紀跟我差不多吧。她是個心思細膩的人，待人很客氣，而且她常常會像個年輕女孩一樣哈哈大笑，那模樣真是可愛呢。成澤先生真的很疼她，兩個人感情非常好。人家說鶼鰈情深，指的就是那樣的夫妻吧。雖然兩個人一直沒有孩子，但他們夫妻的感情好到讓人覺得他們根本不需要孩子。所以當佐希子太太過世的時候，成澤先生那模樣實在讓人看了很心酸。不僅在喪禮會場上一直哭個不停，而且四十九日的法會結束後，他看起來簡直就像是失了魂一樣。」

「佐希子女士大約是在什麼時候過世的？」

「唔，大概是五年前吧。後來成澤先生又娶了郁美太太，我們這些做鄰居的才都鬆了一口氣呢。」

前妻在五年前過世，娶郁美為續絃是大約一年前。這麼算起來，成澤約有四年的時間過著鰥夫生活。

「成澤先生雖然是很好的人，但是伴侶走了之後，他整個人就變得失魂落魄。我們這附近也有一個丈夫早逝的太太，她倒是每天過得相當有精神。女人果然還是比較堅強。」

聽完了木嶋太太這番話，御子柴心中對成澤的懷疑逐漸消失。

不管是成為續絃的郁美，還是居中牽線的船岡，都異口同聲地表示成澤是個好人。原本御子柴並不相信這世界上會有表裡如一的好人，但如今看來似乎是自己多慮了。

仔細想想，當年指導自己的教官稻見，不也是個表裡如一的人嗎？甚至因為太過表裡如一，為他辯護時自己還忍不住氣得想要捶胸頓足。

雖然這有些令人難以置信，但現實中就是有這種人。超越了御子柴及其他凡夫俗子的預期，擁有一套屬於自己的生活哲學與原則。正因為像這樣的人實在太耀眼，令人無法直視，才會造成御子柴的誤判。

這麼看起來，或許郁美真的殺害了成澤。

至少可以肯定的一點，是郁美並非像太陽一樣能夠釋放出閃耀光芒的人物。她是一個只能躲在他人的背後過活的人。像這樣的婦人，跟成澤那種品格高尚的人物住在一起，會發生什麼樣的狀況？當厭惡清高與正直的心情過度強烈的時候，很可能就會產生希望對方從世界上消失的逃避心態。

當然為了遺產而殺人是最單純而直接的理由。但是御子柴認為這世上真的完全只是為了錢而殺人的例子其實並不多。畢竟雙方都是有血有肉的活人，要殺死同類必須要有相當程度的殺意。至於要醞釀出殺意，前提是必須對殺害對象產生無法理解、無法認同的情感。說得更明白一點，品德高尚者很可能正因為品德過於高尚，而引來他人的殺意。

御子柴試著在心中仔細分析郁美這個人物。當然她是生下自己的母親，這是毋庸置疑的事實，但目前先將這一點擺在一邊不去考慮。

郁美的道德感並沒有比別人強烈。

而且她的獨立性非常薄弱，必須依賴他人才能活下去。她不僅依賴心很強，而且相當悲觀，就連對親生孩子的感情，也像紙一樣單薄。

或許她打從一開始，就對身為辯護人的自己撒了謊。

當然御子柴並不會因為這樣的理由而辭去辯護人的工作。畢竟遭到欺騙並不是什麼大不了的事情，過去御子柴已經遇到過太多個滿口謊言的委託人。但是爭取無罪判決的戰術，會因為委託人「是否真的無罪」而有所不同。如果沒有辦法在最快的時間內摸清楚委託人的底細，很可能會遭委託人跟檢察官內外夾攻而敗北。

御子柴想到這裡，忽然驚覺一個事實。

那就是自己對郁美這個人幾乎一無所知。雖然曾經以母子的關係在同一個屋簷下生活了十四年，卻沒有任何交集。雙方都不曾產生想要深入了解對方的心情。說穿了不過是住在同一個屋簷下的陌生人。最好的證明，就是自己和郁美現在變成了委託人與辯護人的關係，然而自己卻無法判斷她到底有沒有犯罪。

看來得先把郁美這個人查個清楚才行。而且不僅是最近這幾年，還要把過去的她也查個一清二楚。以最快的速度，確認這個女人的心靈是什麼樣的顏色，有著何種形狀的靈魂。

事不宜遲，立刻展開行動吧。對街坊鄰居的訪查，應該這樣就可以了……不對，還有最後一個問題忘了問。

「請問佐希子女士生的是什麼病？」

木嶋太太聽到這句話，錯愕地說道：

「什麼意思？」

「呃，我聽說佐希子女士是因疾病而過世。」

「你是不是跟其他人搞錯了？佐希子太太不是死於疾病，是被人殺死了。」

木嶋太太露出了一臉「原來你連這個也不知道」的表情，將雙手盤在胸前。

「你記得嗎？五年前有一個三十多歲的男人拿著刀子在車站前亂砍，殺了好幾個人，佐希子太太也是其中之一。」

3

御子柴一回到事務所，立刻上網搜尋木嶋太太提到的那起隨機殺人案。以「三軒茶屋、隨機殺人」一搜尋，馬上就找到了數十個相關的網頁。當然御子柴並沒有笨到囫圇吞棗地採信網路上的文章。查出了事件的梗概之後，立刻透過日本律師聯合會的網站找出過去的法庭紀錄。

這起事件的來龍去脈大致如下。

平成二十二年（二〇一〇年）八月二十五日下午四點三十分，居住在東京都世田谷區內的町田訓也（當時三十二歲，無業）開著自己家裡的廂型車，撞向東急田園都市線三軒茶屋站的車站出入口，一名六十三歲男性及一名二十三歲女性遭到撞擊而當場死亡，另造成一名十五歲少女身受重傷（住院兩個月）。三軒茶屋的派出所就在隔著世田谷通的另一頭，派出所內員警察覺異狀後立即趕往現場，大約花了五分鐘的時間。

在這短短五分鐘的時間裡，町田竟然繼續行凶。當時搭乘電車的乘客及到車站附近購物的行人目睹這一幕，皆嚇得驚惶失措，場面亂成了一團。町田跳下了車，取出一把長約一尺的生魚片刀，朝著路過的行人胡亂砍殺，造成一名六十七歲女性及一名五歲女童身受重傷，另有一名三十五歲家庭主婦及一名十三歲男國中生受到輕傷。六十七歲女性與五歲女童立刻被送往醫院，其中六十七歲女性因失血過多而宣告不治。

這名六十七歲女性就是成澤佐希子。

員警趕到現場，立刻以現行犯逮捕了町田。凶手町田在落網之後，嘴裡持續喃喃自語著沒有人聽得懂的話。這起隨機殺人案引起了社會大眾的關注，但東京地檢廳認為町田的行為明顯異常，為了慎重起見，決定在起訴前將町田交付精神鑑定。這份鑑定報告的結果，引起了被害者們的一片譁然。

專業醫師判定町田罹患了思覺失調症（Schizophrenia）。既然被告患有思覺失調症，辯護律師當然會以心神喪失為理由，主張適用《刑法》第三十九條。而且這份精神鑑定報告還是檢察官主動委託專業醫師所作，沒有任何理由可以加以推翻。檢察官知道就算起訴了町田，最後一定也會以敗訴收場，因此決定直接處以不起訴處分。

因町田的隨機殺人行為而遭受輕重傷，甚至是死亡的受害者家屬們當然不肯善罷甘休。他們立刻組成了受害者家屬自助會，對町田提起了民事損害賠償的集體訴訟。既然沒有辦法讓凶手受到《刑法》上的懲罰，至少也要以民事訴訟來討回公道。當初被迫做出不起訴處分的檢察官，也主動向家屬們提供了協助，因此最後家屬們在民事訴訟上大獲全勝。然而民事訴訟上的勝利，並沒有讓家屬們獲得賠償，反而讓家屬們陷入了更加絕望的深淵。

法院最後判決的賠償總額為二億二千五百萬圓。這起事件造成三人死亡、四人輕重傷，這樣的賠償金額算是相當合理，但是町田的名下沒有財產，也沒有償還債務的能力。原本扶養町田的父母，在民事判決結果出爐後也躲了起來，從頭到尾避不見面。

因此家屬們最後只得到了一張沒有實質效用的判決書。町田父母原本所住的房子是租來的，沒有辦法加以扣押。受害者跟家屬們雖然恨得咬牙切齒，卻也無計可施。另一方面，犯下了隨機殺害案的町田則被送進了醫療機關，直到現在依然沒有獲得釋放。

御子柴讀完了案情的概要之後，並沒有什麼特別的感想。

這樣的案子在二十年前或許相當罕見，但如今早已不是什麼稀奇的事情。說穿了就是一件經常發生的悲劇。近年來在起訴前交付精神鑑定的案子，占了司法鑑定總數的九成以上。從另一個角度來看，這意味著「表面上看起來似乎是心神喪失者」的犯罪率增加了。只要《刑法》第三十九條沒有改變，未來必定還是會出現類似的案子，或是蓄意惡用該條文的犯罪者。

然而在深入調查事件紀錄的過程中，御子柴發現了一件耐人尋味的事情。

這到底是怎麼回事？

御子柴仔細瀏覽審判紀錄及網路上的消息，想要找出理由，結果卻是一無所獲。看來要得到這個問題的答案，就只能詢問律師團的人了。御子柴在確認律師團的總召姓名時，忽然想到了一個好主意。

星期日，御子柴拜訪了前東京律師公會會長谷崎完吾的事務所。每次來到這裡，御子柴都不由得嘖嘖稱奇。那建築物的老舊程度，幾乎可以和谷崎劃上等號。雖然乍看之下腐朽嚴重，但由於地基蓋得很穩，因此即便這幾年地震頻傳，這棟建築物依然能屹立不搖。谷崎的律師事務所也正如同這棟建築物，在近年來整個律師公會都因案件大幅減少而叫苦連天的局勢下，經營狀況依然堅若磐石。

谷崎本人也還是老樣子。雖然雙頰削瘦，但雙眸綻放著睿智的精光。明明這麼久沒見了，他卻絲毫沒有顯得老邁，讓人不禁想像他可能會維持著現在的面貌直到死去。

「久疏問候。」

「你真是個奇特的男人。我雖然沒有跟你見面，但一天到晚聽見關於你的傳聞，因此一點也不覺得跟你很久沒見了。不過這也證明了律師業界是個相當狹小的圈子。聽說你接下了為母親辯護的工作？」

果然谷崎已經知道這件事了。

「聽說過程中問了很多人，最後還是落在我的頭上。」

「這起案子的案情，我已經聽說了。雖然被告否認犯案，但『點』與『線』*都很讓人擔憂。你是最適合接這個案子的人，最後當然落在你的頭上。」

谷崎凝視著御子柴的雙眼，接著說道：

「不是因為被告是你的親人，而是因為你的個人因素。」

御子柴不禁心想，真是個討人厭的老頭。

哪壺不開提哪壺。

「見笑了。」

「不過檢察官似乎在這方面已經下了封口令，相信你應該也鬆了一口氣吧？你明白他們下封口令的理由嗎？」

「大致猜得出來。」

「裁判員並非受過訓練的專業法律人士。一旦你跟被告的血緣關係及過去的往事在社會上引發熱議，裁判員的理性必定會遭到動搖。他們擔心要是發生這種狀況，有些裁判員可能會對你產生同情心態。」

「像我這種人，會有人同情我嗎？」

「這世上並非每個人都只會譴責他人，還是有很多人能夠分辨是非道理，只不過這些人的聲音往往不夠大聲，因此不容易被人發現。」

「聲音不夠大，那就跟不存在沒有兩樣。」

「法官其實也一樣，有些法官的聲音大，有些法官的聲音小。擁有決定權的人，也有著各種不同的面貌。多瞭解這種事情，可說是有益無害。」

谷崎似乎想要在御子柴及郁美的關係上說一些好話，但聽在御子柴的耳裡，卻只是一些毫無意義的廢話。為什麼每個人都喜歡評論自己根本不瞭解的家人關係？

……御子柴想到這裡，忽然驚覺不對。

自己跟郁美根本不是家人。早在三十年前，就已經切斷關係了。

＊「點」、「線」都是日本法界人士喜歡使用的術語。「點」指的是案件肇因及發生事由，「線」指的是進入審判前的事態發展。

「雖然我剛剛說你是最適合接這個案子的人，但實際上你認為這個案子的勝算如何？既然你會接下這個案子，應該有些把握吧？」

「何以見得？」

「因為你不是喜歡接受挑戰的熱血律師，也不是明知沒有勝算還要上戰場的無謀律師。話說回來，就算只有百分之一的機率能贏，你也會認為值得一試。像這樣的案子，大概也只有你敢接。」

「過獎了，我沒那麼厲害。」

「真是口是心非。」

谷崎發出了帶有深意的笑聲。御子柴看老人笑得開懷，心裡不禁感慨跟這個人說話總是會被牽得暈頭轉向，簡直就像是被玩弄在掌心一樣。或許這就是老狐狸的功力吧。

「雖然檢方握有不少的證物，但只要被告否認犯案，就有機會反敗為勝。」御子柴說道。

「看來我剛剛說錯了，你不是口是心非，而是桀傲不遜。」

「請盡管罵吧，反正我已經被罵習慣了。」

「對了，你今天來找我有什麼事？從電話中的口氣聽來，你似乎有事想拜託我？」

「谷崎先生還記得五年前發生在三軒茶屋車站前的那起隨機傷人事件嗎？」

「當然，那起事件讓我很擔心這類事件會在日本變得越來越頻繁。」

「三人死亡，四人輕重傷。死亡者之一，就是這次的被害人成澤拓馬的前妻。」

「原來這對夫妻的運氣都不太好。」

「凶手因為心神喪失，獲得不起訴處分。受害者跟家屬們提起了民事的集體訴訟，但是在這個訴訟團體裡，竟然沒有成澤拓馬的名字。」

「他身為過世者的丈夫，卻沒有參與索賠行動？」

「是的，當時的律師團總召是來生友則律師。」

「噢，原來如此。」

谷崎點了點頭，似乎明白了御子柴的來意。

俗話說「三個女人就能形成派系」。東京律師公會的內部當然也有著各式各樣的派系，包含了保守派的清風會、革新派的友愛會、左派的創新會、右派的火曜會，以及中庸派的自由會，這些派系平常會互相牽制。谷崎雖然已經辭去了律師公會的會長職務，但依然是自由會的領袖，而來生律師恰巧是自由會的一員。

「來生是律師團的統籌者，你認為從他的口中可以問出成澤拓馬沒有參加集體訴訟的理由？」

「我跟來生律師從來沒有見過面，而且我的風評太差，就算要去見他，恐怕也會吃閉門羹。」

「所以你想利用我居中介紹？」

「希望谷崎先生為我寫一封介紹信。」

「我跟來生有些交情，不用寫什麼介紹信，打一通電話就行了。不過我可不希望你把我當成了有求必應。」

「真是非常抱歉。」

「你的臉上看不出絲毫的歉意。好吧，這次我就幫幫你。話說回來，五年前的隨機傷人事件，跟這次的案子有什麼關係？」

「目前還看不出關係，不過……」

「不過什麼？」

「從那起事件，我可以看出本案的死者是個什麼樣的人，我認為這是相當重要的環節。」

「你想要查的不是殺人者的本性，而是被殺者的本性？因為殺人者是你的親人嗎？」

「跟是不是親人無關。不管是聖人君子還是殺人魔，只要委託人否認犯案，我就要幫助委託人贏得無罪判決，這就是我的工作。」

谷崎將嘴唇彎成了「ㄟ」字形，正眼凝視著御子柴說道：

「你這種不盲信委託人的心態，基本上並沒有錯。不過我想問你，你為什麼要如此排斥血緣關係，幾乎到了無視人性的程度？」

「委託人就是委託人，有沒有血緣關係都一樣。」

御子柴把當初告訴洋子的話又搬了出來。事實上打從以前到現在，御子柴的想法從來不曾改變。

早在十四歲的時候，自己就已經沒有親人了。如今大概只有被關在八王子醫療監獄裡的那個男人，勉強能夠算是自己的親人。正因為視他為親人，所以過度相信了他，導致沒有辦法為他贏得無罪判決。

但是這一次不一樣，這次的委託人是個和自己毫無瓜葛的外人。

所以一定能勝訴，不會有任何問題。

來生的事務所位在四谷的愛住町，就在鄰近靖國通的巷子內的綜合商辦大樓裡。那大樓雖然稱不上豪華，但已經比御子柴現在的事務所所在的大樓好得多，不管是正面大門還是電梯都還很新。

多虧了谷崎事前打過電話，來生笑臉盈盈地開門迎接了御子柴。他的年紀看起來比御子柴大三、四歲，柔和的面色中帶了幾分嚴謹。

「御子柴律師，早就聽過你的傳聞，一直無緣拜見。」

想也知道是什麼樣的傳聞。

「抱歉，在你百忙之中前來打擾。」

「不管再怎麼忙，都不能不見谷崎前會長介紹的人。在進入律師公會之前，我一直以為這種霸王硬上弓的事情只會發生在相撲界。」

「你覺得這很蠻橫嗎？」

「不是蠻橫，是濫權。不過谷崎前會長雖然作風獨裁，對他有怨言的會員應該不多吧。這可不是因為我是自由會的人才這麼說。」

「我直接說正題吧，今天前來拜訪，是想詢問關於五年前那起事件。」

「町田事件……我一想到那起事件，就渾身不舒服。」

來生望向遠方說道：

「當時我才剛獨立開業沒多久，所以直到現在依然記得很清楚。那起事件的受害者很多，而且下場相當慘。」

「請恕我問一個失禮的問題……你當時真的認為只要在民事訴訟中獲勝，就可以從町田及他的家人手中拿到賠償金？」

「……你說起話來果然犀利，當真是名不虛傳。不過我也不討厭這種直來直往的說話方式，所以我就直截了當地告訴你吧。當初得知檢察官放棄起訴之後，整個互助會裡瀰漫著一股絕對不能善罷甘休的氣氛。但那時候我們還不是債權人，所以沒有辦法調查被告的資產。我們提出了損害賠償的訴訟，只能說是死馬當活馬醫。最大的目的，還是在於表達受害者家屬們心中的憤怒。但沒想到町田的家人們竟然偷偷逃走，從此下落不明，只能說當時的我見識不足，沒有預料到這種情況。事實上當時我還不太習慣這種民事上的進退應對，說起來實在對訴訟團相當抱歉，那起案子讓我學到了非常多的教訓。」

「就我所知，訴訟團裡並沒有過世的成澤佐希子的家屬？」

「當初組成訴訟團的時候，我當然曾邀請成澤佐希子的丈夫加入。畢竟長年相依為命的伴侶突然遭到殺害，我本來以為他一定會加入。所以當我得知他決定不加入時，著實嚇了一大跳。」

「他是否曾提到不加入的理由？」

來生無奈地點頭說道：

「他說總額超過兩億圓的賠償金，一般家庭絕對付不出來。到頭來每一戶受害者家庭真正能夠拿到的賠償金大概少得可憐，沒有什麼意義。他還說他能理解提起民事訴訟只是為了要爭一口氣，但是他那過世的妻子向來不喜歡無謂的爭端，所以他決定不參與民事訴訟……」

「真是豁達的想法。」

「那時候他是當著我的面，說出了這些話。事實上我並不覺得這是豁達，反而認為這是相當自然的想法。本來我想要說服他，卻反而覺得他給我上了一課。我們身為律師，或許都太喜歡從金錢或對價的角度來思考事情的結果了。」

御子柴聽了來生的描述，心中頗不以為然。

如果來生所轉述的成澤那些話都是事實，或許像成澤這樣的人才是最惡劣的原告。一旦把賠償的範圍提升到精神層面，賠償的責任就會無限擴大。這就有點像是黑道流氓以要求賠償的名義藉機勒索一樣。雖然這樣的比喻或許不太恰當，但本質是相同的。為了避免賠償責任的無限上綱，我們才需要藉由法庭來規定出合理的價碼。御子柴雖然不是不能理解成澤的那套哲學背後所隱含的心情，但認為這與律師的價值觀背道而馳。

更重要的一點，是御子柴並不具備成澤的那種心情，因此更加無法認同其主張。

「不過說得難聽一點，或許因為成澤原本就很有錢，所以才會不屑為了一點小錢而參與訴訟。總而言之，律師是為了委託人而存在，既然成澤不願意參與訴訟團，我也不好多說什麼。」

來生頓了一下，深深嘆了一口氣，接著說道：

「後來的結果，你應該也很清楚，只留下了滿滿的遺憾。就算是再怎麼擁有執行力的判決，一旦對象消失無蹤，也是無計可施。但是在法律上，被害者已經沒有其他能夠做的事情了。換句話說，在名義上加害者對訴訟團成員們的賠罪已經結束了。這就好像是上場打擊卻吃了三振一樣，只能摸摸鼻子走下打擊區。」

「你的意思是說，從來不曾站上打擊區的成澤還有機會？」

「如果町田的雙親忽然出現，或是町田本人離開了醫療機構，就只剩下成澤能夠要求他們贖罪了。當然這單純只是權利而已，能不能做得到還是另外一回事。」

「但如今成澤自己也被殺了，一切都只是空談。」

「不，就算成澤還活著，我相信他也不會向町田或其家人要求道歉或賠償。就算接受了道歉，拿到了一點賠償金，過世的妻子也不會復活……成澤曾經親口對我說過這樣的話。當時我擔任律師團的總召，最大的收穫就是明白了成澤的價值觀。正因為如此，今天我才會爽快地答應跟你見面。」

來生揚起嘴角，臉上露出了刻薄的笑意。

「犯罪加害者真正能夠做到的贖罪是什麼？既然不是金錢也不是物質，到底什麼能夠讓受害者家屬打從心底獲得滿足？今天我願意會見曾經是少年犯的你，正是因為我對這一點非常感興趣。我並不自詡為人權派律師，我只是很想要深入研究你的動機。『屍體郵差』的母親，殺害了為人耿直的成澤。當你在為母親辯護的時候，到底抱持的是什麼樣的心態？」

「……真是高尚的興趣。」

「你不正面回答我，讓我感到有些遺憾。醫療少年院裡頭的更生課程，真的讓當年被視為怪物的犯罪少年重新做人了嗎？在法律界基於另一種理由而人見人怕的你，到底願意為母親做到什麼樣的程度？站在為被告辯護的立場來看，這是一個非常值得參考的案例。」

面對來生的挑釁言論，御子柴只感到興致索然。

像來生這樣的小角色，就算被他當成「案例」看待，也不是什麼值得吹鬍子瞪眼的事情。自己是否改變了，以及是否還清了過去的債務，御子柴只希望讓一個人看見。

「好吧，該問的話都問完了，我該告辭了。」

「招待不周，還請見諒。」

「不，你提供的資訊相當有參考價值。為了向你道謝，我想稍微訂正你剛剛說的話。」

「我說錯了哪一句話？」

「你剛剛說從前的我跟現在的我都像怪物，但其實比我更適合怪物這個稱呼的人多如牛毛，只是大多數的人沒有自覺……或許你也是其中之一。」

來生臉色一沉，卻不知道該如何反擊。

就在御子柴回到事務所的不久後，手機響了起來。

來電者是不久前才剛記錄號碼的梓。

「怎麼了？有什麼急事嗎？」

〈我好歹也是委託人，沒有急事就不能打電話給你嗎？〉

「有什麼事，快說。」

〈我只是想確認調查的進展。下個星期就要第二次開庭了。〉

「我要在法庭上說什麼，沒有義務先告訴妳。」

〈你該不會正在優先處理其他的案子吧？〉

「我總不能把所有的時間都浪費在連簽約金都還沒有給的案子上。」

這的確是事實。除了郁美的案子之外，御子柴的手上還有三起案子。若考量簽約金及報酬的金額，郁美的案子應該排在最後。

〈浪費……？你竟然說這種話。我真後悔雇用了你這種律師。〉

梓或許是心情不好的關係，立即反唇相譏。小時候的梓，也是脾氣這麼暴躁的人嗎？御子柴試著挖掘心中的記憶，但說什麼也想不起來小時候的梓是什麼樣子。

〈人家說你只要有錢可以拿，就算委託人是惡魔也無所謂，看來應該是真的吧。除了實力有兩把刷子之外，我幾乎聽不見關於你的任何好話。〉

「基本上並沒有錯。就算是大惡棍或心理變態，只要我接受了委託，對方就是客戶。妳這案子當然也是一樣。」

電話另一頭的梓半晌沒有說話，似乎是驚訝得說不出話來。

御子柴正想要掛斷電話，梓忽然話鋒一轉，說道：

〈聽說你調查了成澤的事？〉

御子柴沉默不語，梓似乎是認定御子柴默認了，接著說道：

〈你只調查被殺的人？〉

「什麼意思？」

〈你對客戶是什麼樣的人不感興趣？〉

「這個我剛剛說過了。」

事實上不用梓提醒，御子柴本來就打算針對郁美好好調查一番，就跟成澤拓馬一樣。在結識成澤之前，郁美住在哪裡？過著什麼樣的生活？雖然可能性不大，但還是有機會從中找到對郁美有利的線索。

〈你去調查看看吧。只要你一查，就能知道媽媽再婚的理由。〉

「不是因為對生活感到不安嗎？」

〈不安的理由不是只有一個。〉

「請妳說清楚一點。」

〈這都是你的錯。〉

梓以哀怨的口吻說道：

〈每當媽媽想要過新的生活，都會因為你的關係而希望落空。不止是媽媽，我的人生也被你搞得一團亂。〉

「與我無關。」

〈我在二十九歲的時候，本來有一個結婚的對象。他已經說要娶我了，但他的父母為了保險起見，委託徵信社調查了我的事。這一查，馬上就查到我們原本的名字，以及你幹下的案子，婚事就這麼吹了。要不是你，我跟媽媽的人生不會過得那麼苦。〉

御子柴心中的不耐煩到達了極限，直接掛斷了電話。

當年御子柴在福岡犯下案子之後，郁美曾經住過哪些地方，御子柴已經向她本人問過，此外也已經確認過戶籍謄本了。接下來只要回溯郁美的人生，找出有用的線索就行了。

御子柴想要收起手機。

這才驚覺掌心全是汗水。

4

隔天，御子柴前往了北關東地區。

群馬縣館林市大島町。改姓薦田的郁美及梓在平成六年（一九九四年）十一月移居至此地。兩年之後，梓獨自搬到了東京，一個人過生活。郁美則一直住在這裡，直到和成澤再婚。

放眼望去，可看見渡良瀨川旁的寬廣農田。附近有一個頗具歷史的社區，當年郁美及梓就住在那社區裡頭。原本兩人所住的屋子，如今門口已掛起了完全不一樣的姓氏牌。

那是一棟透天厝，跟周圍的其他建築物比起來，顯得更加老舊得多。郁美說當年那屋子是租來的，現在應該是租給別人了吧。

御子柴按下了隔壁的高須家的門鈴。高須是郁美兩人當年住在這裡時的房東。現在的房客不可能知道從前房客的事情，但房東應該會知道一些往事。

御子柴按到第五次，門內才傳來了一聲「誰啊」。

一個年約七十多歲的老人打開了大門。御子柴詢問對方的身分，果然是房東高須建朗。那是一個身材矮小的老人，有著一對貌似平易近人的雙眸。

「敝姓御子柴，是一個律師，想請教關於從前住在隔壁的薦田母女的事。」

高須一聽，恍然大悟地點了點頭。

「你是幫郁美辯護的人？」

御子柴心想，對方應該是從電視新聞或報紙上得知了郁美的案子吧。既然對方已經知道了，省得自己再多費唇舌說明。

「你想問什麼？」

「關於薦田母女在這裡的生活。聽說她們在這裡住了很長的時間？」

「嗯，女兒找到工作後就離開了，但郁美在這裡住了十九年……不，應該有二十年吧。站在門口說話不方便，請進來坐吧。」

御子柴隨著老人走進了起居室。空氣中瀰漫著老人獨有的氣味，放眼望去到處是凌亂的塑膠容器及揉成一團的面紙，看來平常應該沒什麼人會到這老人的家裡作客吧。他邀御子柴進屋，應該也是因為想要找人說話解悶。

「你剛剛應該也看到了，那房子相當舊。本來是給我的兒子、兒媳居住的偏屋，後來他們夫妻因為工作的關係，搬到外地去了。我心想房子空著也是空著，所以就租了出去。原本是租給別人，後來第一任房客搬走了，郁美母女才搬進來。」

高須望向遠方，瞇著眼睛說道：

「第一次來我家打招呼的時候，就只有郁美跟阿梓妹妹，沒有看見孩子的父親，當時我就猜想這對母女的來歷可能不單純。郁美跟我說孩子的父親死於事故，但如果只是單純的事故，沒有理由要搬到這種地方來。所以我打從一開始就知道這對母女有點古怪，只是我也沒有打破砂鍋問到底。」

「日常生活有什麼不對勁的地方嗎？」

「生活上完全沒有任何問題，見了人會打招呼，家裡打掃得乾乾淨淨，垃圾也會在規定的日子拿出來，但我看得出來她們似乎有著什麼難言之隱。我這輩子也算是閱人無數，再加上年紀這麼大，一眼就能看出一個人的底細。」

對於這一點，御子柴的想法稍有不同。雖說年紀越大，通常經驗會越豐富，但並不是每個老人都擁有智慧，也不是每個老人都能獲得識人的眼光。這世上多的是駑鈍、膚淺又貪得無厭的愚蠢老人。

眼前的高須正是最好的例子。

「她們住在這裡的期間，大致上相安無事，但是有一天，住在附近的一個太太忽然告訴我一個驚人的消息。聽說那是她的兒子在網路上找到的舊新聞。我說了，你可別吃驚，那對薦田母女竟然是從前在福岡鬧得天翻地覆的『屍體郵差』的家人。」

高須將臉湊了過來，露出一副「是不是很嚇人」的表情。御子柴為了讓他繼續說下去，不敢掃了他的興致，只好故意裝傻。

「郁美跟你提過這件事嗎？」高須問道。

「沒有，我現在才知道。」

「果然，我想也是。她大概是怕被律師知道真相的話，律師會棄她而去吧。福岡那案子到現在已經過了三十年，我還是記得很清楚。一個年紀才十四歲的國中生，竟然把住在附近的小女孩殺死，屍體切成了好幾塊，放在各地的郵筒及賽錢箱上。那種行徑真的是只有畜生才做得出來。一個家庭會養出這樣的孩子，絕對不會是什麼正常的家庭。我這才恍然大悟，原來這就是郁美及阿梓妹妹的難言之隱。果然我的眼睛是不會看錯的。」

高須撐大了鼻孔，得意洋洋地說道。

「你是在什麼時候發現薦田家的祕密？」

「阿梓妹妹要結婚的前一年……應該是平成十四年（二〇〇二年）吧。阿梓妹妹原本跟著她媽媽一起搬到這裡來，後來到了平成八年，也就是兩年後，她就搬出去了。可惜不管再怎麼換地方住，也沒有辦法逃離過去的陰影，只是白費力氣而已。」

御子柴的心頭迴響起了梓在電話另一頭說的話。

「但是既然已經離家六年了，從前的事應該已經跟她沒有關係了吧？」

「流言蜚語是擋不住的。我剛剛不是說過，阿梓妹妹要結婚嗎？這件事，郁美跟阿梓妹妹都沒有跟我們提過，你猜我們是怎麼知道的？」

御子柴早已猜出是怎麼回事，但還是佯裝不明白。只要裝傻，大多數的人都會得意洋洋地繼續說下去。

「答案就是男方的家人雇用了徵信社。男方似乎家庭背景還不錯，父母為了慎重起見，雇用徵信社調查新娘的底細。這說起來也是合情合理，畢竟結婚是兩個家庭的事情。就算阿梓妹妹的條件再好，還是會受家庭背景的影響。紙包不住火，過去的事情遲早會被揭穿，重要的是被揭穿的時機點。要是等到結婚過了一陣子，丈夫才知道這件事，那肯定不得了。丈夫必定會大發雷霆，除了會氣這件事情本身之外，也會氣老婆為什麼一直沒有說實話。與其讓事情發展到這個地步，不如早一點把祕密說出來，雙方受到的傷害都會輕一些。或許阿梓妹妹會怪我多管閒事，但我絕對沒有惡意。我做的事情，都是為了她的將來著想，可以說是用心良苦。」

御子柴聽高須如此自我辯解，忍不住想要冷笑。什麼用心良苦，簡直是不知羞恥。說到底，這個人只是想要滿足自己的好奇心及嗜虐心。

但更令御子柴感到莞爾的一點，是這世上確實有很多人喜歡以「用心良苦」這句話來當作擋箭牌。有些人甚至會在「用心良苦」的外頭再包上名為「正義」的糖衣。當然這些人並不會察覺潛藏在自己內心深處的邪惡心態。不，應該說是一部分的人會假裝沒有察覺，另外一部分的人則根本不在乎。

相較之下，那些絲毫不為自己的惡行惡狀找藉口的人，至少還能做到心口如一。御子柴如今依然願意擔任全國性黑道組織的顧問律師，雖然最大的理由是顧問費用，但另有一小部分的理由也是因為御子柴對黑道流氓比較有好感。至少他們不會為自己做出來的壞事找藉口，比那些偽善的一般民眾好得多。

「當時徵信社的人跑到了我家來。畢竟我是房東，徵信社的人當然會跑來問我『住在隔壁的梓是個什麼樣的人』。我把所有的事情一五一十都說了，完全沒有隱瞞。我說阿梓妹妹本人是個很有禮貌的好女孩，但她的家庭有點特別。這件事非同小可，要是以後才被揭穿，反而會惹出問題，不如我現在就告訴你們。徵信社的人聽到蔦田一家就是當年的『屍體郵差』的家人，嚇得目瞪口呆呢。」

不知高須自己是否知道，當他說到徵信社的人嚇得目瞪口呆時，臉上露出了開懷的笑容。

「聽說那樁婚事後來沒有談成，不過那也不見得是我的關係。婚姻本來就是靠緣分，只能說阿梓妹妹跟她的男朋友緣分不夠。沒錯，一定是這樣。」

御子柴不禁心想，如果可以的話，實在很想把梓也一起帶來。不曉得高須在面對梓的時候，會說出什麼樣的推託之詞？梓又會採取什麼樣的行動？

「對了，既然過去的事情被攤在陽光下了，獨自住在這裡的郁美應該也沒有辦法置身事外吧？」御子柴問道。

「那還用說嗎？畢竟是生下了那種怪物的母親。我說這種話，或許聽來冷酷無情，但是老實說，自從『屍體郵差』的事情傳開之後，她在這裡住了十年以上，不管是她自己，還是附近的街坊鄰居，日子可不知有多麼難過。你想想看，生下那種怪物的母親，就住在自己家的附近，如果是你的話，難道不會害怕嗎？更何況像她那樣的人，還是應該要遭受懲罰才對。」

「懲罰？」

「就算生下怪物不是父母的錯，但是讓怪物長大之後依然是怪物，這總是父母的錯吧？偏偏那個怪物的年紀才十四歲，不會受到審判，只會被送進少年院裡，不用背負任何罪責。如果事情就這麼算了，被殺害的小女童跟她的家人不是太可憐了嗎？至少應該要讓父母代替那個怪物揹起責任，否則實在是說不過去。」

或許是個性使然，高須越說越是激動，臉色逐漸泛紅。在御子柴看來，那模樣是多麼滑稽而醜陋。

「所以後來郁美遭受那樣的對待，說起來也是天經地義的事。對比遭怪物殺害的小女童跟她的家人有多麼可憐，大家對郁美做的那些事真的沒有什麼大不了。」

「大家對郁美做了什麼事？」

「真的不是什麼大事，畢竟我們不是野蠻人。頂多就是在路上遇到時不打招呼，傳閱告示板*不傳給她，以及不找她參加社區聚會而已。啊，不過有些鄰居的做法比較極端，有時會打無聲電話，或是在她家的門口及窗戶上塗鴉。不過那時候郁美是一個人生活，而且她在從前住的地方應該也遇過類似的事情，大概早就習慣了吧。她就算看見了塗鴉，也會置之不理，不會主動把塗鴉擦乾淨。我身為房東，當然不會坐視自己的屋子被搞成那樣，所以我每次都會叫她清理乾淨。但是塗鴉這種東西，就算清理乾淨了，馬上又會被寫上去，久而久之連我也懶得管了。到頭來，郁美是在搬離這裡的前一天，才把門口及牆壁上的塗鴉清乾淨。她走了之後，當然也就不會有人在我的屋子上塗鴉，所以我只能說她的判斷是正確的。」

御子柴語帶譏諷地問道：

「站在房東的立場，要根本解決這個問題，與其要房客清理塗鴉，不是應該把塗鴉的人找出來嗎？」

「塗鴉的人？我大概知道是誰，根本不用找。畢竟我們這附近會做那種事的人，就只有那幾個而已。

但我能夠體會他們做這種事的心情，畢竟天底下不會有人想要住在犯罪者的家人附近，更何況還是那種怪物的家人，會想要把她趕走也是人之常情。如果以人權之類的理由來責備他們，我覺得對他們來說不公平。只有待在安全的地方，能夠確保自己不會受到傷害的人，才會假惺惺地說出人權之類的空談。」

高須說得口沫橫飛，口氣中甚至帶了一絲感傷，御子柴卻是心如止水，心情沒有任何起伏波動。熟悉的嘴臉，熟悉的聲音。這就是所謂一般民眾的心聲吧。早就已經知道的事情，當然不會引發心中的一絲怒火。

「搬出去的時候，郁美是否說了些什麼？」

「就只是很平常地打了招呼，說了一聲『受你關照了』。其實我覺得她應該要說的是『給你添麻煩了』才對，但畢竟大家都是大人了，我也沒去追究這種事情。我還真心誠意地祝福她，對她說『恭喜妳找到再婚的對象』呢。雖然我覺得她有點可憐，但是問題人物終於走了，這附近的街坊鄰居都覺得鬆了一口氣。」

御子柴當天就趕回東京，接著搭新幹線前往了名古屋。

抵達名古屋車站時，已是下午兩點四十五分。接著御子柴轉搭地下鐵，抵達目的地昭和區御器所町時已超過了三點。

＊「傳閱告示板」原文作「回覽板」，為日本的傳統社區經常採用的公告制度。管理者會將欲公告周知的事項寫在一張告示板上，交給社區內每一戶居民傳閱，閱畢後即在上頭蓋章並傳給下一戶，如此方可確保所有居民都已知悉該公告事項。

從平成元年（一九八九年）四月到六年十一月，郁美與梓一直住在這個地區。在此之前，母女兩人還住在福岡，由此可知她們每一次搬家都往東推進一些。

平成元年時，梓的年紀是十五歲，就讀國中三年級。為什麼母女兩人會在這一年決定搬家，雖然郁美沒有明說，但御子柴大致猜得出來。多半是因為沒有辦法忍受附近鄰居的誹謗中傷吧。重要的不是母女兩人為什麼會搬到這裡來，而是母女兩人在這裡遇上了什麼事，這些事對現在的母女兩人造成了什麼樣的影響。

御器所町是住商混合的傳統社區，居酒屋及小鋼珠店等店家之間夾雜著不少民宅。雖然不確定是否還殘存著實施《建築基準法》之前的建築物，但街景保有濃濃的昭和時代氣息。

御子柴非常厭惡這種老舊街道的氛圍。一來是因為當初年號從昭和轉變為平成的時候，御子柴正待在醫療少年院裡，二來則是因為御子柴只要一想到十四歲之前的自己，就感覺心情憂鬱。基於以上這些理由，御子柴不喜歡任何會讓人聯想起昭和時代的事物。昭和區光是區的名稱就冠上了昭和兩字。

郁美母女居住過的地點，在昭和區公所的附近，周邊一帶有著不少國小及高中。由於正值下課時間，御子柴遇上了不少國小學生的隊伍。

御子柴也討厭孩童。光是待在孩童的身邊，就讓御子柴感覺到如坐針氈的痛苦。要是有心理學家知道這件事，大概會滔滔不絕地說出心理創傷之類煞有其事的理由吧。但事實上御子柴討厭孩童的理由並沒有那麼單純。比起悔恨與自我厭惡，更讓御子柴感到難以承受的其實是擔心原始慾望再度從體內萌生的恐懼。十四歲時屠殺了住家附近女童的那股殘酷的嗜虐性格，彷彿一直躲藏在御子柴的內心深處蠢蠢欲動。

但有很長的一段時間，御子柴已經忘記了自己對昭和時代的厭惡，以及對孩童的恐懼。這些情緒再度浮現心頭的理由，當然是郁美與梓的出現。自從與那兩人重逢之後，御子柴明顯感覺到自己失常了。每次當御子柴與那兩人對話，或是向相關人士詢問證詞時，腦袋裡總是會重複著沸騰與冷卻的現象。有時對方的一句話就會讓自己怒不可遏，但另外一句話又會讓自己快速降溫到冰點。

這是一個相當危險的徵兆。沉著冷靜向來是御子柴的最大武器。正因為御子柴有著不論看見什麼、聽見什麼都能無動於衷的神經，才能將法庭的氛圍完全操控在掌心。如果連自己的心情都無法控制，能力當然也會大打折扣。

御子柴一邊走，一邊想著這些事情，不知不覺已經來到了自己想要找的那棟建築物的前方。那是一排由七間平房連在一起的長屋＊，那當然也是昭和時代的產物。

郁美母女當年就住在最右側的平房裡。如今七間平房只有三間掛出了姓氏牌，其他四間似乎已無人居住。

四間空屋無人居住的理由，只要看長屋的外觀就能窺知一二。建築物的老朽程度實在太過嚴重，看起來幾乎跟廢墟沒有兩樣。不論哪一間平房，屋頂都有一部分凹陷，排雨槽也隨處可見破損，不難想像當大雨一來，屋子裡會發生什麼樣的狀況。

御子柴拜訪了那三家掛出了姓氏牌的平房，但一問之下，原來裡頭的居民都是在郁美母女搬遷到館林

＊「長屋」是一種日本傳統的集團式住宅，由長方型屋舍分隔成數間，左鄰右舍牆壁相連，多見於江戶時代至近代的中下階層地區。

市之後才搬到這裡來，因此沒有人知道關於薦田家的事。所幸御子柴向他們問出了這一整排長屋的房東住處。

房東常滑弘幸，就住在距離長屋只有數公尺的一棟屋子裡。那屋子是相當氣派的日式宅邸，與長屋的氛圍可說是有著天壤之別。占地至少百坪以上，光是從竹籬笆的縫隙可看見的園藝植物，便不難想像裡頭的庭園有多麼廣大。由於跟長屋居民們的生活品質實在差異太大，不禁令人感慨這個社會的貧富差距有多麼懸殊。

幸好常滑在家，他一聽到御子柴是律師，立刻將御子柴請進了家裡。

「噢，你要幫郁美辯護？」

常滑將御子柴帶進了會客室之後說道。他的年紀至少超過八十歲，看起來是個慈祥的老爺爺。

「報紙上寫的是『成澤郁美』，我剛開始還沒發現是她，後來看了電視上公布的照片，才知道是當年那個郁美。聽說她為了財產殺害了丈夫，是真的嗎？」

「我是她的辯護人，我相信她是無辜的。」

「嗯，律師當然會這麼說。抱歉，我沒有惡意。既然郁美否認犯行，你一定是為了證明她的清白而東奔西跑吧。今天特地來到名古屋，是想調查什麼？」

「當初薦田母女住在這裡的時候，過著什麼樣的生活，以及為什麼會搬離這裡？」

「這跟發生在東京的案子有什麼關聯嗎？」

「我想要先確認委託人是什麼樣的人物。要做到這一點，我必須向認識她的人蒐集證詞。」

「原來如此，為了釐清真相，你想要先瞭解當事人？這樣的做法確實很有道理。每個人雖然天生的本性不同，但也會隨著環境而發生變化。我認為你的著眼點是沒有錯的。對了，律師先生，你看過我租給別人的房子了嗎？」

「剛剛才去過。」

「有什麼感想？」

「看起來是有資格列為文化遺產的珍貴建築。」

常滑哈哈大笑。

「你是第一個使用這種比喻的人。我就開門見山地說吧，那座長屋非常老舊。當年我父親挑了一塊沒在使用的空地，派人蓋了那座長屋，原本是給傭人們住的地方。我記得是在舉辦大阪世界博覽會*的那一年蓋的，算起來到現在已經有四、五十年的歷史。雖然是相當破爛的屋子，但一個月的房租只要兩萬圓。不少社會底層的人都需要這樣的住處，所以我也不能隨便將屋子整修或改建。因為一旦這麼做，房租就不是現在這個價錢了。」

「你的意思是說，像他們那樣的人，只能住那樣的房子？」

「雖然這年頭什麼都講究平等，但我認為每個人的本分並不相同，適合的生活方式也不一樣。不管是窮人太過奢求，還是有錢人太過節儉，都會造成心靈的扭曲。」

＊大阪世界博覽會舉辦於一九七〇年。

社會底層的民眾要是聽見這番言論，大概會氣得直跳腳吧。但是由常滑說出口，卻是異常具有說服力。

「薦田母女住在長屋裡的時候，很清楚自己的本分？」御子柴問道。

「當然慾望跟荷包的深度是兩碼子事。有些人能夠過清貧的生活，有些人卻是貪得無厭。那對母女是很好的一家人，雖然她們不適合過富裕的生活，但母女兩人懂得互相扶持、互相幫助，過著腳踏實地的日子。我記得女兒的名字好像是阿梓吧？那孩子頗有才華，學校成績也很好，我記得她考上了市內相當有名的明星學校。在那個時代，就算家庭並不富裕，孩子只要夠聰明，而且肯努力，還是可以開創出自己的一片天。」

御子柴的腦海驀然浮現了梓的臉孔。雖然置身在惡劣的環境裡，她還是靠著才能開創出了自己的道路。然而到了結婚的階段，卻因為來自過去的戕害，讓她喪失了原本應該到手的幸福。她的表情總是如此咄咄逼人，或許正是因為才能與努力全都失去意義的人生逆境激發了滿腔的怒火。

「你跟房客經常往來？」御子柴問道。

「倒也沒那回事，是因為薦田母女相當安分守己，讓人忍不住想要幫她們一把。不過我總不能直接拿錢給她們，我相信她們也不會願意接受我的金錢援助。所以頂多只是叫我老伴送一些菜過去，或是將我孫女不穿的舊衣物送給她們。以房東跟房客的關係而言，算是還不錯吧。」

常滑瞇起了雙眼，顯得頗為懷念那段時光，但是下一秒，他的表情籠罩了一層陰影。

「直到那一年之前，那對母女在這裡都還能過著相安無事的生活。如果不是發生了那件事，相信郁美跟阿梓妹妹應該都能夠擁有完全不一樣的未來吧……律師先生，你知道關於郁美的另一個孩子的事嗎？」

「大致有所耳聞。薦田母女會搬走，也是因為那孩子的關係嗎？」

「那確實是直接的原因，但除此之外，還有一個間接的原因。你既然是律師，相信你應該記得，平成六年（一九九四年）發生了一起橫跨大阪、愛知、岐阜三府縣的連續虐殺案。」

御子柴當然知道那起案子，完全不需要常滑的說明。畢竟那是日本過去的重大刑案之一，大多數民眾都曾聽過。

平成六年九月二十八日至十月八日之間，以三名少年為首的不良少年集團在三個府縣內共殺害了四名男性。其手法相當凶殘，四名死者的遺體皆死狀悽慘，不僅全身骨折，全身血管斷裂導致大量出血，甚至還有嚴重的燒燙傷。

然而最令社會大眾震驚的還不是這些罪行，而是三名主犯少年的犯後態度。三人皆依強盜殺人、殺人、屍體遺棄、強盜致傷、傷害致死、監禁等罪遭到起訴，但三人在審理過程中完全不見反省之色，從頭到尾都對死者家屬們表現出訕笑的態度。他們敢如此狂妄，主要的原因就在於他們認為自己未成年，絕對不會被判死刑。

然而事態完全出乎三名少年的意料之外，地檢廳在一審中對三名少年求處死刑。直到此刻，三名少年的態度才有了一百八十度的變化。他們趕緊向死者家屬遞送道歉信，但死者家屬堅決不肯接受。地方法院判處一人死刑，另兩人無期徒刑，不管是被告方還是檢方都無法接受這樣的判決，分別提出上訴。

平成十七年十月十四日，名古屋高等法院進行二審宣判，認為三人奪走了四條人命，不僅手段殘忍且情節重大，因此將三人皆判處死刑。到了平成二十三年三月十日，最高法院駁回上訴，三名少年死刑定讞。

「名古屋也是犯罪現場之一，因此這個案子當時在我們這裡也鬧得沸沸揚揚。」

「這案子跟薦田母女有什麼關係？」

「這起事件發生之後，有八卦週刊雜誌以凶惡少年犯罪為主題，刊載了一篇特別報導。那文章裡頭當然也提及了『屍體郵差』的事件，而且更要命的是雜誌上還放了少年家人的照片。當然眼睛的部分打上了黑線，但畢竟相處久了，住在附近的人還是一眼就認出了薦田母女。消息一轉眼就傳遍了大街小巷，那對母女不管是在這附近，還是在職場、學校，都開始遭受迫害。」

常滑皺起眉頭，彷彿嘴裡咀嚼著什麼難吃的東西。

「那種群眾心態，不知該說是瞎起鬨，還是從善如流。大家好像都把對犯罪少年的怒火，轉嫁到了少年的家人身上，就連我自己也不例外。律師先生，人真的是一種喜歡欺負弱小的生物。每個人都在蠢蠢欲動，只要一抓到機會，就會欺壓比自己弱勢的人。如果再搭配上一些冠冕堂皇的理由，那更是做得毫無顧忌，簡直就像是獲得了許可的集體霸凌。那三個少年所幹下的連續凌虐致死案，給了整個社會欺負薦田母女的藉口。大家都說當年『屍體郵差』的殺人手法同樣極為凶殘，但是當事少年卻沒有受到審判，不用背負任何罪責，既然如此，應該要讓少年的家人代替少年背負這個責任……雖然這理由很牽強，但一句話到底有沒有道理，往往會因說話者的立場而改變，畢竟歪理也有個理字。」

常滑的一番言論，硬生生地鑽進了御子柴心中最脆弱的深處。世人皆有著嗜虐性格，這是御子柴原本就很清楚的事情，但御子柴沒有料到當年三名少年的凌虐致死案會讓郁美及梓受到波及。雖說那起案子與郁美及梓毫無關係，但是世人一旦獲得了欺壓他人的藉口，基本上就跟暴徒沒有兩樣，打從一開始就不存在所謂的理性。在這個人生地不熟的地方，當然無法對抗來自四面八方的欺凌浪潮。

「從那天之後，母女兩人的住處玻璃窗全部都被敲破，大門跟每一面牆壁都被寫滿了各種難聽的言詞。兩人只要一外出，馬上就會遭人在背後指指點點，當然在工作的地方及學校也不例外。她們遭到了徹底排擠，沒有人願意靠近她們。短短一個月的時間，就讓那對母女受不了了。到了那年的十月底，郁美跟我說她想要解除租屋契約，說起來慚愧，當時我也不敢挽留她。」

御子柴只感覺滿嘴苦澀，一時說不出話來。

「那對母女搬離這裡的時候，我心中最大的擔憂，是不曉得這世間的迫害將會對她們造成什麼樣的影響。就像我剛開始的時候說過的，人會因環境的影響而改變。遇到事情總是畏畏縮縮的郁美，以及個性倔強不服輸的阿梓妹妹……我很擔心這件事會造成她們心態上的扭曲。當然我由衷希望郁美沒有殺人，但就算她真的殺了人，那也不是什麼奇怪的事情。如今整個社會都認為郁美是加害者，但我認為她其實也是受害者。是這個社會改變了她。如果只有郁美必須受到制裁，那實在是太不公平了。」

「每個人都相信自己不會受到制裁。」

御子柴勉強擠出了這句話。

「大家都相信自己是好人，是正義的一方。正義之士絕對不會遭到制裁，所以可以安心地打壓有罪之人。」

「律師先生，你的工作是為他人辯護，這個工作是否讓你感覺自己是正義之士？」

「正因為我做的是這個工作，我打從心底認為正義是這世上最虛偽的字眼。」

5

御子柴在名古屋住了一晚，隔天動身前往福岡。

福岡市早良區禮乘寺町。這裡是御子柴的出生之地。以前曾經為了辦案而來到車站的另一頭，但當時不曾前往老家的方向。算起來御子柴已有將近三十年的歲月，不曾走在老家附近的土地上。

御子柴感覺步伐異常沉重。

這塊土地有著御子柴最不願回想起的過去。一輩子再也不想看見的園部信一郎，彷彿就在那裡等著自己。

但是另一方面，御子柴心裡很清楚，目前沒有任何證據可以推翻郁美殺害成澤的各種證物及間接證據。如今回到故鄉，也只是希望盡可能前往每個角落，找出可能潛藏在某處的線索。就好像找東西的時候，如果找了很久也找不到，最後只好把幾乎不可能的地點也找上一遍。

御子柴甚至不知道自己在找的是什麼。心裡只知道如果想要瞭解郁美這個人，唯一的辦法就是走過每一寸她曾經走過的土地。

最靠近老家的車站已經過改建，模樣與當年完全不同。原本相當寒酸的車站建築，如今變得時髦又潔白。

御子柴對這樣的變化除了感到錯愕之外，也深深覺得鬆了一口氣。變化是再好也不過的事情，最好是街道及老家也都變得跟當年完全不同。

御子柴走在街道上，發現自己的心願只實現了一半。

雖然已相隔了三十年的歲月，但眼前的景色依然不斷刺激著心中的記憶。這附近一帶似乎沒有進行過大規模的土地區域重劃，雖然保留著當年面貌的建築物並不多，但是站在柏油路上望過去的景象，還是帶給御子柴一種似曾相識的感覺。

街角的零食雜貨舖，如今變成了便利商店。

零食雜貨舖旁的照相館，如今變成了通訊行。

蔬果店雖然還是蔬果店，但外觀看起來完全不一樣了。至於這附近唯一的一家牙科診所，則依然維持著當年的面貌，連招牌都沒有改變。

雖然變化不可謂不大，但是御子柴的心中一點也沒有雀躍感，只有不斷重複的「鬆一口氣」與「失望」。

雖然記憶早已模糊，但身體依然記得該往哪個方向走。彎過了幾個轉角，走過了存在於記憶中的那道圍牆，穿越了非常陌生的十字路口，終於來到了當年老家的所在地點。

那裡已經沒有房子了。

原本的兩層樓建築完全消失無蹤，取而代之的是一座月租式的停車場。

御子柴終於放下了心中的大石。

太好了。這裡已不存在任何足以讓自己回想起往昔歲月的事物。

御子柴愣愣地站了一會，隔壁的房子忽然打開了門，從裡頭走出一名老婦人。

一看見那老婦人的臉，御子柴登時回想起來，她是春山家的阿姨。御子柴還在就讀幼稚園的時候，經常和春山阿姨的長男玩在一起，她還曾給過自己零食。

老婦人看見御子柴佇立在停車場旁，一對眼珠不斷朝御子柴上下打量。狐疑的表情轉變為訝異，訝異的表情轉變為驚愕。

「你……你是……」

既然自己立刻就認出了春山阿姨，春山阿姨多半也認出了自己。春山阿姨尖叫一聲，倉皇逃進了自己的家中。

御子柴不禁露出苦笑。看來不僅自己害怕著這塊土地，住在這塊土地上的人也害怕著自己。若要比較害怕的程度，對方肯定在自己之上。畢竟在對方的心中，園部信一郎是曾經住在隔壁的「怪物」。

話說回來，為什麼老家會變成停車場？原本土地及建築物應該都在父親謙造的名下，後來自己被關進了少年院，父親謙造自殺。除非遺書有特別指示，否則不動產應該會全部由郁美繼承才對。

偶然間，御子柴看見停車場的角落掛著一塊牌子，上頭寫著管理公司的電話。御子柴拿出智慧型手機，將那電話號碼拍了下來，接著快步離開現場。此刻春山阿姨一定正氣急敗壞地把看見自己的事告訴家人。在事情鬧大之前，還是快離開這裡的好。

御子柴打了電話給管理公司，一問之下，管理公司的事務所就在車站的附近。依循指示來到車站附近，看見的是一間相當陌生的不動產公司，一個身材壯碩的中年男人走了出來。

「敝姓丙。」

丙看了御子柴的名片，一對眼珠閃爍著好奇心的光芒。

「原來你是律師？對於我們管理的停車場有什麼指教？」

「那裡在改建成停車場之前，應該是一棟透天厝，我想詢問那棟建築物及土地的轉手過程。」

「你是基於工作上的需要，正在調查這件事嗎？唔，不過那是上一代的事情了，當年仲介那屋子的是我父親。」

一問之下，丙的父親已在數年前去世。

「不過那屋子的背景相當特別，所以我大致記得轉手的狀況。我父親受委託進行仲介，我記得是在年號剛變成『平成』之後不久。原本的房屋所有人是……你等等，我這邊應該有登記簿的影本。」

丙走向櫃子，從裡頭取出一本相當厚的檔案夾，翻找了一會，便找到那影本。

「原本的所有人是園部郁美……因為丈夫過世，所以她繼承了土地和房子。」

御子柴心想，果然沒有錯。

「我想起來了，從前我父親經常提到那棟房子的事。那房子是所謂的凶宅，也就是曾經有人在裡面自殺或被殺之類的。像這樣的房子，就算其他的條件再好，也很難賣出去。從登記簿上的記載來看，那房子的面積相當小，又朝向北方，而且與鄰家之間的區域原本是道路，所以產權關係相當複雜，可說是集合了各種難以脫手的條件。」

「但你父親還是成功把房子賣了出去？」

「繼承了房子的園部太太說，不管價錢多低都沒關係，希望把房子賣掉。簡單來說就是賤價求售。我父親心想既然如此，只好試著賣賣看。但因為那房子原本的條件就不好，再加上這裡是小社區，每一戶人家都知道那是凶宅。因此我父親降了好幾次價格，足足等了四年，還是找不到買家。而且想要賣房子的園部太太搬到名古屋去了，所以房子的狀況也沒辦法維持得很好。房子這種東西啊，一旦沒有人居住，很快就會壞掉。我父親心想，如果再這樣下去，那房子都要變成廢墟了，所以乾脆自己出錢，買下了那房子。聽說我父親出的價格，只有當初設定的賣價的三成，所以園部太太最後拿到的錢應該也不多吧。」

御子柴心想，難怪郁美搬到名古屋之後，只能住在長屋裡。

「但是買下來之後，卻不知道該拿那棟房子如何是好。畢竟是凶宅，可能根本沒有人願意購買，所以也不能隨便出錢改建。問題是如果移為空地，又會提高固定資產稅。我父親最後想出來的辦法，就是把建築物拆掉，改建為停車場。」

丙輕嘆一口氣，接著說道：

「一般情況下，就算是凶宅，只要價格夠低，隔壁的鄰居就算是借錢也會想要買下來。但是那棟房子可以稱得上是凶宅中的凶宅，所以才沒有人敢買。那房子的主人當初會自殺，理由就在於那對夫妻的孩子是『屍體郵差』……律師先生，你應該聽過福岡的『屍體郵差』吧？」

御子柴心想，如果此時告訴他「我就是屍體郵差」，不知道他會露出什麼樣的表情？

「那房子等於是有兩個成為凶宅的理由，而且其中一個理由還是跟『屍體郵差』有關，想要把這樣的房子賣出去，就像是在婚禮會場上賣骨灰罈。」

「有沒有人知道園部先生自殺時的詳細情況？」御子柴問道。

老家附近的鄰居都認得自己的臉。如果可以的話，最好是當年沒見過自己的人物。

「唔……長男遭到逮捕之後，住在那附近的人都刻意避開那棟房子不願靠近。屍體也是太太自己發現的，除了太太之外，大概只有警察才知道詳情了。」

但御子柴心想，現在的警察多半也不清楚詳情吧。畢竟謙造的死因是自殺，警方應該很快就結案了，當時的調查資料恐怕也不會保存到現在。而且已經過了二十九年，當年的警察應該大多數都已退休了。那個時候的梓只有十二歲，對於父親自殺的詳細來龍去脈恐怕也不清楚。唯一完全瞭解詳情的人，大概就只有郁美了。但御子柴認為郁美是一個不足以信任的委託人。她到底對身為辯護人的自己說出了多少真相，目前還難以斷定。

御子柴在心中咒罵了一聲。特地來到了福岡，線索卻在這裡中斷了。

但過了一會之後，御子柴又想到了另外一個可能性。

御子柴走出丙的房仲事務所，沿著大馬路往北走了五百公尺左右，便看到了「福田壽險」的招牌。這間分店還在，讓御子柴暗自感到慶幸。

記憶力過人是御子柴的少數長處之一。御子柴可以肯定謙造和郁美曾買過這家壽險公司的壽險，因為自己清楚記得那個商標。

御子柴走進店內，報上自己的律師身分，原本以為櫃檯內的小姐會嚇一跳，但對方並沒有露出特別驚訝的表情。

「我想要詢問一件很久以前的保單。」

御子柴接著告訴對方，那是關於二十九年前的一起自殺案件的保單。御子柴並且解釋自己正在為當時的身故保險金受益人進行辯護。櫃檯小姐將御子柴帶進一間會客室裡，御子柴等了一會，走進一名身材略胖的中年男人。

「敝姓堂場，是這裡的業務員。聽說你在調查二十九年前支付的一筆保險金？」

「雖然這跟我正在處理的案子沒有關係，但那件保單與我的委託人有關。」

「二十九年前的話，或許能夠查到紀錄……」

堂場看著斜上方說道：

「通常這麼久以前的記錄是不會留下來的，但那個時期敝公司正好在為保單資料建構網路系統。」

如果是合約書收執聯或顧客名簿之類以紙本方式保存的資料，只要過了保存年限就會加以銷毀，但保存在網路上的合約資料只要沒有被刻意刪除，就會一直保存下去。

御子柴是郁美的律師，只要出示委任狀作為證明，就可以向對方索取契約內容明細。

「敝公司的客戶成了凶殺案的被告？那可真是……」

堂場露出了不知該說什麼才好的複雜表情。

「過了將近三十年，或許已經人事全非了吧。」

雖然保單契約已經終結，但是聽到從前的客戶遭指控謀殺，似乎還是讓堂場百感交集。他一邊操作著桌上的電腦，一邊感慨地說道：

「仔細想想，律師先生的工作跟我們有點像。總是要等到客戶發生不幸或遭遇危難的時候，我們才會派上用場。當客戶無法自由行動的時候，我們就像是客戶的手跟腳，有時甚至還會成為客戶的嘴巴，全力守護客戶的利益。但是當客戶平安無事的時候，我們就一點用處也沒有了，說起來實在是有一點悲哀的工作。」

除了這一點之外，事實上還有另外一點也非常相似。御子柴在心中加以補充。

那就是律師和保險業務員都會被迫親眼目睹委託人的不幸，以及內心的本性。當一個人走投無路的時候，必然會顯露出本性。因此只要工作的內容與「生命」或「金錢」有關，就會無可避免地看見人性的醜惡面。

而且說得難聽一點，這兩種工作都是靠「顧客的不幸」來獲取利益。一個完全不認為自己會變得不幸的人，當然也不可能買保險。

從這一點來看，園部謙造及郁美這對夫妻確實做到了未雨綢繆，提防將來有可能會降臨的不幸。只是他們萬萬也沒有想到，那不幸竟然是由自己的親生兒子所帶來。

「有了，找到了。就是這個。『福生終身壽險』重點保障規劃II型。被保人是園部謙造先生，受益人是園部郁美女士。」

堂場將電腦螢幕轉向御子柴。畫面中的資料包含了契約日期、保單名稱、每月需繳保費及身故保險金總額。

每個月的保費為一萬二千圓，身故保險金為三千萬圓。

「噢，這是終身壽險與定期壽險的合併型。真是懷念啊，當年我剛進入公司時，這是我們的主力商品。」

「現在不是了？」

「現在的壽險商品，保險期間都比以前短。為了老年後的生活所需，現在的客戶都希望早一點拿到錢。另外還有一點，那就是當時的壽險都沒有提前給付的附加條款。」

「那是什麼樣的條款？」

「當醫師判斷被保人只剩下六個月的壽命時，受益人可以提前支領全部或部分身故保險金的特別附加條款。這是近年來的壽險才有的特色。」

謙造的身故保險金為三千萬圓，佐原綠的家屬所要求的賠償金額為八千萬圓，相減之下郁美還負債五千萬圓。

契約資料的最下方寫著昭和六十一年（一九八六年）十月七日契約終止。謙造的死亡日期為前一個月的十四日，由此可推算出郁美是在謙造自殺的三星期後領到了保險金。

「三個星期才領到保險金？是不是有點太晚了？」

「沒錯，依照正常情況，只要總公司收到所有必要的文件，應該要在五個營業日以內支付身故保險金。這在條約裡面寫得清清楚楚。不過條約裡也寫了但書，假如文件不齊全，或是無法確認相關事實，排除這些狀況所耗費的時間不能算在前述的時間之內。」

「換句話說，這個契約可能發生了無法確認相關事實的狀況？」

「對，下一個畫面應該就是事實確認的內容……啊，原來如此。總公司針對這起理賠的案子派出了保險調查員，但因為確認相關事實花了幾天的時間，所以才會延後撥款。」

下一個畫面果然是保險調查員的調查內容及報告。

〈報告書

本件理賠案的被保人雖為自殺，但從簽約日起算已超過十年，因此不適用於免責條款。

然而針對被保人的死亡原因，警方（福岡縣警本部）的調查行動包含了自殺及他殺兩個方向，因此在事實的確認上耗費了數天的時間。被保人的遺體被人發現時的情境描述如下。

（附加資料1：現場示意圖）

一般像這樣的自殺案件，在自殺認定上不會有任何的問題，但警方在處理這起案子時特別謹慎小心，理由就在於最近新聞大肆報導的女童分屍案，被保人與受益人正是凶手的父母親。凶手遭到逮捕之後，被移送至少年鑑定所，受害者家屬提告求償，法院判決的賠償金額是八千萬圓。警方懷疑這次的自殺案件與這筆賠償金有關。

根據調查員獨自向附近住戶訪查詢問的結果，在凶手遭逮捕以前，凶手的家庭原本相當和睦。許多居民都證實，被保人與受益人之間從不曾發生過嚴重的衝突。此外亦有居民指出被保人在凶手落網後被迫辭去了工作，從此變得極少外出，偶而看見被保人走出屋外，他也總是一副愁眉苦臉的模樣。

除此之外，調查員向負責處理本案的員警確認本案的調查進展，得知警方並沒有發現自殺現場遭人刻意布置的蛛絲馬跡。另外遺體曾交付司法解剖，報告書也指稱死因確定為縊死，沒有發現任何疑點。

（附加資料2：法醫的驗屍報告）

根據上述事實，調查員判斷本案應可支付身故保險金。

昭和六十一年十月三日

調查員　波多野信夫〉

光看這份報告書，就可以明顯感受到這名調查員有著非常嚴謹的性格。這份報告書意味著警察跟保險公司都曾經針對謙造的自殺事件進行過調查，但兩邊都沒有查到任何可疑的蛛絲馬跡。

「這個波多野信夫可是敝公司的調查員中的傳奇人物。」

「什麼意思？」

「他的調查能力非常高明，被他識破的保險金詐領案可說是多得數不清。想必他是天生有這方面的天賦吧。聽說他退休後開了一間徵信社，可見得他真的是非常優秀。」

不管是警察，還是調查員中的傳奇人物，都認定謙造為自殺無誤。

看來今天的調查行動沒有任何斬獲。在這塊土地上，找不到任何證據能夠證明郁美的清白。

第三章

被告的惡德

第三章

1

東京地檢廳的辦公室內，槙野正在認真準備著第二次開庭的事宜。

重新審視已經向被告方及法院提出的每一項證據。過去每一次開庭之前，槙野都會進行這樣的步驟，何況這次的對象非同小可，當然要再三謹慎小心。

在第一次開庭中，御子柴表達了不同意乙三號證物的供述書，以及甲五號證的繩索。對供述書的不同意，早在槙野的意料之中，但沒想到御子柴連繩索也不同意。當然仔細想想，從繩索上採驗到的郁美皮膚碎片是本案最重要的證物，御子柴無論如何必須表達不同意，這也是理所當然的事。問題在於表達了不同意之後，御子柴要如何進行反證。

在法庭上首次和御子柴對峙，御子柴給槙野的第一印象是「深藏不露」。以被告否認犯案的案子而言，御子柴的辯護手法並沒有什麼奇特之處，但槙野總覺得他似乎在暗中密謀著什麼詭計。

或許只是先入為主的想法造成的錯覺吧。槙野試著自我分析。開庭前聽額田說的那些話，或許讓自己對御子柴產生了刻板印象。一個曾經被稱為「屍體郵差」的律師，一個手法幾乎接近詐欺的律師。除了邏輯推論之外，還會加上一些譁眾取寵的花招，運用法理以外的戰術騙取最後的勝利。

而且這次最特別的一點，是被告為御子柴的親生母親。御子柴必定會不惜一切手段，施展出比過去更加驚人的詭計。槙野不禁心想，幸好自己事先針對御子柴與郁美的關係，下達了不准洩漏給新聞媒體的封口令。有些司法記者的嗅覺靈敏到令人咋舌的地步，何況御子柴在記者們之間的知名度相當高。這件事要是讓社會大眾知道，必定會激發出低俗的好奇心態。

為親生母親辯護的犯罪少年。醫療少年院的更生課程是否成功讓禽獸有了人性？要是被週刊雜誌知道，這個話題至少可以炒兩個月吧。一旦來自社會大眾的聲音過大，難保不會對裁判員的想法造成影響。

但令槙野感到不解的是御子柴自己也沒有打出這張王牌。照理來說，為了能夠從第一次開庭就居於優勢地位，御子柴應該會不惜主動召開記者會，公布自己的身分，以及與被告的關係才對。但目前看來，他甚至沒有故意將風聲放給辯護方的跡象。

這到底是什麼緣故？號稱為了贏得勝訴可以不計一切代價的御子柴，為何會做出這樣的判斷？

無法理解，是一切恐懼的根源。正因為不明白御子柴在打什麼鬼主意，槙野不由得開始疑神疑鬼。事實上在槙野的眼裡，御子柴實在是個令人毛骨悚然的人物。就算不談來自額田的先入為主印象，光是他在法庭上散發出的獨特氛圍，就不是其他律師可以比擬。

在一般的情況下，律師跟檢察官雖然立場不同，但再怎麼說都是法界的鄰居，有著共通的語言及道德規範。姑且撇開證照的部分不談，檢察官在退休後能夠改行當律師，正是因為檢察官與律師之間有著相當程度的共同價值觀。

但是這一點沒有辦法套用在御子柴的身上。

聽說御子柴是在關東醫療少年院裡，靠自修的方式準備司法考試。換句話說，他在學習司法的時候，身邊圍繞著大量的犯罪者。相較之下，一般的律師及檢察官都是就讀專門的學校，由退休的檢察官擔任講師，在課堂上進行指導。雙方的人生經歷，可說是截然不同。據說御子柴如今還擔任全國性黑道幫派組織的顧問律師，從這一點也可看出他在法律界是十足的異端分子。

光是「從前的犯罪少年」這句話，還不足以形容御子柴的可怕。任何人只要曾經聽過「屍體郵差」的犯罪手法，必定會對園部信一郎這名少年抱持極大的恐懼及厭惡。對一般人來說，這只會是單純的感想。但是身為檢察官，卻必須與長大之後的「屍體郵差」在法庭上對峙。

尖聳的雙耳，帶著刻薄感的雙唇，徹底隱藏感情的雙眼。當年一度被週刊媒體公布出來的容貌，如今依然殘留著三分神韻。

當然槙野並不是第一次面對殺人犯。凶嫌一移送至檢察廳，檢察官就必須當面實施訊問，雙方的中間當然不會有任何隔板或阻擋物。槙野已經有數十次類似的經驗，當然不會因其外貌而心生畏懼。

但是御子柴跟那些凶嫌有些不同。

當然差異並非御子柴的身上沒有手銬或腰繩。而是他的一舉手一投足，都散發出危險的氛圍。面對御子柴的感覺，就好像面對一把尖端指著自己的刀子。

事實上槙野也曾想過，或許是自己多慮了。受到先入為主的強烈印象所迷惑，將對手想像成了無所不能的妖魔鬼怪。但即便如此，每當想起御子柴的臉，槙野還是不斷提醒自己絕對不能過度樂觀。畢竟那是一個異端分子，沒有人能夠預測他會使出什麼樣的陰險招式。既然不知道對方會如何出招，自己唯一能抵禦的方式就是做好萬全的準備。

為什麼司法考試的報考資格之中，對於報考人的人格及過去經歷沒有任何的限制？這一點讓楨野感到相當不滿。有犯罪前科的人，或是思想偏差的人，應該打從一開始就被淘汰才對。只要採取這樣的作法，就能避免出現像御子柴這樣的缺德律師，以及那些想法偏激的人權派律師。

正當楨野思考著司法制度的瑕疵時，桌上的內線電話響了起來。楨野一看螢幕，來電者是自己的所屬事務官。

〈有一位先生想要見您。〉

楨野望向牆上的時鐘。現在的時間是下午三點多。

「你怎麼沒有先告訴我，這個時間有約？」

〈對方並沒有事先預約。〉

「什麼來頭？」

〈自稱是福岡來的警察，看起來頗有年紀。〉

楨野聽到這地名，不禁有些猶豫。跟自己有交情的人物之中，並沒有任何人是九州出身。

「他有什麼事？」

〈好像是關於您正在處理的世田谷殺夫案，想要提供一些消息。〉

一個福岡的警察，怎麼會握有那個案子的消息？楨野雖然心中不解，但好奇心更勝於懷疑。

「好，帶他進來。」

五分鐘後，事務官走了進來，背後跟著一個看起來年過六旬的矮小老人。

「敝姓友原，任職於福岡縣警搜查一課。」

公務員的退休年紀依規定為六十歲。眼前這個男人如果還沒有退休，照理來說年紀應該在六十歲以下。他的容貌像是六十多歲，或許是因為整個人看起來歷經風霜的關係。

頭髮早已花白，臉上的皺紋也很深，駝著背的走路方式也十足像個老人。但最讓人感受到其老邁的身體部位，是他的雙眼。一對眼珠埋在眼窩的深處，完全沒有流露出一般刑警所擁有的執著與渴望，卻給人一種貪婪的印象。

一個人的人格特質，往往會顯露在臉上。槙野在心中暗自認定這是一個必須提防的人物。

「你想要提供關於世田谷那起案子的消息？為了見我，大老遠從福岡來到這裡？」

「我是在電視新聞上得知了那起案子。我知道一些事情，或許會對檢察官有幫助。」

「你來到這裡，就只是為了把你知道的事情告訴我？」

「或許檢察官不認為這是什麼重要的事情，但是對我來說，這不是小事。」

「被害人成澤拓馬跟你們福岡縣警有什麼淵源？」

「不，不是跟被害人，而是跟被告，也就是被害人的妻子成澤郁美。這個女人以前叫園部郁美，三十年前居住在福岡市內的早良區禮乘寺町。或許檢察官已經知道了……她是當年震驚全國的女童分屍案的凶手，『屍體郵差』園部信一郎的母親。」

槙野點了點頭，沒有說話。

「檢察官果然已經知道了，我也可以省下說明的時間。」

「你要說的事，跟園部信一郎有關？」

槙野本來打算如果對方要提供的消息是「園部信一郎現在的身分」，就可以請對方離開了。沒想到友原緩緩搖頭說道：

「不，是關於他的母親園部郁美。檢察官，請問你知道她的前夫是死於自殺嗎？」

「這我知道，聽說是沒有辦法接受兒子成了冷酷無情的殺人魔，再加上付不出高額的賠償金，心裡感到愧對社會，所以自殺了。」

「前夫的名字叫園部謙造。當年警方接獲通報，最早趕到現場的是早良署及縣警本部的刑警，我也是其中之一。」

友原的眼神突然變得柔和，似乎是懷念起了從前的時光。

「那時候的我，還是個剛當上刑警的年輕小伙子。」

「只是一樁自殺案件，卻同時出動了早良署及縣警本部的刑警？」

「畢竟死的是『屍體郵差』的親生父親，縣警本部成了驚弓之鳥，擔心這樁自殺案又與幼童分屍案有關。由此可看出福岡縣警有多麼重視『屍體郵差』的案子。」

當時槙野才剛出生，因此沒有什麼切身的感受。但只要回顧當年的紀錄，就可以知道友原的說詞絲毫沒有虛假或誇大其詞。

「園部郁美的前夫自殺，跟這次的案子有什麼關係？」

「實在是太像了。」

友原露出若有深意的微笑。

「簡直是如出一轍。」

他從外套口袋裡掏出了一本封面磨損嚴重的警察手冊。

「發現屍體時的現場狀況，跟這次一模一樣。」

槙野大為震驚，起身說道：

「你說什麼？」

「當年的搜查資料已經全部都銷毀了，沒有辦法帶過來，但我的警察手冊裡記錄得一清二楚。園部郁美通報警察，聲稱丈夫上吊自殺，是在昭和六十一年（一九八六年）九月十四日清晨。」

友原在說明的過程中，不時低頭望向自己的警察手冊。其說明的內容大致如下。

早良署接獲疑似自殺的通報，察覺死者是園部信一郎的父親，立刻將這件事上報至縣警本部。數名曾經參與偵辦「屍體郵差」案的刑警，與早良署的刑警會合之後一同趕往位於禮乘寺區的園部家。

謙造的遺體是在起居室內。當員警們趕到時，遺體還垂掛在門框橫木下，妻子郁美就在遺體的旁邊，正環抱著自己的肩膀不停發抖。

員警們立即將謙造的遺體放下來，由隨行的驗屍官進行檢查。遺體的脖子上有著縊死所特有的索痕，另外員警也在謙造的枕頭下方找到了謙造親筆所寫的遺書。

「父母必須為未成年的孩子所做的事情負責。我對不起社會大眾，只能以死謝罪。」

遺書末尾的簽名確實是本人的筆跡。

隨行驗屍官的報告大致如下。

（1）索痕往斜上方延伸，沒有交叉痕，通過咽喉部的上方。

（2）臉部沒有瘀血。

（3）沒有結膜溢血點。

（4）屍體的屍斑集中在身體的下方。

（5）沒有皮下出血。

（6）屍體的正下方有著因糞尿失禁而流出的糞尿。

（7）懸掛部位出現繩索造成的凹陷。

（8）舌骨破損。

槙野聽了以上八點鑑別條件，心裡登時有種似曾相識的感覺。世田谷案的搜查資料就在自己的桌上，槙野趕緊翻開來對照成澤拓馬的驗屍報告。

八點鑑別條件完全一致。雖說同樣都是上吊，鑑別條件相近也是合情合理，但八點全部一致似乎有些過於巧合。何況成澤拓馬是遭到了殺害，並非真的上吊自殺。

驗屍報告中亦提到，由於謙造的嘴裡有一股酒臭味，據推測應該是喝了酒之後才上吊自殺。事實上員警確實在廚房發現了一只杯子，杯裡還殘留著威士忌的純酒。司法解剖的結果，亦證實謙造的血液中含有大量的酒精。

槙野抬起頭來，發現友原正目不轉睛地觀察著自己。

「檢察官，你比對園部謙造的自殺案與成澤拓馬的案子，有什麼心得嗎？」

「確實有一些相似處。」

槙野極力掩藏心中的驚愕，但是似乎瞞不過友原，他笑著說道：

「『確實有一些相似處』……不愧是檢察官，說話真是謹慎小心。但在我們跑現場的刑警們眼裡，我可以很明確地告訴檢察官，這兩個案子所使用的手法完全相同。」

「成澤拓馬的案子，凶手是先將繩索套在死者的脖子上，再利用滑輪，讓屍體垂吊在門框橫木的下方。這麼一來，屍體就會呈現和自殺完全相同的狀況。如果要因此認定兩個案子使用相同的手法，似乎有些過於武斷。」

「如果只看驗屍結果，檢察官這麼說確實很有道理。」

友原搔了搔被白髮覆蓋的頭頂。

「但是這兩個案子的相似處，還不只這樣而已。成澤拓馬一死，遺產將由郁美繼承。換句話說，只有郁美會因成澤的死亡而得利。園部謙造的自殺案，情況完全相同。因為兒子所犯的罪，他們夫妻遭索討多達八千萬圓的賠償金。謙造自殺之後，郁美以身故保險金支付了一部分的賠償金。雖然並沒有完全清償，但畢竟是凶手的父親以生命換來的錢，受害者家屬也不好意思追討剩下的金額。郁美跟她的女兒等到風波稍微平息之後，立刻搬出了位於禮乘寺町的家。由此可知，在謙造的自殺案裡，郁美也是得利者。」

其實槙野早已察覺這兩個案子的相似處並非僅限於驗屍報告，根本不需要友原的說明。

「你的意思是說，二十九年前的園部謙造，其實也是遭到了謀殺？」

「檢察官，你雖然看起來還很年輕，但應該已經看過了相當多的小偷、強盜及殺人凶手了吧？」

「對付這些人是我的工作。」

「既然如此，你應該也很清楚，凶手一旦跨越了那條線，第二次要再跨越時就不會感覺到什麼心理壓力。如果第一次犯案成功，凶手就會以同樣的手法持續犯案，直到失敗為止。」

槙野沉默不語。

鄙俗的言論往往帶了三分真實，友原的這番話也是一樣。槙野見識過太多的犯罪者，因此完全能夠認同友原的論點。

「我開始對園部謙造的遺書感興趣了。」

「很可惜，當年的遺書已經不存在了。縣警本部認定謙造是自殺之後，就把遺書還給了家屬，也就是郁美。就連搜查紀錄也已過了保管年限，全部都處理掉了。唯一剩下的東西，就只有我這本警察手冊。」

「但遺書的筆跡應該經過鑑定吧？既然如此，那應該是謙造親筆寫的。」

「雖然鑑定過，但畢竟當年的搜查行動主要是以司法解剖的報告為依據，嚴格來說並沒有調查得十分確實。而且筆跡鑑定主要看的還是簽名，只要簽名的筆跡和其他文件書信中的筆記相同，其他的部分就不會太過追究。請問成澤拓馬的遺書鑑定得到了什麼樣的結果？」

槙野於是老實說出，遺書的內文都是打字列印的，而簽名的部分則是利用了複寫紙。友原露出一副「果然不出我所料」的神情，點頭說道：

「這年頭有些人的遺書甚至是寫在智慧型手機裡，要偽造實在是太容易了。只能說這是個壞人容易生存的時代。我猜當年園部謙造遺書的簽名部分，也是使用了複寫紙。」

「我們沒有任何證據可以證明這一點。何況那是發生在昭和六十一年（一九八六年）的案子，就算我們能證明那是一樁謀殺案，如今也已過了追訴期。」

「檢察官，你誤會了，我並不打算追究謙造的案子。」

「不然你的用意是？」

「如果能夠讓法官認定郁美殺害成澤拓馬並非初犯，最後的判決應該會對檢方有利吧？」

原來如此。槙野恍然大悟。

「但如果我只是不斷提出沒有任何證據的臆測，一定會引來被告辯護人的抗議。」

「只要能夠舉得出連辯護人也沒辦法抗議的事實根據，應該就行了吧？」

友原以慫恿般的口氣說道。

「難不成要對二十九年前的案子重啟調查？」

「檢察官，我知道你很忙，不可能跑到福岡來查案子，何況這種犯罪現場的搜查工作，還是應該交給刑警來負責，所以這件事就交給我來處理吧。我今天特地前來拜訪，就是希望獲得檢察官的同意，讓我私底下調查當年這起案子。否則的話，好不容易掌握的一張牌，可就派不上用場了。」

友原將身體朝槙野微微湊了過來。原本他看起來只是一個萎靡不振的老刑警，如今卻顯得充滿了鬥志。

「我會盡可能蒐集能夠讓法官相信郁美謀殺丈夫的證據，希望檢察官能夠善加運用我所提供的證據，徹底擊垮辯護方的主張。」

「這當然是我求之不得的事情，但是你為我做這種事，對你有什麼好處？這個案子不在你的管轄之內，而且已經進入刑事訴訟階段，你幫我查這個案子，應該得不到任何利益。」

「我當然可以得到利益。」

友原伸手在胸口輕撫，說道：

「我可以消除心中的疙瘩。檢察官，我老實跟你說，當年縣警本部斷定謙造是自殺的時候，只有我依然懷疑是郁美下手謀害。但我找不到任何他殺的證據，何況當時我只是個剛到職的年輕小伙子，當然無法違逆縣警本部的決定。沒想到過了這麼多年，她又殺死了成澤。我一看到新聞，馬上就猜到是怎麼回事了。」

「君子報仇，三年不晚？」

「越接近退休的年紀，越會想要挽救年輕時犯下的錯。何況是與『屍體郵差』有關的案子，我說什麼也無法釋懷。」

「『屍體郵差』的案子這麼讓你耿耿於懷？」

「檢察官，以你的年紀，應該只能從以前的各種資料來理解那起案子吧？」

「嗯，發生那起案子的時候，我才剛出生沒多久。」

「那是一起震驚全國的大案子，既然能夠傳遍全國，發生案子的地區當然更是吵翻了天。就好像在湖裡扔下一顆大石頭，如果漣漪能夠擴散到湖的邊緣，石頭落水處必定激起了大量的水花。」

友原的口吻越來越激動。或許是重新燃起了胸中的怒火，他的眼神也變得極為凶暴。

「一個年紀才五歲的小女孩，竟然遭到分屍，屍塊被放在郵筒及幼稚園的門口等地方，簡直像是故意要讓大家看見。只有無血無淚的畜生，才做得出這種行徑。雖然福岡有不少的幫派，一天到晚發生黑道鬥毆事件，但是就連那些黑道流氓，說到這起案子也會忍不住皺起眉頭。在成功逮捕凶手之前，別說是縣警本部，就算是轄區警署的員警也都是如坐針氈的狀態。搜查本部每天都會接到大量的抗議電話，不管是全國性報紙還是地方性報紙，都把警察當成了過街老鼠一般大肆批評。要是最後沒抓到凶手，警界至少會有十幾二十個高官被迫下臺吧。」

原來如此。槙野心想，友原的描述恐怕一點也不誇張。雖然自己只是檢察官，那起案子還是在自己的心中留下了深刻的印象。過去槙野也曾發生過好幾次對凶嫌恨得牙癢癢的狀況。雖然理性上會告誡自己在執行檢察官的工作時必須捨棄私情，但還是忍不住想要對那些人求處更重的刑罰。

刑警負責逮捕凶嫌，檢察官負責求處適當的刑罰。從「鏟奸除惡」這一點來看，刑警與檢察官確實是同志。槙野想到這裡，不由得對眼前的老人萌生了一股親近感。不，或許應該稱之為同袍之愛更加貼切。

「我明白了，我沒有理由拒絕你的好意。我向你保證，我一定會在法庭上善加運用你所提供的情報。」

「能夠聽到檢察官這麼說，不枉我特地從福岡跑到這裡來。」

友原露出了笑容。

「檢察官，我想你應該也能體會，到了我這個年紀，上頭的人只會叫我做一些雞毛蒜皮的雜事。現在我終於能夠有工作的幹勁了。」

「但這畢竟不是你的正式工作，你在查案之餘，還要兼顧平常的業務，不會太吃力嗎？」

「無所謂。平常的業務實在太枯燥乏味，如果可以的話，我只想要專心查這件案子。」

兩人說到這裡，槙野忽然察覺一件事，那就是友原從頭到尾都沒有提到「御子柴」這個名字。仔細想想，這也是很正常的事。雖然「御子柴禮司」就是「屍體郵差」的事情如今已在社會上傳了開來，但是郁美這起案子的辯護人是御子柴禮司的消息，只有東京的一部分相關人士才知道。友原生活在遙遠的福岡，想必還不知道這件事。

槙野抱著一半的惡作劇心態，以及一半的使命感，決定把這件事告訴友原，看看他會有什麼反應。

「友原，你知道這次為成澤郁美辯護的律師是誰嗎？」

「不清楚。」

「就是惡名昭彰的御子柴律師，當年的『屍體郵差』，被告的親生兒子。」

「什麼？」

友原臉色大變，驚訝得站了起來。

「辯護人是那個臭小子？」

「御子柴禮司的名頭雖然還不到震驚全國的地步，但其實力保證是最強且最壞的律師。雖然貪得無厭，但在法庭上幾乎可說是從來不曾輸過。現狀雖然對我們有利，但是御子柴最擅長發動偷襲戰術及煽風點火。這年頭越來越多案子採用裁判員制度，他的戰術在如今這個時代可說是如魚得水。我們絕對不能給他任何趁虛而入的機會。」

「母子兩人都是大惡棍，如今竟然聯手起來對抗檢察官跟法院？」

友原的臉上揚起了陰鷙的微笑。

「母親殺害丈夫，孩子殘殺女童，真是一對可怕的母子。看來我得要打起十二萬分的精神，絕對不能鬆懈。那麼，我先告辭了。」

「期待你的成果。」

「這是我的榮幸。」

「如果你能夠幫助我打敗那對母子，我會給你一些回報。」

槇野本來打算在他退休後為他介紹工作，幫助他再次就職，沒想到他卻顯得一點也不感興趣，揮揮手說道：

「好意我心領了，我做這件事是為了我自己。」

「這就是身為刑警的尊嚴嗎？」

「任何工作做了三十年，多少都會有一些堅持。如果什麼堅持也沒有，那就不叫工作了，告辭了。」

友原輕輕行了一禮，走出辦公室。

槇野原本認為他是個需要警戒的人物，但沒想到他所提供的消息相當具有吸引力。

就算郁美在二十九年前曾以相同的手法殺害了丈夫，如今也很難加以證明。但說得難聽一點，根本不需要找到證據，只要能夠讓法官及裁判員產生「郁美是殺夫慣犯」的刻板印象，檢察官就能贏得最後的勝利。

槙野完全沒有預料到能夠獲得這樣的援軍。這是御子柴從前的惡行惡狀所招致的報應，還是遭園部母子殺害者的詛咒？總而言之，槙野更有把握能夠將郁美定罪了。

二十九年前的園部謙造事件，與現在的成澤拓馬事件。兩件案子雖然細節上有些許差異，但犯案手法可說是如出一轍。就像友原所說的，惡人會不斷重複相同的犯案手法，宛如重複相同旋律的輪舞曲*。或許園部信一郎當年也聽見了那旋律。他不僅記下了那曲子，而且產生了親自彈奏的欲望。那就像是殺意的輪舞曲，只有惡人才會聽見的禁忌之曲。

槙野的心中驀然想起了園部謙造這個人。

他的兒子害他成為犯罪史上罕見的殺人魔的父親，他的妻子為了籌措賠償金額將他絞殺。一家三口之中，園部謙造是唯一的可憐蟲。想到這裡，槙野不禁對謙造萌生了一絲同情。

但是另一方面，槙野卻也認為謙造很可能是自作自受。園部信一郎的母親雖然也是個窮凶極惡之輩，但信一郎總不可能一出娘胎就是個大惡棍。在兒子的成長過程中，父親應該有很多機會可以教導兒子做人的道理。正因為謙造沒有盡到身為父親的責任，兒子才會變成一個怪物。從這個角度來看，他被妻子絞殺也只是應得的報應。

---

*輪舞曲：又譯迴旋曲，英文：Rondo。是一種曲式，特點是帶有一個不斷重覆的主要旋律（起碼要反覆三次），而主要旋律之間則加插其他的樂段，稱為「插部」，在主旋律和不同插部的交替下，形成了輪舞曲。

真是罪孽深重的一家人，完全偏離了一般人的常識。

槙野想像著園部家的三人，胸口不禁湧起一股嘔吐感，同時感覺到一股寒意竄上背脊。

2

十月二十九日，第二次開庭。

御子柴與郁美一同坐在八〇二號法庭裡。等了一會，南條等法官及裁判員走了進來。

「現在開庭，審理平成二十七年（WA）第七三二號案件。」

南條低頭俯視著御子柴。或許是因為南條面色慈和的關係，御子柴承受著來自法官席上的視線，卻沒有絲毫的壓迫感。

「辯護人，關於甲五號證物的繩索，你上次開庭的時候，曾說過將會在法庭上揭露其假象。」

「很抱歉，審判長。我還沒有準備好，請再給我一些時間。」

「好吧。」南條並沒有繼續追究。或許是因為等等還要進行被告詢問，時間上頗為緊迫。

對御子柴來說，這當然是再好也不過的事情。雖然針對繩子的問題，御子柴已想到了一些眉目，但現階段還沒有辦法提出來作為證據。

「由於辯護方針對乙三號證物的供述書表達了不同意，現在將進行被告的訊問，被告請上前。」

對面的槙野先站了起來，接著郁美也戰戰兢兢地從被告席上起身。雖然御子柴已事先與郁美反覆練習過回答各種問題，但老實說御子柴還是感到頗為不安。一來不可能要求郁美擁有像自己一樣的自制心，二來郁美太容易在臉上流露出恐懼。被告如果是在證據不夠充分的狀況下遭到起訴，恐懼可以讓法官及裁判員認為被告擔心遭到冤枉，但如果是證據充足的案子，被告的恐懼只會讓人認為這是一種心虛的表現。

槙野似乎也抱持著相同的想法。他露出了恫嚇的眼神，顯然想要將獵物逼入恐怖的深淵，讓獵物毫無招架之力，只能任憑自己擺布。

「我想詢問妳跟成澤拓馬相識之前的事。當時妳做的是打工兼職的工作？」

「是的。」

「工作的內容是什麼？」

「車站裡頭的清潔員。」

「請告訴我詳細的內容，例如工作時間和薪水。」

「一天工作五個小時，一個星期四天，一個月六萬圓。」

「當時妳在館林市租房，請問一個月的租金是多少？」

「三萬圓。」

「這麼算起來，收入六萬圓之中，必須拿出三萬元付房租。若扣掉水電及瓦斯費，妳每個月的生活費只有兩萬多一點。妳覺得生活好過嗎？」

「當然不好過。」

要求郁美具體說出生活有多麼窮困，當然是想要讓法官認定她是因覬覦財產而犯案。

「平成二十六年（二〇一四年）六月，妳參加了一場由『TREASURE』出版社專為中高齡人士舉辦的相親聚會活動，在聚會上結識了成澤拓馬，是嗎？」

「對，沒有錯。」

「參加費用是多少錢？」

「三萬圓。」

「噢？那不是比妳一個月的生活費還多嗎？」

「抗議！」

御子柴突然大喊。

「辯護人，請說。」

「檢察官的問題只是在貶低被告的人格，我要求變更問題。」

「不，審判長。我詢問這個問題的目的，是要證明被告對被害人懷抱殺意，並非為了攻擊被告的人格。」

「抗議駁回。檢察官，請繼續。」

「妳支付了金額超過妳一個月生活費的參加費用，參加相親聚會活動，目的是什麼？」

「我只是想要一個能夠閒話家常的對象。至於能不能夠再婚，我並不強求。原本跟我住在一起的女兒，找到工作後搬了出去，我一直過著獨居生活，而且街坊鄰居都躲著我……」

「好，回答到這裡就可以了。」
槙野趕緊打斷了郁美的話。這當然是為了不讓外人得知郁美是「屍體郵差」的母親。
「原來如此，過著獨居生活讓妳感到很寂寞？但只要上網搜尋一些介紹相親活動的網站，應該可以找到參加費用比較便宜的相親活動吧？為什麼你要選擇參加費用那麼昂貴的相親聚會？」
「或許有些人會覺得我的想法很不好……但我認為連參加費用都要省的人，在性格上大多不太和善……」
「妳剛剛說，妳只是想要能夠閒話家常的對象。既然如此，妳為什麼會要求對方的經濟能力？」
「呃……那個……」
「我換個問題。妳剛剛說，參加相親活動的動機，只是想要找到說話的對象，對吧？」
「是的。」
「但是妳在活動中結識了成澤拓馬之後，在很短的時間內就答應了對方的求婚，這不是跟妳原本的動機差距甚大嗎？」
「話是這麼說沒錯，但這我也不知該怎麼回答……」
「妳答應成澤的求婚，是否與成澤很有錢有關？」
「剛開始的時候，我不知道他很有錢，只覺得他是個彬彬有禮的人。」
「那麼，妳是在什麼時候得知他很有錢？」
御子柴心裡暗叫不妙。若是回答這個問題，恐怕將會影響法官的心證。但御子柴還來不及阻止，郁美已開口說道：

「是在他邀請我到他位於世田谷的住處時……後來我才知道他曾經是大企業的董事。但是我答應他的求婚，是在那之前的事。」

「妳只要回答我的問題就行了，不要說跟問題無關的話。當妳受到邀請，進了成澤的宅邸，並且得知他很有錢之後，妳是否覺得自己很幸運？」

「審判長！這是在刻意誘導被告做出錯誤的發言。」

「不，這只是在確認被告的婚姻觀。」槙野說道。

「檢察官，被告的婚姻觀跟本案是否有直接的關係？審理的時間有限，如果沒有直接的關係，請你問其他的問題。」

「好，那我換另一個問題。」

御子柴在心中咂了個嘴。

槙野已經不止一次訊問過郁美，因此很清楚郁美的性格，也知道對她說什麼樣的話時，她會產生什麼樣的反應。不僅如此，槙野還很擅長於誘導與誤導的手法。

「再婚之後，妳跟成澤的感情如何？」

「應該算很好吧。」

「應該？這意思是妳也不太確定嗎？」

「至少我自己是認為還不錯，我們從來不曾發生激烈的爭吵。」

「不曾發生激烈的爭吵？那小爭吵呢？」

「唔……畢竟我們的生長環境不同，從前過的生活也完全不一樣，在一些小事情上當然會出現不同的意見，但我想全天下的夫妻應該都一樣吧。」

「我並沒有針對全天下的其他夫妻詢問妳的意見。總而言之，你們累積了一些小爭吵，是嗎？」

御子柴一聽，就知道槙野是在挖洞給郁美跳，於是趕緊舉手說道：

「抗議！檢察官刻意曲解被告的意思。被告只說在一些小事情上有不同意見，完全沒有提到小爭吵的累積。」

「抗議成立。檢察官，在重複被告的證詞時，要注意正確性。」

槙野舉起了手掌，示意自己會改進。但他當然不會有任何反省之意。一切的話術，都是為了引出被告的失言。

「請問被告，妳是否讀過被害人留下的遺書？」

「在警察抵達之前讀過了。」

「妳還記得內容嗎？請將大意告訴審判長。」

「好的。我已經七十五歲了，昨天能做到的事情，今天可能就做不到了……每天能做到的事情越來越少……如果繼續活下去，不僅是給妻子添麻煩，而且還會讓自己蒙羞……我想要趁身體還能自由行動的時候，為自己的人生劃下句點……大概是這樣的內容。」

「是的，檢方確認過遺書，內容大致是這樣沒錯。請問被告，妳讀了這封遺書之後，是否曾覺得不太對勁？」

「讀遺書的時候，我的心情很慌亂，所以……」

「從現實面來看，成澤的身體是否衰弱到可能對人生感到悲觀的程度？他的身體是否出了嚴重的問題，讓他沒有辦法過正常的生活？」

槙野如連珠炮般問道。

御子柴心想，對方果然深知郁美的性格。郁美沒有辦法即時回答出恰到好處的答案，只要以很快的速度不斷提問，她的心裡就會感到焦躁，焦躁會導致說錯話，而說錯話會讓她更加焦躁。

但是現階段御子柴還沒有辦法提出抗議。因為槙野的發問並沒有離題，也沒有過度冗長。

郁美一時不知該如何回答才好。

「被告，怎麼了？妳跟被害人住在同一個屋簷下，應該可以輕易回答我這個問題才對。請回答我，被害人在家中移動，是否需要妳的幫助？」

「我先生不管是吃飯、上廁所還是洗澡，都不需要幫忙。不過他畢竟七十五歲了，一些需要花力氣的事情，當然比不上年輕人。」

「是嗎？在被害人過世的兩天前，他還曾經跟妳一起，把一些園藝用的枕木搬到垃圾收集場。枕木這種東西應該頗有重量，就算是兩個人合力，一個會因為衰老而想要自殺的老人實在不可能搬得動吧？」

槙野接著轉頭面對法官席，說道：

「我在事前已提出了甲三十三號證物作為新證據。這是被害人成澤拓馬在去年六月前往他常去的醫院進行定期健康檢查的報告書。」

槙野所提出的新證物，御子柴也在開庭前看過了。成澤有每年接受簡易健康檢查的習慣，報告書中會針對各種文明病或心臟病之類重大疾病的罹患機率作出ＡＢＣ評價。根據去年的報告書顯示，成澤雖然有高血壓、視力惡化及壞膽固醇過高等問題，但並沒有任何必須緊急治療的疾病。

「各種專業術語，我就省略不說了。總而言之，從這份報告看來，被害人雖然已屆七十五歲高齡，但是身體相當硬朗。而且被害人每一年都會拿到相同的報告書，可見得他一定知道自己的身體狀況。既然如此，他怎麼會在遺書中寫出那種彷彿認為自己隨時會衰老而死的言論？針對這個矛盾，被告有何看法？」

「呃，這個……」

「妳不認為這封遺書簡直像是別人寫的嗎？」

「抗議！審判長，這是刻意誘導。」御子柴說道。

「不，我只是要求被告作出客觀的判斷，並沒有刻意誘導。」

遺書中所說的話，跟定期健康檢查報告書有很大的矛盾，這一點御子柴當然也是心知肚明。但是郁美聽了槙野這個問題，卻只是歪著頭，回答不出個所以然來。

就在這個瞬間，御子柴的心中也對郁美產生了懷疑。原本御子柴就不會囫圇吞棗地相信委託人說的話，此時才產生懷疑甚至可以說是有些太晚了。

御子柴並非不在乎事實真相，只是認為事實真相並非律師應該重視的最大前提。比起釐清事實真相，此時更重要的事情是扭轉法官們的心證。

「抗議駁回。檢察官，請繼續。」

「被告，請回答這個問題。妳是否認為遺書是被害人親自寫的？」

「我不知道……」

郁美以幾乎聽不見的聲音說道。槙野心滿意足地點了點頭。

「我的問題問完了。」

「辯護人是否進行反方訊問？」

「是的，我要進行反方訊問。」

挨打的時間結束了，接下來將要進行反擊了。

郁美似乎也不像剛剛那麼緊張了。

很好，這樣就對了。不管是不是母親，至少應該做一個稱職的委託人。

「我想問一個剛剛妳本來要說，但是被檢察官打斷的問題。妳接受成澤拓馬的求婚，是在他邀請妳至位於世田谷的住處之前，還是之後？」

「是之前。正因為是以結婚為前提，他才會邀請我去他家。」

「接著我想重複另一個剛剛問過的問題。妳參加相親聚會活動，是因為想要得到閒話家常的對象，結婚只是後來的結果，是嗎？」

「是的。」

「正因為妳想要的是能夠安心閒聊的對象，所以妳希望找一個性格溫和、衣食無缺而且懂得基本禮節的人，是嗎？」

「是的。」

御子柴假裝若無其事地朝著法官席上的眾人瞥了一眼。裁判員的性別組成為四男二女。兩名女性裁判員都露出了認同的表情，但是四名男性之中，除了神情有些緊張的二十多歲男性之外，其他三人的表情都顯得有些不悅。顯然對於郁美要求男性應該要有經濟實力的心態，各裁判員表現出了不同的態度。不過一個問題能夠影響一半裁判員對被告的觀感，已經算是效果卓越了。

「接著我想詢問關於遺書的事。請問被告，妳是否幾乎一整天都與被害人生活在一起？」

「是的。」

「這樣的生活持續了多久？」

「一年。」

「在一起生活一年，應該能夠清楚掌握被害人的宿疾及身體健康狀況，是嗎？」

「當然。我們吃在一起，也睡在一起。只要他身體不舒服，或是生了什麼病，我一定會立刻發現。」

御子柴緩緩轉頭面對南條。

「審判長，正如同你所聽見的。」

「你想表達什麼？」

「以被告的立場，要確認被害人的健康狀況是輕而易舉的事情。因此被告如果要偽造遺書，絕對不會以健康狀況作為自殺的理由。畢竟這遺書的內容與事實差距太大，被告絕對不會採用。由此可知遺書並非由被告所偽造。」

法官席上有好幾個人都顯得有些錯愕，就連南條也不例外。槙野被御子柴這麼反將一軍，同樣露出了難以置信的表情。

這麼一來，就抵銷了剛剛檢方詢問被告所形成的劣勢。能夠用來斷定成澤拓馬的自殺是由郁美刻意偽裝的直接證據，就只有附著了郁美皮膚碎片的繩索而已，其他都只是間接的情況證據。因此只要重複相同的論點，一定能夠扭轉法官們的心證。御子柴在這一點上握有勝算。

沒想到此時槙野又發動了反擊。

「審判長，我想再次訊問被告。」

「請。」

槙野再度起身，瞪了御子柴一眼。但他的眼神依然游刃有餘，並不顯得焦躁。

檢方在打什麼鬼主意……御子柴的腦海裡彷彿聽見了遠方傳來的警報聲。長年的法庭鬥爭，讓御子柴磨練出了敏銳的危機感測能力。

「請問被告，妳和被害人再婚之前的舊姓是薦田，是嗎？」

「是的。」

「在恢復薦田這個姓氏之前，妳應該還使用過另外一個姓氏。」

御子柴大驚失色，差一點站了起來。

檢方打算在這個時間點拋下炸彈？

法官席上的南條也驚訝地皺起了眉頭。

「當時妳所建立的家庭，與本案並沒有直接關係，所以我就不公布那個姓氏了，姑且稱之為S氏吧。請問被告，妳曾經與一個姓氏為S氏的男性組成家庭，而且居住的地點也不是關東地區，是嗎？」

任何人都看得出來，郁美陷入了極度緊張的狀態。是因為害怕被檢察官揭發自己與御子柴的關係，還是因為不願想起從前姓園部時的往事？

然而最令御子柴感到疑惑的一點，還是檢察官為何沒有公布「園部」這個姓氏，只使用了「S氏」這種代稱。這個炸彈要發揮效果，就必須明確指出郁美是御子柴禮司的母親，也就是園部信一郎的母親。隱瞞了姓氏，會讓這個戰術徹底失去意義。

「被告，請回答是或不是。」

「……是。」

「當初為什麼妳會將姓氏從S氏恢復成薦田？」

「因為前夫死了……為了女兒著想，所以我申請了恢復舊姓。」

「妳的前夫是死於疾病，還是死於意外？」

「……是自殺。」

「最早發現遺體的人是誰？」

「是我。」

「請妳盡可能詳細說明當時的狀況。」

「抗議！審判長！」

絕對不能讓她繼續說下去！

御子柴立即採取了行動。但這只是基於一股本能，而非理性思考之後的結果。

「既然檢察官說這個部分與本案並沒有直接關係，繼續問下去只是在妨礙審理而已。」

「是否造成妨礙，並非由辯護人來判斷。」

南條冷冷地說道。槙野見審判長站在自己這邊，更是氣勢大盛。

「我只是說S氏與本案沒有直接關係，但與被告卻有著密切的關係。被告，請妳詳細說明。」

「那天早上，我醒來的時候，發現丈夫吊死在門框橫木底下……」

「上吊用的繩索是麻繩，還是尼龍繩？」

「是麻繩。」

「有沒有遺書？」

「有，放在丈夫的腳邊。」

「妳的前夫上吊自殺前，是否喝了大量的酒？」

「警察說從廚房的樣子看起來，他喝了很多威士忌。」

「妳的前夫生前是否買了保險？」

郁美一時說不出話。

「被告，請回答問題。」

「……他買了壽險，所以我用那筆錢……」
「好了，說到這裡就可以了。」
當槙野說這句話的時候，視線並非對著郁美，而是對著御子柴。
一時之間，御子柴的腦袋一片空白。
這是怎麼回事？他們在說什麼？
當年御子柴被關在關東醫療少年院裡的時候，得知了父親自殺的消息。
但御子柴一直不知道父親自殺的各種環節都與成澤拓馬如出一轍。
最早發現屍體的人都是郁美。
屍體都垂吊在門框橫木之下。
腳邊都放著遺書。
死者自殺前都喝了大量的酒。
郁美兩次都能在丈夫死後獲得大量金錢。
御子柴整個人像凍結了一般，完全動彈不得，只能愣愣地看著郁美的背影。
御子柴從來不曾真正相信郁美。成澤拓馬或許真的是死在郁美的手裡。但因為那與自己的辯護方針無關，所以御子柴不曾深入思考這個問題。然而如果以前也發生過幾乎一模一樣的案子，自己就必須對整個案情徹底改觀了。更何況第一個犧牲者還是自己的父親。
驀然間，郁美的背影竟讓御子柴感到極度陌生。眼前的這個人，不是園部郁美，不是薦田郁美，也不是成澤郁美。彷彿是一種截然不同的生物。不是自己的母親，也不是委託人，而是一種沒有人知道的神祕生物。

詭異的寂靜籠罩著整座法庭。御子柴可以感覺到旁聽席上傳來的恐懼。

原來這個婦人不僅殺害了丈夫，而且還是殺夫的慣犯。

槙野的戰術非常成功。他在不讓外人得知「少年犯為母親辯護」這個大祕密的前提下，讓法官席上的所有人都相信郁美殺害了丈夫。

「檢察官。」南條以沙啞的聲音說道。

「審判長，請說。」

「請說明你詢問被告這些問題的用意。」

「我想要確認被告過去也曾經歷過類似的事件。」

「你不打算證明前夫的自殺是由被告刻意偽造？」

「目前還在蒐集相關的證據。」

「好，那麼請你在掌握了證據之後再度提出你的論述。這次的論述因為沒有證據，所以必須從紀錄中刪除。辯護人，你是否打算反駁？」

既然要從紀錄中刪除，就算反駁也沒有任何意義。

「辯護方不打算進行反駁。」

「好，下一次開庭時，請辯護人準備好針對甲五號證物的反證。下次開庭日期為十一月十二日，閉庭。」

南條等人一離席，旁聽席上登時傳來一陣騷動。有些人以恐懼的眼神看著郁美，有些人投以輕蔑的目光，有些人低聲批評，有些人高聲咒罵，當然也有幾個司法記者拿著筆記本衝出法庭。

槙野在退出法庭前，對御子柴連瞧也沒瞧一眼。想必他此時一定感到志得意滿，只是沒有表現出來而已。

法警走上前來，拉起了郁美的腰繩，想要將她帶走。郁美低下了頭，默默跟在法警的身後。

「等一下。」

兩人正要通過御子柴的身邊，御子柴忽然喊道。

「我想跟委託人說幾句話。」

「已經閉庭了。」

「只要三分鐘。」

「……好，三分鐘。」

郁美緩緩轉頭面對御子柴，御子柴對她說道：

「關於檢察官剛剛說的事，妳是否有話想要對我說明？就算妳不回答我的這個問題，我也不會辭去辯護人的工作。所以如果妳不想回答，可以不用回答沒關係。」

郁美抬起了頭，凝視著御子柴。

御子柴讀不出她的臉上表情，也分辨不出真偽。

簡直就像個初次見面的陌生婦人。

「我沒有殺任何人。」

郁美說完這句話，便轉過了身。

「辯護人，三分鐘的時間還沒有結束。」

「已經談完了，將她帶走吧。」

於是法警牽著郁美，也離開了法庭。

轉眼之間，幾乎所有的人都走光了。只剩下旁聽席上還坐著一人，目不轉睛地看著御子柴。

那個人正是梓。

她凝視御子柴的眼神，同樣宛如是在看著仇人。

「妳早就知道那兩起案子幾乎一模一樣？」

由於法庭裡只剩下兩個人，御子柴的聲音異常響亮。梓沒有回答這個問題，默默起身走了出去。

御子柴獨自站在法庭裡，一時心亂如麻。當然對御子柴來說，委託人說話不盡不實早已是家常便飯。

但是這一次的開庭，可說是御子柴自從擔任律師以來最大的噩夢。

3

隔天，御子柴再度前往了位於三軒茶屋的成澤宅邸。

上一次御子柴來到這附近，是為了向附近鄰居蒐集證詞。但這次前來，是為了在宅邸中進行蒐證。此時成澤宅邸已經解除封鎖，所有的證物也都已經被扣押了。御子柴獲得了繼承人郁美的同意，因此可以光明正大地走進屋內。

這棟木造兩層樓建築面臨了屋主過世、唯一的繼承人被關進了看守所的命運。倘若郁美最後被判有罪，必須入監服刑，這屋子想必會快速老朽吧。就像經營不動產公司的丙所說的，房子一旦沒有人居住，很快就會壞掉。

一打開玄關大門，御子柴登時聞到一股異味竄入鼻中。原本御子柴以為是廚房的食物腐爛了，但走向廚房一聞，氣味的濃度並沒有任何變化。看來那是原本就存在於這個屋子裡的氣味。那氣味聞起來像是樹葉腐敗的味道。或許是兩個老人住在一起，久了就會出現這樣的味道吧。

屋子裡整理得頗為整潔。御子柴回想起小時候的家裡狀況，總覺得郁美稱不上是個有潔癖的人，這屋子能夠如此整齊又乾淨，應該是拜成澤所賜吧。

屋子裡最能反映出成澤性格的空間是書房。大型的書架占據了整面牆，牆上擺滿了書，全部按照高矮順序排列，絲毫不給人雜亂感。御子柴一一瀏覽書名，發現多是中國典籍及古典文學，此外還有一些內容非常硬的知識類書籍，例如經濟學及經營學，全部按照集號排列得整整齊齊。這就是所謂「知識分子的書架」吧。

書桌上擺放著一個相框立架，裡頭的照片是成澤與一名陌生老婦人的合照。兩人看起來非常親密，應該是前妻佐希子吧。

明明已經再婚，書桌上卻擺著前妻的照片？顯然這裡是郁美不太能夠進來的空間，所以成澤才能這麼做吧。

照片裡頭的佐希子看起來是個非常端莊賢淑的婦人，笑容卻又宛如少女一般燦爛，顯然就像鄰居說的一樣，她生前是個相當開朗的人。

發現屍體的起居室，是個大約十張榻榻米大的房間。似乎原本是兩間和室，後來把中間的紙拉門拿掉，變成了一大間房間，所以房間的中央上方有著門框橫木。

成澤的屍體就垂吊在橫木之下。

發現屍體的地方，總是瀰漫著一股陰森詭譎的氛圍。或許是死者陰魂不散，也或許是凶手的惡意遺留在現場。

御子柴從廚房拉來椅子，放在橫木的正下方。接著御子柴站在椅子上，仔細觀察那橫木。材質是扁柏。正如同搜查紀錄中所記載的，橫木的上方有安裝過金屬物品的痕跡。警察及檢察官認定郁美在這裡安裝了吊式滑輪，藉此將成澤的身體吊起。

根據郁美的描述，前一晚兩人都睡在隔壁的房間。七月四日凌晨六點半，郁美醒了過來，發現成澤垂吊在橫木下方，於是趕緊打一一〇報警。這個部分與警方所認定的事實並不相同，但從現場狀況來看，檢察官的開頭陳述的可信度相當高。

屍體曾出現糞尿失禁的現象，橫木的正下方應該會有死者的糞尿，但由於榻榻米已遭警方扣押，因此無法確認。不過御子柴並沒有任何不滿，反正自己想確認的事情已經確認完畢。

接著御子柴走進後院。這附近一帶有不少氣派的透天厝建築，大多數的透天厝都有庭院。除非蓋
聳的圍牆，否則從外頭的道路上一定能夠看見庭院的模樣，因此住在透天厝裡的人必須非常注
觀。這麼一來，就必須花費不少的金錢在園藝及建物美觀上，或許這也算是一種居民稅
成澤家的情況當然也相同，庭院雖然不算大，但地上有著草坪，還鋪設著裝
附近鄰居的證詞，夫妻兩人曾經一起將不要的廢棄木材拿到垃圾收集場丟棄
分是夫妻兩人親自動手。如今的庭院甚至連除草的人也沒有了，但依
穩重氛圍融為一體。

御子柴心滿意足地離開成澤家，接著前往了東京地方
現階段向法院提出的證物，都是由檢警單位所
夫並布置自殺現場的預設立場。

當搜查行動帶有預設立場，就很容易落
該可以發現的蛛絲馬跡。

站在辯護方的角度來看，那些隱
足以採信，只能透過法院的居中仲介，

但是近年來檢警似乎打算限制辯方委

人真的是一種喜歡欺負弱小的生物。
每個人都在蠢蠢欲動，
只要一抓到機會，
就會欺壓比自己弱勢的人。
NAKAYAMASHICHIRI
中山七里
惡德
輪舞曲
瑞昇文化

查研究所）成為唯一能夠鑑定證物的單位。檢警所提出的理由是「為了節省經費」，但這幾年冤獄事件頻傳，檢警的說詞已難以令社會大眾信服。事實上曾經有上訴的案子因委託民間單位進行DNA鑑定而讓判決結果大翻盤的例子。警察及檢察官想要讓科搜研獨占鑑定證物的權利，說穿了只是想要讓審判的過程完全依照己方所預期的方向發展。

當然御子柴並不在乎冤獄事件是多是少，也不在乎警察及檢察官的權力是否過於強大。但是無論如何，必須避免任何對客戶不利的要素。基於這樣的需求，今後勢必得要與各研究單位建立起良好關係。

完成了鑑定申請手續後，御子柴回到自己的事務所。由於在成澤家耗費的時間比預期要多了一些，因此抵達事務所時已過了下午三點。

「老闆，您回來了。」

洋子原本正坐在電腦前打字，一看到御子柴走進來，趕緊站了起來。每當御子柴從外頭回來，洋子總是會為御子柴泡一杯茶。

「不用泡茶了，趕緊做妳的工作。」

「沒關係，我剛做完。」

不過一眨眼功夫，洋子已端來了一杯茶。御子柴以雙手捧住茶杯，一陣暖流傳遞到了凍僵的手掌上。後天就要進入十一月了，今天氣象廳已在關東地區發布了今年的第一號寒流。

「這是下星期一出庭時要帶的資料，請確認一下。」

洋子將三疊資料放在桌上。這是已經提交給法院及檢方的準備資料的複本。雖然御子柴已經把內容都記在腦海裡，但出庭時總不能空著雙手。

「星期一有三個案子要出庭？」

「很久沒有像這樣一天出庭三次了，請加油。」

早上在埼玉縣地方法院有一個案子，下午在東京地方法院又有兩個案子。但是對御子柴來說，麻煩的只是在不同的地方法院之間來回奔波，出庭本身並不是什麼大不了的事情。

回想起來，自從事務所搬離了虎之門之後，這還是第一次遇上一天出庭三次的狀況。正如同洋子所說的，業績有逐漸回升的趨勢。

驀然間，御子柴發現洋子正低頭看著自己，臉上帶著欲言又止的表情。

「妳是不是又想說既然工作這麼多，可以不用再接黑道組織的顧問工作？這個我們之前已經談過了。」

「我不是要說這個。」

洋子支支吾吾，就是不肯說出心中的想法。雖然謹慎不是壞事，但是心情上的謹慎對工作沒有幫助。

「我這麼說，或許逾越了我的身分……」

「有沒有逾越身分，是由我來判斷。」

「聽說世田谷三軒茶屋的那起案子，委託人是老闆的母親？」

御子柴心想，當初自己跟梓的對話，果然還是被她聽見了。

「是又怎麼樣？」

「不能把這個案子交給其他律師嗎？」

「我不明白妳的意思。對方是主動找上門來，今後除非是對方要求解任，否則我有什麼理由放棄辯護工作？」

「但她是您的家人。您不是說過，辯護工作不能挾帶私情嗎？」

「我並沒有當她是家人。」

洋子聽御子柴這麼說，一時有些不知所措。

「我想我的背景妳應該大致清楚。我在十四歲的時候，被關進了醫療少年院。我的母親只在我入院之前，來看過我一次而已。不，打從我出生之後，我就不認為一起住的那些人是家人。這個想法直到現在都沒有改變。不管是實際委託辯護工作的蔫田梓，還是成為被告的成澤郁美，對我來說都是外人，根本沒有挾帶私情的必要。」

御子柴說到這裡，朝洋子仰頭瞪視，但洋子毫不畏懼，繼續追問道：

「真的沒有任何私情嗎？」

「妳要問幾次？」

「有沒有可能只是您沒有察覺？」

「妳認為妳比我自己更瞭解我？」

「這幾天您的樣子一直不太對勁。尤其是昨天，從第二次開庭回來之後，您就一直神情恍惚，就算我跟您說話，您也好像沒有聽見，還差點沒注意到這個星期的出庭行程。」

「就為了這點小事，妳就認為我不太對勁？妳也未免太神經質了。」

「過去您從來不曾出現過像這樣恍神的狀況。」

洋子堅決不肯退讓。而且她所提出的質疑，是御子柴自己也不曾察覺的事情。

昨天回來之後，或許自己真的陷入了神情恍惚的狀態吧。畢竟在眾目睽睽之下，得知了郁美很可能不止殺害了成澤，而且當年還殺害了前夫謙造。在那個當下，御子柴確實感覺到腦袋一片空白。

當時明明有司法記者奔出法庭，但目前為止並沒有看到任何報章雜誌上有相關的報導。或許並不是沒有寫，而是寫了之後並沒有獲得採用，畢竟檢察官在法庭上說的那些話都只是臆測，並沒有提出任何相關證據。

是不是臆測都無所謂。御子柴忽然產生了一種自虐的心態，想要把這件事告訴洋子，看看她會有什麼反應。但是另一方面，御子柴又擔心被洋子當成了悲劇的男主角看待，那也是一樁讓人心情鬱悶的事。

「或許我這麼說有些失禮，但我認為正因為委託人是您的母親，讓您無法發揮正常實力。」

「我說過了，她不是母親，只是單純的客戶。如果要夾雜私人感情，我反而會故意讓她打輸官司。」

洋子一聽，錯愕地瞪大了眼睛。

「何況就算這個案子真的輸了，又有什麼大不了？不過是在法庭上輸了一次，妳以為會對我們事務所的營運造成多大的影響？」

「我擔心的不是事務所的營運，而是擔心這會對您的精神狀態造成不良影響。」

精神狀態？

御子柴愣了一下，完全沒料到洋子會說出這句話。

「妳擔心我的精神狀態？」

「您認為您的精神狀態不需要擔心？」

「我從來不曾讓情緒影響我的辯護工作。」

「稻見先生那次也是嗎？」

「什麼？」

「稻見先生的案子結束之後，您的狀況一直很糟，嘴裡經常咕噥著『那是非贏不可的案子，怎麼會輸掉了』。」

自己曾經咕噥著那種話？

御子柴完全沒有印象。

「稻見先生是您在少年院裡的教官，您為他辯護失敗就那麼沮喪，要是這次的案子又沒有辦法拯救您的母親，您恐怕會比之前更加……」

「妳想太多了。」

御子柴不屑地說道。

「這兩個案子完全不同，不要混為一談。」

御子柴的心裡不禁有些惱怒。洋子竟然拿郁美與稻見相提並論，真是太荒唐了。稻見是栽培出了現在的御子柴的大恩人，而郁美卻是生下了園部信一郎的罪人。

「就算成澤郁美被判有罪，我只會感到有些不甘心，絕對不會感到沮喪。她不是可以讓我感到沮喪的對象。或許妳不相信，但我就是這樣的人。」

「……您是當真的嗎？」

「除了在法庭上之外，我從來不曾掩飾過自己。」

洋子的臉上帶著不以為然的表情，似乎還想說些什麼。

以律師事務所的事務員而言，洋子的表現可說是相當稱職，偏偏她的價值觀與雇主格格不入。洋子有著太過正直的道德觀念，不僅主張人性本善，而且似乎相信任何行為都會獲得相對的報應。這方面的觀念，洋子與御子柴可說是大相逕庭。御子柴重視輸贏更勝於正義，重視報酬更勝於道義，就連同業也都不屑與御子柴有所往來。有時御子柴不禁感到好奇，為什麼洋子會願意待在自己這種人的身邊？

雖然有點想要向她問個明白，但又怕無端生事，要是問了不該問的問題，讓她萌生辭意，就得再找新的事務員了。

御子柴正想著這些事，忽然響起了門鈴聲。兩人的對話被那門鈴聲打斷，洋子卻露出鬆了一口氣的表情，轉身走向門口。

來訪者原來是梓。

洋子說了一聲「請進」之後，就走進茶水間裡。梓傲然而入，在御子柴正前方的沙發坐了下來。洋子為訪客送上一杯茶之後，就走到事務所的後頭，沒有再出來。

「昨天你的表現真是丟人現眼。」

梓劈頭便罵道。

「從頭到尾都被檢察官牽著鼻子走，簡直像是挨打不還手。」

「昨天檢察官先詢問了被告，辯護方採取守勢是理所當然的事。妳特地跑到我這裡來，就為了說這句話？」

「不可以嗎？原本這案子是我委託的，我當然會在意你的表現。」

梓的口氣還是一樣咄咄逼人，御子柴並不與她一般見識。

「妳坐在旁聽席上，難道沒有發現嗎？檢察官手上的證物，只有上吊用的繩索及遺書。而且遺書的部分只查出使用了複寫紙，並沒有辦法證明遺書出自誰的手。檢察官手中的王牌，就只有繩索上頭的被告皮膚碎片。換句話說，只要推翻繩索的證據力，就有機會扭轉局勢。」

「但是那皮膚碎片經過DNA鑑定，確實是媽媽的皮膚沒有錯，你要怎麼推翻？」

「警方的鑑定結果並非具有絕對的權威。」

為了讓法庭上的攻防對檢察官有利，警察或檢察官有時會刻意隱匿證據。而且過去發生過不少次辯護方在法庭審理期間委託對證物重新進行鑑定，成功讓證物喪失證據力的例子。當然御子柴並不打算對梓解釋這麼多。

「質疑對方所提證據的可信度，也是法庭攻防的重要環節之一，但這個部分必須耗費較多的心力及時間。法庭上一時的風向並不代表最後的輸贏。」

「好吧，那我問你，你的手上握有什麼樣的籌碼？難不成你有什麼王牌，可以推翻檢察官提出的證據？」

「我沒有必要告訴妳。」

「我可是你的客戶。」

「我只要拿出成果就行了，沒有必要提供妳任何額外的資訊。如果妳不同意，隨時可以解除委任。」

這原本就是一件「點」及「線」都很糟糕的案子，更何況被告還是缺德律師的母親。如果御子柴此時撒手不管，願意接手的律師若不是極端的好事分子，就是在法律界混不下去，想要靠這種受到矚目的案子來揚名立萬的三流律師。當初在尋找律師的階段，梓應該已經吃足了苦頭，此時她當然不敢再抱怨什麼。

「……你既然敢誇下海口，應該有勝算吧？要是你輸了，我可不饒你。」

「當初我會接下這個案子，當然是有勝算。但如果在接了案子之後，才又出現不利的證據，或是遭揭發過去的犯行，我就算再怎麼神通廣大也是無能為力。」

「你想表達什麼？」

「妳沒聽到檢察官最後說的那段話嗎？昭和六十一年九月十四日，園部郁美打電話報案，聲稱丈夫謙造自殺了……社會大眾只知道這麼多，當年我在醫療少年院裡的時候，教官也只告訴我這些。我完全不知道，成澤拓馬的案子與當年謙造自殺的案子如出一轍。」

梓不發一語，只是瞪著御子柴。

「妳明明知道這一點，卻故意不告訴我？妳擔心如果說了，我會拒絕接這個案子，是嗎？」

委託人故意有所隱瞞，或是滿口謊言，對御子柴來說都是家常便飯。畢竟會找御子柴這種律師幫忙辯護的人，多半有些難言之隱。御子柴並不感到憤怒，也沒有譴責之意。但如果一直被瞞在鼓裡，不知道真相也不知道隱瞞的理由，對於法庭上的攻防非常不利。

「回答我。」

「我能說什麼？在那個該死的檢察官在法庭上說出來之前，我早就忘了這件事。昭和六十一年（一九八六年），我還在讀國小六年級。一個十二歲的孩子，怎麼可能知道詳情？」

「雖然妳當年只有十二歲，但妳是唯一跟那對夫妻住在一起的人。」

「一下子說園部郁美，一下子說那對夫妻，你就不能好好稱呼他們嗎？」

「妳希望我怎麼稱呼他們？」

梓用力搖了搖頭，說道：

「爸爸死的時候是大半夜，當我醒來的時候，家裡已經聚集了一大堆警察。我本來以為那些警察又是來調查你幹的壞事，後來媽媽緊緊抱著我，對我說爸爸自殺了。」

「告訴我詳細的情況。」

「我什麼也不知道。我只知道爸爸是上吊自殺，至於在哪裡上吊，用的是麻繩還是尼龍繩，有沒有遺書什麼的，他們都不告訴我，大概是認為就算說了，我也無法理解吧。」

「我不這麼認為。一個十二歲的孩子，應該已經有一定程度的判斷能力。」

「如果是在一般的狀況下，或許你說的沒錯。但我的家人可是殘殺了住在附近的女童，誰能想像我生活在什麼樣的家庭裡？一個十二歲的孩子，遭到全班欺凌，每個人都說我是怪物的妹妹，誰有辦法理解我的心情？」

梓越說越是激動。那不是突如其來的情緒，而是原本受到壓抑的情緒因為喪失了自制力而爆發出來。

「當年電視上報出你被逮捕的新聞時，雖然沒有公布你的名字，但是校方及一部分的家長都知道那是園部信一郎。過了幾天之後，八卦週刊雜誌放上了你的照片，更是讓整個社區幾乎吵翻了天。班上再也沒有同學願意跟我說話，每天上下學的時候都會有人朝我吐口水，更別提被罵髒話的次數。放學後待在學校一定會被欺負，所以每天鈴聲一響，我只能趕緊逃回家。但是在家裡也不能安心，一天到晚會接到沒有聲音的電話，就算我們把電話線拔掉，還是會有人敲破我們家的窗戶，把動物的屍體丟進來。」

梓說到後來，或許是回想起了往事，眼中開始積蓄淚水。御子柴知道對一個情緒激動的人說什麼都沒有用，只是靜靜地觀察著歇斯底里的梓。

「我每天都害怕得吃不下飯，每當我想到要去學校，就會緊張得沒有辦法呼吸。所以我後來連學校也不去了，每天只是把自己關在房間裡。電視跟收音機都在講你的事，所以我根本不敢打開。你認為一個十二歲的孩子處在這樣的狀態下，能夠有正常的判斷能力？」

梓劇烈喘著氣，肩膀上下起伏。

「妳說完了嗎？」

徹底發洩之後的梓，以疲累不堪的眼神望著御子柴。

「你們有什麼樣的遭遇，我沒有必要知道，也沒有興趣知道。我只想知道園部謙造自殺時的狀況。妳剛剛的那些話，簡單來說就是妳一直待在自己的房間裡，所以回想不起來當時的細節？」

「你沒有必要知道……？看來你真的是個人渣。」

「如果我是人渣，那委託人渣為母親辯護的又是什麼？」

梓勃然大怒，一巴掌朝御子柴揮了過來。御子柴認為自己沒有義務平白挨打，因此在巴掌擊中臉頰前，伸手抓住了梓的手腕。

「不要再浪費這些沒有意義的力氣與情緒。好好想清楚，妳的父親有沒有可能是被妳的母親殺了？」

「少囉嗦！」

「犯罪者是一種愚蠢的生物，只要犯行成功過一次，就會不斷重複相同的手法。若是站在這個角度來看，成澤郁美可說是最典型的例子。下一次開庭，檢察官一定會以這套說詞作為攻擊的武器。雖然三名法官之中，應該會有人認為不能單純以情況證據來下判斷，但是六名裁判員的想法一定會大受影響。他們會認定被告是殺害丈夫的慣犯，並且把辯護人當成敵人看待。相信妳應該能夠理解，這樣的局勢對我們有多麼不利。所以我一定要想辦法說服法官跟裁判員，郁美並沒有在二十九年前謀殺丈夫。這世間要證明做過什麼事並不難，但要證明沒做過什麼事卻是難如登天。」

梓的手腕逐漸放鬆了力氣。

「妳喜歡叫我怪物或人渣，我都不反對。但如果妳真的重視妳的母親，現在就給我好好想清楚，二十九年前她做過什麼事、說過什麼話。我需要妳給我一些能夠為妳母親辯護的籌碼，這是妳現在所能做到的最有意義的事情。」

梓的體溫自手腕傳了過來。雖然觸手冰冷，但裡頭卻彷彿隱含著一股熱流。

御子柴趕緊放開了梓的手腕，那手腕疲軟無力地垂了下來。

「……突然要我想，我怎麼想得起來？當年我一直置身事外，他們什麼也沒有跟我說。」

「就算是置身事外，多少也會知道一些事情。」

「我需要一些時間想一想。」

「動作要快，我們沒有多少時間。」

「這我知道！」

梓氣呼呼地說完這句話之後，驟然起身走向門口。洋子倒給她的茶，她一口也沒喝。

就在梓離開事務所的不久後，洋子走了出來，收拾桌上的茶杯。

「我們剛剛說的話，妳應該都聽見了吧？」

「因為你們說得很大聲……」

「妳現在還會擔心我的精神狀態嗎？」

洋子沒有回答，轉身走向茶水間。

「明天有什麼行程嗎？」

「目前沒有安排任何訪客。」

「好，我要再去一趟福岡，應該不用過夜。」

這是御子柴第二次來到福岡。早知如此，上次前往早良區時應該順便把事情辦一辦。不過這也沒有辦法，畢竟有些消息是後來才得知。

這次的目的地，是福岡縣警本部刑事部搜查一課。御子柴以國會圖書館的資料庫搜尋昭和六十一年九月的報紙，果然找到了關於謙造自殺的報導。當時正是「屍體郵差」的話題在整個日本引起一片譁然的時期，因此其父親自殺的消息也躍上了全國性報紙的版面。

根據該報導的記載，當時最早趕到謙造自殺現場的是早良署及縣警本部的員警。雖然當年的員警如今可能早已退休，但就算找不到當年的員警，好歹也能讀一讀搜查紀錄。

自從槙野在法庭上暗示謙造可能是遭郁美殺害之後，御子柴一直在尋思槙野到底是如何取得這方面的消息。這種事情不太可能是槙野憑想像力想出來的，一定是有人將相關資訊告訴了他。而那個提供資訊的人物，很可能是警界人士。

這意味著某個與二十九年前的事件有關的人物，正在設法要讓郁美深陷牢籠。

縣警本部的大樓位在博多區東公園七番七號，是一棟六層樓高的建築。這也是一個讓御子柴感到心頭沉重的地點。三十年前，御子柴在家裡遭到逮捕，後來就被帶到了這棟建築物裡。

大樓的外觀看得出來整修過幾次，但整棟大樓給人的印象與當年沒什麼不同。曾經是少年犯的御子柴，對這棟大樓當然沒有絲毫的好感。光是從遠處看著這棟大樓，就會回想起當年那些員警對自己做過的事，以及對自己說過的話。

建築物裡頭頗為陰暗，而且瀰漫著一股潮濕的空氣。香菸的氣味與陳年紙張的氣味混雜在一起，讓御子柴忍不住想要作嘔。

（年紀輕輕竟然做出那麼殘忍的事。）

（看清楚，這就是遭你殺害的佐原綠妹妹的照片。她的年紀才這麼小，你看著這張照片，難道沒有任何感覺嗎？）

（你才國中二年級吧？知道畜生的意思嗎？那指的就是你這種人。）

（今天晚上你一定要把所有的細節交代得一清二楚。為了調查你一個人幹出來的好事，你知道福岡縣警有多少警察每天忙得焦頭爛額？）

那些刑警雖然不至於連睡覺的時間也不給，但是口氣跟態度當然好不到哪裡去。縣警本部用盡一切手段才找到的凶手，竟然是個十四歲的少年，不難想像那些刑警會有多麼驚愕與憤怒。正常的十四歲少年，如何能夠承受那些刑警們的疲勞轟炸？除了言語之外，拍桌跟推擠的次數更是不計其數。

然而園部信一郎並不是正常的十四歲少年。

信一郎是個喪失了一切道德倫理觀念，不把奪走他人的性命當一回事，即使面對刑警們的說服或責罵也絲毫不為所動的少年。因此在接受訊問的過程中，不管聽到刑警們說什麼，信一郎都只是左耳進、右耳出。事實上信一郎早已把自認為的動機都說了，那些刑警們還是每天詢問相同的問題，令信一郎的心裡充滿了無奈。

而如今，御子柴再度走進了縣警本部的正面大門。門檻再高，御子柴已具備了跨過去的勇氣。即便再怎麼心頭沉重，也能夠強迫自己奮力向前。

在一樓服務櫃檯報上了律師身分，坐在櫃檯裡的女警詢問御子柴想會見何人。

「二十九年前曾隸屬於搜查一課的刑警。」

女警愣了一下，說道：

「不知道職銜及姓名嗎？」

「有個不知道能不能派上用場的線索，我想找的是昭和六十一年九月十四日，早良區禮乘寺園部謙造自殺案的負責刑警。」

「……請稍待片刻。」

如果是一般民眾，提出這樣的要求肯定會吃閉門羹。但此時御子柴的胸口別著律師徽章，讓女警不敢輕易拒絕，只好低頭查詢資料。

御子柴站在櫃檯前等了大約十分鐘，女警才抬頭說道：

「搜查一課裡，三十年就已擔任刑警的同仁只有一名，但我不確定他是否就是你想找的人。」

既然只有一名，當然要見上一面。

「請安排我跟他會面，他叫什麼名字？」

「友原行彥。」

真正讓御子柴感到意外的並不是找到了三十年前的刑警，而是這個人雖然任職了三十年，現在的職銜卻與當年相差不大。最好的證據，就是自己輕易就可以見到他。如果是高階警官，就算是律師也無法在沒有事先提出申請的狀況下見上一面。看來這個人多半是個幹了一輩子警察也無法升遷的無能老頭吧。

御子柴前往了刑事部的樓層，在會客室裡的老舊沙發上坐著等候，過了一會，走進來一個滿面風霜的白髮老人。

老人的身材原本就頗為矮小，再加上有些駝背，讓身體看起來更小了。雖然外表是一副有如風中殘燭的樣子，但以公務員的退休年紀來推想，這老人的實際年齡應該還不到六十歲。身上穿著廉價西裝，鞋子也相當舊了，不難看出老人的位階跟年薪都不高。顯然自己猜得沒錯，這老人是個一輩子無法升遷的庸才。

但是這老刑警一踏進會客室，神情登時有些詭異。原本他的眼神中流露出的是狡獪與猜忌，一看見御子柴，立刻多了一抹驚愕之色。

「我是御子柴禮司，身分是律師。」

老人伸手接過名片時，手指竟微微顫抖。

御子柴看在眼裡，內心已明白一件事。

這個老人從女警的口中聽到「御子柴」這個名字時，便已知道自己今天的來意。

御子柴也從老人的手中接過了名片。名片上寫著「福岡縣警察本部刑事部搜查一課警部補　友原行彥」。右邊的角落還畫著福岡縣警吉祥物「福警君」，那可愛的模樣與老人的形象可以說是格格不入。

對方什麼都知道了，也沒什麼不好，至少省下了隱藏身分的麻煩。友原在對面還沒有坐穩，御子柴已開口問道：

「你就是當年負責園部謙造自殺案的刑警？」

這種開門見山的說話方式，用在心生恐懼的對象身上特別有效。果不其然，友原被搶了先機，反射性地開口說道：

「是的。」

御子柴的心裡雀躍不已。竟然這麼容易就找到了。原本並不抱太大的希望，此時的心情就像是中了大獎。

「從你的態度看來，你應該知道我的別名吧？」

「別名？」

友原的口氣忽然有了一百八十度的變化。

「園部信一郎才是你的本名吧？」

「我並不討厭你這種直腸子的說話方式，但御子柴禮司是我透過家庭法院取得的名字，現在這才是我的本名，請你以這個名字稱呼我。還有，我看你似乎不喜歡外交辭令，所以我就不跟你講客套話了，你能接受嗎？」

「隨便你。」

「你知道我今天來找你的理由嗎？」

「你想調查關於你父親自殺的事。」

「沒錯。那個時候我被關在關東醫療少年院裡，過著與世隔絕的生活，因此關於謙造自殺的詳情，我幾乎一無所知。當時負責這個案子的刑警之中，只有你還待在搜查一課。」

「那又怎麼樣？」

「這表示我的運氣不錯。」

「哼，運氣不錯？這叫禍害遺千年。當年殘殺無辜幼童的怪物，如今竟然飛上枝頭，成了個大律師。」

「算不算飛上枝頭，恐怕頗值得商榷。這年頭律師徽章已經不值錢了。」

「我看起來像一個會洩漏偵查機密的人嗎？更何況還是洩漏給你這種人？」

「警察對於已經終結的案子沒有保密義務。」

「已經終結的案子？那可不見得。」

「噢？這意思是你正在重新調查這起案子？」

友原突然緊閉雙唇，不再說話。御子柴不禁暗自竊笑，真是個老實的男人。內心的想法全寫在臉上了。身為一個刑警，每天都要面對許多犯罪者，這個人的能力如此平庸，難怪無法升遷。

「這案子在二十九年前就以『自殺』結案，這裡跟早良警署的搜查紀錄應該早就銷毀了吧，你要怎麼調查？」

「並不是什麼資料都被銷毀了。」

友原微微挺起了胸膛。

「至少這裡還有一個活證人。」

御子柴心想，所謂的活證人，指的應該是他自己吧。但是他不可能正確記得二十九年前的案子的所有證據資料，多半是他個人保留了一些搜查資料的影本，或是搜查筆記之類的東西。

「當年負責這個案子的刑警，如今依然在職，從這個角度來看，你確實是活證人。但從另一個角度來看，二十九年來完全沒有新的發現，而且案子早已結案，這是不爭的事實。既然如此，縣警本部作出『自殺』的結論，應該並非誤判。」

「別說得好像你什麼都知道一樣。如果這案子毫無可疑之處，你何必特地前來調查？你害怕當年的自殺結論遭到推翻，會影響現在的成澤拓馬案，不是嗎？」

「基本上並沒有錯，但我調查這個案子，也只是抱著保險起見的心態。我相信那個女人並沒有殺人的能力。我這麼說，並不是因為她是我的委託人。」

「她當然有殺人的能力。」

「你這是根據經驗得來的結論嗎？」

「不，是事實。畢竟她可是『屍體郵差』的母親。」

「這樣的論調實在令人難以苟同。」

御子柴故意使用譴責的口氣，來表達心中的不滿。

別拿我跟那個女人相提並論。

「殺人本來就是令人難以苟同的事。」

「殺人是否令人難以苟同，那是另外一回事，總之成澤郁美沒有辦法殺人。以她的性格，連殺隻蟲子也有困難。在我跟她一起生活的十四年之間，她只允許我殺過蒼蠅和蚊子。她明明不是佛教徒，卻非常討厭殺生。」

「哼，在她的眼裡，丈夫的性命比蒼蠅、蚊子更加低賤吧。」

郁美討厭殺生云云，完全是御子柴隨口杜撰的謊言。要從一個萬年無法升遷的頑固刑警嘴裡套出消息，某種程度的謊言是必要的話術。像這種冥頑老人，只要聽見自己不認同的人物評論，一定會忍不住出言反駁。既然要反駁，當然得提出一些依據，只要持續爭論下去，最後他就會說出原本想要隱藏的祕密內情。

「園部信一郎的案子是全國性的重大新聞，相信縣警本部對其父親死亡的事件絕對不敢馬虎，一定會仔細調查清楚。但最後縣警本部還是作出了自殺的結論，可見得園部謙造確實是死於自殺。你想要重新調查這個案子，完全是基於你的主觀偏見。」

「那不是主觀偏見。」

「有何證據可以證明？」

「每當郁美非常需要錢的時候，她的丈夫就會自殺。園部謙造自殺時，他們夫妻正被索討高額賠償金。跟成澤拓馬結婚前，郁美過著非常窮困的日子。這兩次的缺錢問題，都是靠著丈夫的死來解決，天底下會有這麼巧的事情嗎？」

「她是個無可救藥的爛好人，絕對不可能做出那種事。我相信你絕對找不到自殺現場是由她刻意布置的證據。」

「那我反問你，當年你的父親是個酒鬼嗎？」

「至少不會是個酒國英雄。」

「當年我詢問認識你父親的人，得到的答案也是你父親平常極少喝酒。但是在自殺之前，他灌下了一整杯的威士忌純酒。」

「或許是他想要讓自己鼓起自殺的勇氣。」

「而且那瓶威士忌，還是前一天由郁美在酒販店買的。你聽懂了嗎？不是丈夫自己買的，是老婆買的。」

友原開始藏不住祕密了。

御子柴心裡暗自叫好。就是這樣，再多說一點。

「不可能，我再強調一次，她不是個會為了錢殺害丈夫的女人。而且他們夫妻生前感情相當好。」

後面這句話雖然不算謊言，但也有些誇大其詞。事實上御子柴根本想不起來任何足以認定謙造與郁美感情很好的回憶。

「她在通報了謙造的死訊之後，應該是每天愁眉苦臉吧？」

「在刑警們的面前，她當然不可能露出笑嘻嘻的表情。當時的她確實看起來相當沮喪，但是那種程度的演技，任何女人都做得到。」

御子柴暗自點了點頭。原來當時的她看起來相當沮喪。

「那是因為你對她抱持成見，才會有這樣的想法。何況你說得好像每個女人都是天生的騙子，全世界的女權主義者要是聽見了，絕對不會同意吧。」

「那案子的疑點可不止如此。門框橫木的部分，你又如何解釋？」

為了證明郁美是殺人凶手，友原越說越是起勁。

「當年那門框橫木上，也有裝設過金屬器具的痕跡。」

「既然你們發現了痕跡，為什麼沒有深入調查？」

「當年我們根本想不出來裝設在橫木上的東西到底是什麼，所以也無法斷定那是否與謙造的自殺有關。如今警視廳破解了郁美的犯案手法，這才讓我恍然大悟。當年橫木上的那個痕跡，一定也是裝設吊式滑輪造成的。」

「難道你們當年在我的家裡也發現了吊式滑輪？我不管再怎麼努力回想，都想不起來小時候曾經在家裡看過吊式滑輪這種東西。謙造只是個普通的上班族，對木工完全沒有任何興趣，家裡當然也不會有那種東西。」

「哼，難不成你就對木工很有興趣？就算家裡有那種東西，你也不會發現。」

「那可不見得。」

御子柴故意露出充滿自信的笑容，隨口胡謅道：

「要將屍體分解，需要一些工具，我當然會先看看自己家裡的倉庫有什麼東西可以利用。」

友原的臉上露出了幾分驚懼之色。他為了排除心中的驚懼，立即出言反駁。

「吊式滑輪那種東西，當然是在你落網之後，郁美才弄到手的。如果不是因為你幹下那起案子，她也不必殺死謙造再偽裝成自殺。」

「原來如此，你這麼說也有道理。但你要怎麼證明這一點？難不成你要到園部家附近的五金行，詢問當年郁美是否曾來購買吊式滑輪？因為隔壁町開了家庭購物中心的關係，從前的那些五金行早就關門大吉了。就連當年的園部家，後來也賣給了不動產業者，早就已經拆掉房子，變成了月費式停車場。在這樣的狀況下，你要去哪裡打聽消息？」

友原被這麼一問，登時沉默不語。御子柴接觸過相當多的委託人，非常精於察言觀色，因此可以看得出來，友原的沉默並非刻意有所隱瞞，而是他自己的心裡也在煩惱著這個問題。

但友原的態度還是相當強硬。

「雖然過了二十九年，但不是所有的線索都消失了。包含我在內，還有很多人記得那個案子。你太小看人的記憶，肯定會吃不了兜著走。」

「我並沒有看輕人的記憶，但記憶這種東西是會撒謊的。」

「……什麼意思？」

「意思是記憶並非恆久不變。每個人都只會看自己想看的，聽自己想聽的。記憶也是一樣，當一個人認定『應該要這樣才對』、『非這樣不可』的時候，就會改變腦袋裡的記憶。就算是刑警，也不能避免這種情況。」

「你認為我懷疑謙造根本不是自殺，是因為記憶出了錯？」

「二十九年前的你，還只是個剛上任的刑警。就算你在案件現場發現了什麼疑點，上頭的人可能也不會採信。像這種鬱悶的心情，很可能就會讓你在不知不覺之中竄改了記憶。明明是一件百分之百的自殺案，你卻在心裡故意製造出一些疑點出來。例如橫木上可能什麼也沒有，你卻認為那上頭有裝設金屬器具的痕跡，又例如酒可能是謙造自己上酒販店買的，你卻認為是郁美買的。這些錯誤的記憶，在你的腦袋裡逐漸形成了根本不存在的疑點。」

「你在說什麼蠢話？」

友原露出牙齒笑了起來。

「像這樣把證人唬得團團轉，是你的慣用伎倆吧？果然有一套，連我都差點相信自己的記憶出了錯。」

「你對自己的記憶這麼有自信？」

「就算記憶會說謊，資料總不會說謊。」

「所有的資料都已經銷毀了。」

「沒有官方資料，並不代表沒有資料。」

友原從懷裡掏出了警察手冊。那警察手冊的封面破損嚴重，顯然已相當老舊。

「我還有這玩意，當年用來記錄案情的手冊。」

友原得意洋洋地高舉手冊，簡直像個孩子。

那裡頭應該記錄著當時的警方搜查狀況，以及一些能夠抄寫下來的證據吧。從友原的神情看來，那是他手上的唯一資料。

「你想看嗎？」

友原察覺御子柴的視線，故意將手冊舉到御子柴的眼前揮舞。

「並不特別想。」

「別嘴硬了，這裡頭可能包含著能夠救你母親的線索。你大老遠來到福岡，不就是為了這個東西嗎？」

「我並不否認這一點。為了委託人的利益，不管是九州、沖繩還是外國，我都會前往，這就是律師的工作。但我這次來到福岡，只是想要確認一件事，那就是檢察官在法庭上暗指謙造遭到殺害的鬼話，完全是無憑無據的不實指控。」

「鬼話？」

「這案子沒有留下任何證據，死亡現場也已不存在。就連搜查本部所保存的搜查紀錄，也已經被銷毀了。如今你手上的資料，就只有一本警察手冊。上頭的紀錄到底正不正確，沒有人能夠保證。你想要靠這種東西來推翻那麼久以前的案子，我只能說你太天真了。上一次開庭的時候，法官要求將檢察官的發言從紀錄中刪除，正是因為法官認為這種推論缺乏實證，根本不足以採信。我本來還擔心你們的手上真的有什麼天大的證據，看來是我杞人憂天了。」

「喂，站住！」

御子柴站了起來，友原仰頭瞪了御子柴一眼，說道：

「你說我天真？你以為我會在沒有證據的情況下，只憑著直覺調查案子？」

很好，盡量生氣吧。

攤開你手中的王牌吧。

「任何人檢視當年和現在的案情，都會做出這樣的結論。很抱歉，你跟楨野檢察官的推論都只是單純的幻想。你年紀不小了，我勸你別蹚這趟渾水。」御子柴說道。

「你再說一次看看！」

友原完全落入了御子柴的掌控，此時整個人暴跳如雷。

「你要我說幾次都可以。被你們視為眼中釘的被告，是個連蟲子也不敢殺的爛好人。你們捏造出了根本不存在的疑點來誣陷她，將她的形象塑造成一個無惡不作的蛇蠍婦人。」

驀然間，友原的五官扭曲變形。他嗤嗤笑了起來，說道：

「呵呵，那個女人要是聽見你稱她是好人，可真不知道會露出什麼樣的表情。不過畢竟你是她的兒子，你會這麼說也是理所當然的事。在我看來，這就叫老鼠的孩子會打洞，只有那樣的母親，才能生下你這樣的兒子。」

這幾句話說得斬釘截鐵，顯然不是單純的譏諷和揶揄，而是手中握有難以撼動的鐵證。

「你說得好像你對成澤郁美很瞭解，但你不過是二十九年前和她見過一、兩次面而已。」

「見過一、兩次面，就已經足夠了。不，光是園部郁美當年說的那句話，就足以證明她是殺人不眨眼的蛇蠍婦人。」

「那句話？」

「當年把整個社會搞得雞飛狗跳的『屍體郵差』的父親竟然自殺了，縣警本部不敢輕忽大意，派出大批警力進行調查，結果卻是虛驚一場，什麼也沒查到。但所有的刑警裡頭，只有我從頭到尾都盯著那個女人。因為我相信那起自殺事件一定是她精心策畫的騙局。其他刑警都離開之後，我直接了當地問她，我說『是妳殺死了丈夫吧』，原本看起來傷心欲絕的她，一聽到這句話，竟然抬頭瞪了我一眼，嘴裡喃喃自語了一句『要不是兒子做出那種事……』，後來她知道自己說錯了話，才趕緊閉上了嘴，一句話也不敢再說。當時那句話，就等於是招供了。因為你殺了人，她為了籌措賠償金，只好將丈夫殺了。沒錯，她自己說溜嘴了。所以我絕對不會停止調查。就算只有我一個人，我也要揭穿她的惡行。」

友原驕傲地挺起了胸膛。他自己似乎沒有發現，一個身材矮小的老人做出挺起胸膛的動作有多麼滑稽。

「你放心吧，園部信一郎。你們確實是母子，我可以跟你保證。」

「想要保證這種事情的人多的是，還輪不到你。」

御子柴再次站了起來。今天光是查出友原認定郁美是凶手的根據，便已不虛此行。

「站住！」

「你還想說什麼？」

「接下來我要說的話，不是關於你的母親，而是關於你。雖然你現在為了拯救母親而東奔西走，但說到底這都是你自己造的孽。如果當年你沒有犯下那起案子，那個女人也不必殺死自己的丈夫，後來當然也不必殺死成澤拓馬。被你殺死的佐原綠的家人，不也同樣無辜嗎？那一家人明明是受害者，卻也在社區裡待不下去，最後只能搬家。受害者的家屬不管搬到哪裡，都會遭人以有色眼光看待，後來的生活肯定相當悲慘。這筆帳當然也得算在你的頭上。而你身為加害者，卻能別著律師徽章，在這裡耀武揚威。」

御子柴靜靜承受著友原的責罵，從頭到尾不發一語。如果是一般人，此時或許會感到如坐針氈，但御子柴並非一般人，這種程度的譴責在御子柴聽來和催眠曲沒兩樣。對方即便有再多的惡意，對御子柴來說也只像是清風拂過。

「我看你根本就坐錯了座位。每次開庭的時候，你總是大剌剌地坐在辯護人的座位上。但是像你這種人，這輩子只有資格坐在被告席。」

友原說到這裡，沒有再說下去。御子柴完全沒有任何反應，反而讓他感到有些不安吧。

「如果你說完了，那我告辭了。」

御子柴走出了門外，只留下友原目瞪口呆地坐在會客室裡。

累積了三十年的怨恚只有這種程度，看來這個姓友原的老刑警也沒什麼大不了。說穿了，他只不過是被他心中自以為是的正義感給洗腦了而已。說出來的話幾乎就跟瘋言瘋語沒有兩樣，既沒有殘留在御子柴的耳裡，當然也沒有殘留在胸中。

不過他倒是說對了一件事。

他說御子柴這輩子只能坐在被告席。

這一點確實沒有錯。

在殺害佐原綠的那個瞬間，自己就不曾坐過被告席以外的椅子。

以前是如此，現在是如此，未來當然也是如此。

5

這天剛過中午的時候，坐在辦公室裡的槙野接到了友原打來的電話。

〈剛剛御子柴跑到了縣警本部來。〉

電話另一頭的友原依然難掩激動的情緒。

〈我跟他見了一面。〉

前天槙野才在法庭上提到了從前謙造的案子，今天御子柴就跑到了福岡，這樣的效率實在令人佩服。

這種願意四處奔波的高機動性，似乎也是那個黑心律師的優點之一。

「應該是為了二十九年前的案子吧？」槙野說道。

〈沒錯，似乎是來調查當年的搜查狀況。〉

「有沒有被他查到什麼？」

〈官方紀錄早就被銷毀了，所以他只是跟我說了幾句話就離開了。我看他好像非常想要幫助母親獲判無罪，只能說是不自量力吧。〉

槙野聽著友原的激昂口氣，心中閃過一抹不安。

從友原的立場來看，御子柴的來訪就像是一種偷襲。友原突然遭遇偷襲，很有可能會一時亂了陣腳。

「你跟他說了什麼？」

〈沒什麼，我說的內容全是當時的報紙上查得到的事情。對了，我跟他提到當時的搜查團隊之中，只有我懷疑自殺是刻意布置的。〉

真是多嘴的傢伙。槙野暗自咒罵了一聲。除了官方說詞之外，絕對不能提供任何訊息給那個男人。一旦隨便對他發表個人評論，就算只是開了一個微不足道的小孔，那個男人也會將手指插進孔裡，靠雙手的蠻力將孔撐開，製造入侵的破口。有了上次開庭的經驗，槙野非常清楚御子柴這個男人同時具備「縝密」與「霸氣」這兩個截然相反的能力。

〈那傢伙不斷強調他母親是個好人。那種人格扭曲的傢伙，大概也是以扭曲的眼光來看待自己的母親吧。〉

「你們還說了些什麼？」

〈他不斷激怒我，想要從我口中套出我們掌握了什麼線索。幸好搜查行動沒有任何進展，所以他什麼也套不出來。〉

這可不是什麼值得自豪的事情。槙野忍不住想要嘆氣。

槙野轉念又想，這或許是一個對自己有利的徵兆。關於當年的案子，御子柴明知道檢方的手上可能沒有任何證物，他還是大老遠跑到福岡調查這件事。不管御子柴做事情再怎麼有效率，這都得耗費他一整天的時間。換句話說，御子柴寧願花上寶貴的一天時間，也要把這件事查得一清二楚。由此可知自己在法庭上所說的那番話，對御子柴來說就像是晴天霹靂。

「好，麻煩你繼續調查。」

結束了與友原的對話之後，槙野陷入了沉思。

那天將郁美帶進法庭的法警，曾經在事後告訴槙野，御子柴在閉庭之後將郁美叫住，質問父親的死是否與她有關。

這也是一個對自己有利的徵兆。原本應該建立起緊密信賴關係的被告與辯護人，如今顯然變得疑神疑鬼，互相不信任對方。只要這個情況越來越嚴重，那兩人的凝聚力就會徹底瓦解。倘若郁美將御子柴解任，自己就可以高枕無憂了。以現階段來看，只要能夠排除御子柴，郁美不管雇用任何律師都不足為懼。

勝利只差臨門一腳了。槙野想像著宣判的那天，郁美必然會在南條的面前低下頭，露出絕望的表情。

御子柴從福岡回到東京之後，立即前往了東京看守所。每當這種時候，御子柴都會很慶幸自己的事務所是在小菅。

當初郁美要從世田谷警署的拘留室被移送至東京看守所的時候，她顯得相當不安。理由就在於她聽說死刑囚約有一半都被關在東京看守所裡。

「我只是個普通人。」

當御子柴聽到郁美嘴裡這麼咕噥時，差點沒笑出聲音來。如今郁美已經成了被告，卻依然認為犯罪者與一般民眾生活在完全不同的世界裡。真是一個可悲的愚蠢之人。照她這樣的觀點，如今成了律師的兒子不曉得屬於哪一邊的人？

*

今天御子柴前來會見郁美，主要是打算根據在福岡的調查結果，再一次向郁美問清楚二十九年前自殺事件的詳情。

郁美是否為了錢而殺害了謙造？是否將現場布置成自殺的樣子？

那天閉庭後，郁美曾當著御子柴的面，堅決否認犯案。事實上御子柴向來不信任委託人，因此郁美到底是不是清白的，御子柴並不在意。但是另一方面，要讓法官及裁判員相信郁美無罪，就必須徹底排除任何不利的要素。換句話說，當法官及裁判員對郁美抱持懷疑，御子柴就必須設法推翻他們的懷疑，或是讓這些懷疑徹底喪失影響力。

一抵達看守所，御子柴立即前往了律師專用窗口。這個窗口就跟一般窗口大同小異，前面有好幾個律師正在等著叫號。御子柴在會面申請書上填入了郁美跟自己的名字，然後走向等候區。一看自己的號碼，推算起來等候時間應該非常短。

在等待的時間裡，御子柴在心中演練著與郁美的對答過程。那天閉庭後，自己問得太過開門見山，如今回想起來實在是個錯誤的做法。一來突然被人揭開舊瘡疤必定會大為震驚，二來思考的時間太短，郁美當然不可能說出讓御子柴滿意的答案。應該要在能夠安心說話的地點，在對答的過程中一步步截斷退路，才能讓郁美說出真話。

剛開始的時候，就以自己前往了舊家當作開場白吧。那個家對郁美來說有著相當重大的意義，相信一定能夠引起她的關心。她一定會想要知道那附近的變化，以及街坊鄰居的現況等等。等到成功引誘她吃了誘餌之後，就可以慢慢收線。

想到這裡，御子柴忽然察覺等待的時間未免太久了。就在逐漸感到不耐煩的時候，刑務官竟然先叫了排在自己後面的號碼。

這是怎麼回事？御子柴不想再等下去，決定要站起來時，終於聽到了自己的號碼。

御子柴正想著不知道會安排在幾樓，沒想到一走到窗口前，竟聽刑務官說出了一句驚人之語：

「嫌犯拒絕會面。」

「什麼？我可是她的辯護人。」

「我們對她說了你的名字，但她拒絕見你。」

當事人拒絕會面，就算是律師也無計可施。既然如此，繼續待在這裡也沒有用。御子柴頭也不回地走向門口。

拒絕會面的理由，必定是郁美不希望與任何人談起二十九年前的那件事。就算對象是自己的辯護人也一樣。

返回事務所的途中，御子柴的一顆心在激動的情緒與冷靜的思考之間不斷擺盪。

第四章

死者的惡德

1

不管再怎麼厭惡御子柴，只要是與母親的訴訟有關的事情，梓絕對無法不理不睬。就在遭郁美拒絕會面的當天，御子柴立刻打電話聯絡了梓。到了隔週的十一月四日，梓來到了御子柴的事務所。

「竟然命令客戶到事務所來，你簡直比客戶還偉大。」

「或者妳希望我到妳家或妳上班的地點？」

「……到底有什麼事，快說吧。」

「上個星期六，被告拒絕會見我。為了準備今後的開庭事宜，我還有很多事情要跟她討論，現在她不見我，我什麼也做不了。」

「你一定是做了什麼讓她反感的事吧？」

「如果提及二十九年前的事件算是禁忌的話，妳說對了。」

梓皺起了眉頭，沒有多說什麼。雖然這個律師實在讓人厭惡，但如果每一句話都要跟他吵，恐怕在判決的那一天到來之前，自己已經先累垮了。

「這是檢察官提出的論述。就像我在法庭上所說的，這不見得會演變成訴訟案，但有可能會加深裁判員對郁美的敵意，所以我們必須做好反證的準備。但是要想反證，我必須先從當事人的口中問出二十九年前那起事件的詳情。」

「媽媽在法庭上不是已經說了嗎？她沒有殺任何人。」

「委託人大多會說謊，除非面臨即將獲判有罪的緊要關頭，否則就算是對辯護人也不會說實話。」

「那只是少數的特例吧？有誰不愛惜自己的性命？」

「或許妳不相信，但有很多人會把性命以外的其他事物看得比性命還重。就算是他人眼裡微不足道的小事，對當事人來說也會截然不同。」

「什麼東西會比性命更重要？」

「不外乎是尊嚴、他人的祕密、自己的名譽這些無聊的東西。」

驀然間，御子柴的腦海浮現了稻見的臉孔。那個最糟糕的委託人，正是典型的不愛惜生命之輩。

「……那怎麼會是無聊的東西？」

「剛剛是誰主張性命比什麼都重要？」

「律師當久了，連客戶的語病也要挑？」

「妳到底想不想救妳的母親？」

「她是我的母親，難道不是你的？」

「這三十年來，我從不曾當她是我的母親，我相信她的想法也一樣。難不成妳希望我們立刻建立家人關係？」

「你到底希望我怎麼做？」

「我希望妳說服被告，讓她願意見我。」

「別把問題丟給客戶。你不會自己想辦法嗎？」

「為了能在法庭上獲勝，我會不擇手段。任何有利用價值的東西，當然都要徹底利用。」

「我承認這是你最厲害的地方。」

「我再問妳一次，妳真的想救妳的母親嗎？還是妳為了避免知道真相，打算對母親見死不救？」

「什麼意思？」

「妳何不老實說出心中的想法？二十九年前，父親可能不是自殺，而是母親為了拿到保險金，把父親殺死了。妳害怕面對這件事，所以不敢見被告，不是嗎？」

梓似乎是被御子柴說中了心事，懊惱地緊咬嘴唇，不再反駁。這種藏不住心事的性格應該是與生俱來，御子柴與她雖然是兄妹，但在這一點上可說是截然不同。被說中了心事之後死不承認，當然也跟御子柴的性格大相逕庭。

「我為什麼要害怕那種事？」

「比妳大三歲的哥哥是人稱『屍體郵差』的罕見凶惡少年犯，母親也是可以為了保險金而殺死丈夫的殺人慣犯，妳害怕自己的體內也流著相同的血液。」

砰！巨大的撞擊聲迴盪在事務所內。梓朝著桌面重重拍了一掌。但那張鋼鐵製的桌子紋風不動，反倒是梓的手掌迅速泛紅。

「收回這句話！」

「這只是我的推論，我不需要收回。妳如果不認同，只要否定就行了。而妳如果否定，妳就應該要說服被告與我見一面。要承認我說的沒錯，還是要照著我說的話去做，妳自己選一條路吧。」

梓瞬間陷入了進退維谷的抉擇。如果不說服母親會見御子柴，等於是承認了御子柴口中的無稽之談。想要駁斥那無稽之談，就必須說服母親。

「大家都說你是缺德律師，看來一點也沒說錯。」

「只要能夠在法庭上贏得勝利，缺德就是美德。妳希望堂堂正正對決，將母親送上絞刑臺，還是稍微使用一點詭計，讓母親保住性命？」

「夠了！我去說服她總可以了吧！」

梓歇斯底里地大喊。在御子柴的記憶裡，十一歲的梓也經常像這樣情緒激動地吼叫。在這三十年的歲月裡，梓的心智年齡似乎沒有成長。

「我可以說服媽媽見你，但我要先問你一點，你該不會想要責怪媽媽吧？」

「辯護人為什麼要責怪被告？」

「因為你對我們這些家人懷恨在心。」

梓瞪視著御子柴，眼中充滿了侮蔑。御子柴不禁心想，如果這個女人以為這種程度的視線及舉動可以讓自己動怒或難過，那表示她的心智真的太幼稚了一點。

「你認為你之所以殺人，是因為家人對你的關愛不夠。現在你當上了辯護人，你想要趁這個機會報仇。」

「我從來不認為妳們是家人，所以對妳們並沒有恨意。我說過很多次了，如果妳對我的辯護方針不滿，隨時可以將我解任。」

梓故意大聲地咂了個嘴，接著猛然起身。原本她所坐的椅子，差點因為她的這個動作而翻倒。

「幸好我只認識你這麼一個律師。這種爛貨，認識一個就夠多了。」

這句話確實言之成理，所以御子柴並沒有反駁。

「被告一答應見我，立刻通知我。」

梓沒有回應這句話，甩頭走了出去。她才剛一離開，洋子就從茶水間走了出來。時間算得這麼準，顯然她一直躲在裡頭觀察著兩人的互動。

御子柴看著洋子收拾桌上那杯一口都沒喝的茶，心中湧起了一股好奇心。

「妳都聽見了？」

「這個委託人的聲音太大，不想聽也不行。」

「幸好我們現在客戶不多，要是其他客戶看見她那猙獰的面孔，一定會落荒而逃吧。」

「兄妹鬥嘴是感情好的象徵。」

御子柴瞪著洋子的臉說道：

「妳認為那叫兄妹鬥嘴？」

「我是獨生女，所以有點羨慕呢。」

「……妳真是個怪人。」

「我不否認自己是個怪人，否則怎麼會在黑道組織顧問律師的法律事務所裡工作？」

洋子又走進了茶水間。御子柴在心中反芻著剛剛與梓的對話。

剛剛御子柴提到「母親和哥哥都是殺人凶手」時，梓突然變得相當激動。顯然梓也跟御子柴一樣，當初在法庭上聽了槙野那番話之後，便對郁美的清白抱持著懷疑。雖然她表面上裝出一副盛氣凌人的樣子，但御子柴可以明顯感受到她心中的恐懼。

事實上御子柴的心中也同樣驚惶。不過御子柴驚惶的理由，與梓並不相同。梓害怕的是自己總有一天也會殺人，而御子柴則是擔心「屍體郵差」的本性並非專屬於自己的人格特質，而是來自母親的遺傳。

御子柴曾對稻見發誓，將以一生的時間彌補自己的過錯。御子柴能是現在的御子柴，完全是努力的成果。在這三十年來，御子柴不斷想要理解及馴服棲息在自己體內的猛獸。

難道這全都得歸咎於母親？這未免太荒唐了……

御子柴的胸口難得燃起了一股怒火。

就算是再怎麼幼稚的人，也會有一些優點。梓的優點是做事有效率。就在御子柴要求梓說服郁美的隔天，梓打了一通電話給御子柴。

〈媽媽說明天可以見你。〉

「她這麼輕易就答應了？」

〈過程一點也不輕易。〉

梓的聲音還是一樣尖銳，那顯然是想要掩飾心中的恐懼。她恐懼著母親從前的罪行將遭到揭發。

〈原本媽媽完全不想見你。當律師能夠這麼被委託人討厭，算你厲害。〉

「就這樣吧。」

既然達到了目的，自己可沒有時間聽客戶發牢騷。

「被討厭是過於優秀的證據。」

御子柴不等對方回應，就結束了通話。

到了六日，御子柴又來到看守所。在律師專用窗口完成了申請手續，這次刑務官告知了號碼及會客室的地點。

一進入會客室，不久之後便看見郁美出現在壓克力板的另一頭。光從她臉上的表情，便可看出她是迫於無奈才願意會見自己。

「我明明不想見你，你這律師未免太霸道了。」

「辯護人並不是妳心情好就見，心情不好就不見。」

「被告連選擇什麼時候見律師的權利也沒有？」

「請妳不要搞錯了，薦田梓才是真正的委託人。全天下現在大概只有看守所的刑務官，會在某些事情上尊重妳的意見。」

「當你身為辯護人，總應該對我客氣一點。不管怎麼說，畢竟我是你的母親……」

「我再強調一次，妳是刑事案件的被告，而我是辯護人。在法庭上，我們就只有這層關係。」
「在法庭外呢？」
御子柴一時語塞，不知道該說什麼才好。自從當年御子柴遭到逮捕之後，郁美只來看過自己一次。在成為被告與辯護人的關係之前，兩人甚至不曾通過一封信。既然已經到了這個地步，眼前這個女人怎麼還會詢問法庭外的關係？
「這種事等妳平安獲釋之後再談吧。」
「我真的可以平安獲釋嗎？」
「這就是我來找妳的目的。」
郁美的臉孔微微扭曲。那是一種相當奇妙的表情，似乎心中帶著一半的絕望，以及一半的安心。
「說起來真是諷刺，當我們不是母子，而是被告與辯護人的關係時，我才能以你為榮。」
「妳不必以我為榮，當律師只是我維持生計的手段。我所做的每一件事，都沒有其他任何的理由。」
「三十年前的你並不是這樣。」
御子柴的心頭有股不好的預感。
明明想要徹底無視，郁美的話還是一句句鑽進了御子柴的胸中。
「我跟你爸爸都不知道什麼事情能夠讓你感到快樂，不知道你喜歡什麼，不知道你為了什麼而活。不，應該說我們並沒有試著去瞭解你。如果我們更加關心你，就不會讓你做出那種行為。」
「現在不是說這些的時候。這跟案情毫無關聯。」

「被告會見律師並沒有時間上的限制，不是嗎？既然如此，我想要跟你多聊幾句。畢竟三十年來，我們從來沒有說過話。」

「三十年來，我們當然沒有說過話。因為妳不曾到醫療少年院裡看我，也不曾寫信給我。」

「那是因為你父親自殺，再加上我們搬了家……」

「不過妳不用放在心上，我在醫療少年院裡有其他的說話對象。」

稻見教官、兩個院生好友，以及那少女所彈奏的貝多芬鋼琴奏鳴曲《熱情》，讓御子柴發現了自我。御子柴在醫療少年院裡找到了自己或許能做到的事，以及只有自己能做到的事。御子柴不需要父母，也不需要兄弟姊妹。只要有那三個人，以及那首曲子，御子柴就能維持著心中的人性。眼前這個婦人此時才出現在自己的面前，還擺出一副母親的態度，在御子柴的眼裡只是個燙手山芋。

「妳該不會打算趁這件事修復妳跟我的關係吧？」

「我不是那個意思……」

「既然不是那個意思，就不要再浪費時間說那些沒有意義的話。雖然會見律師的時間沒有限制，但我們需要非常多的時間，來設法讓法官及裁判員相信妳無罪。上次檢察官所說的那些話，讓妳離絞刑臺更近了。」

御子柴本以為只要說出絞刑臺這個字眼，就能讓郁美心生恐懼，沒想到郁美絲毫不以為意。

「你想問的是我是否為了保險金而殺害丈夫？」

「當年的案子已經結案了，而且事隔二十九年，如今已找不到任何證據。不過檢察官雖然無法在法庭上提出任何紀錄，但可以找證人回憶當年的往事。」

「你父親是個很平凡的人，怎麼會有人記得他的事？」

「光是他身為『屍體郵差』的父親，就足以引起世人的關注。不僅是法律界人士對這個人感興趣，就連一般民眾也對他相當好奇。檢察官正是要利用這一點，勾起法官與裁判員的記憶，塑造出妳的負面形象。當然我會以辯護人的身分，對這種刻意抹黑的策略提出抗議，然而負面形象一旦產生，就很難扭轉。想要加以扭轉，我必須要提出足以瞬間顛覆臆測及鄙俗偏見的強力證據。」

「我沒有殺任何人。」

「只憑被告自己的證詞，不足以讓法官信服。」

「你是我的辯護人，卻不相信我說的話？」

「是否相信妳說的話，跟是否能夠維護妳的利益，完全是兩碼子事。昭和六十一年，妳在早良區禮乘寺的自家裡發現了丈夫園部謙造的自殺遺體，後來福岡縣警本部的刑警們應該問了妳一些問題。其中有個姓友原的刑警，他的眼神給人一種貪婪的印象，妳還記得他嗎？」

郁美思索了半晌，最後還是放棄了，搖頭說道：

「不行，我根本不記得那些刑警的臉。」

「妳不記得他，他卻把妳說過的話寫進了手冊裡。聽說那些刑警們調查完了家裡，準備要離開的時候，那個姓友原的刑警問了妳一句『是妳殺死了丈夫吧』，原本看起來相當沮喪的妳，一聽到這句話，抬起頭來自言自語了一句『要不是兒子做出那種事……』，接下來妳就保持緘默，什麼也不肯說了。」

郁美聽到這裡，態度突然起了變化。她顯得怒不可遏，那態度就像是遭指責過失時的惱羞成怒。

「看來妳想起來了。」

「我不知道你在說什麼。」

「我不是刑警，是你的辯護人。妳認為我會接受這種回答嗎？」

「你是我的辯護人，卻不相信我？這跟剛剛有什麼不同？」

「好，那我換個問題。雖然妳已經不記得自己說過這句話，但妳還是可以說明這句話的意思。『要不是兒子做出那種事……』，這句話是什麼意思？後面會接什麼樣的話？」

「你難道猜不出來？」

「請妳親口告訴我。」

「『要不是兒子做出那種事……我的丈夫也不必死』。」

郁美故意說得很小聲，似乎是不希望這句話傷了兒子的心。

「兒子犯下了滔天大罪，所以父親只能以死謝罪？還是……兒子犯下了滔天大罪，只能以父親的身故保險金來支付賠償金？妳的意思是哪一邊？」

郁美露出了難以置信的表情。

「信一郎，你……」

「請叫我御子柴。」

「你說出這些話的時候，對你爸爸沒有一絲的愧疚或歉意？」

原本御子柴打算跟郁美徹底維持辯護人與被告的關係，但聽到這句話，還是忍不住反駁：
「我沒有要他死，也沒有要他背負責任。」
御子柴的口氣不帶任何感情，郁美卻驚愕得全身一顫。
「殺人的不是他，他卻選擇自殺，代表他只是受不了被人當作『屍體郵差』的父親，他害怕世人會譴責他教養出了一個十四歲的殺人魔。自殺並不代表負責，那個人只是一個逃避毀謗中傷及逃避責任的膽小鬼。」
郁美臉色大變。
「收回你這些話。」
「委託人前天也說了相同的話，看來真的是有其女必有其母。」
「快收回！」
「這只是我的個人感想，我沒有必要收回。」
御子柴說完這句話，已察覺自己的情緒有些激動，說話的口氣也不是對被告該有的口氣。於是御子柴立刻要求自己恢復冷靜，接著說道：
「不談這些，我還有更重要的事情要向妳確認。在成澤拓馬的案子裡，垂吊著屍體的橫木上頭有著裝設過吊式滑輪的痕跡，這是檢方認定妳殺人的證據之一。事實上在二十九年前，園部謙造的自殺案裡，橫木上頭同樣有著裝設過吊式滑輪的痕跡。那個姓友原的刑警正是以這一點為理由，認定兩起案子極為相似。既然成澤拓馬的案子是謀殺，園部謙造的案子自然也是謀殺。由於這兩起案子實在太像，我們必須找到證據來證明兩起案子截然不同。」

御子柴盡可能說得淺顯易懂，但郁美還沒有消氣，只是瞪著御子柴。

「妳能說明橫木上的痕跡是怎麼造成的嗎？」

「我不知道。如果刑警沒有說，我根本不知道成澤家的橫木上頭有那樣的痕跡。二十九年前那件事也一樣，我從來沒有看過那個痕跡。」

郁美板著一張臉，讀不出任何表情。但御子柴總覺得郁美那態度帶了幾分做作。

御子柴心裡很清楚，直到現在郁美依然不肯對自己敞開心房。不過這也是理所當然的事，畢竟御子柴自己也沒有對她敞開心房。對待郁美還是不能完全像對待其他委託人一樣，這讓御子柴的心頭萌生一股焦躁感。

當然御子柴並不打算囫圇吞棗地相信友原的推測。但是成澤拓馬案與園部謙造案實在有著太多的共通點，多到無法忽視的程度。雖然郁美堅稱自己一無所知，但是任何有正常判斷力的人，恐怕都不會接納這樣的說法。

「我再問妳一次，妳真的什麼也不知道？」

「你到底要問幾次？」

同樣是談論往事，兩人談起郁美自己的事情時，郁美的態度跟談論御子柴的事情時迥然不同。這意味著郁美刻意想要隱瞞一些事情，這樣的心態形成了一道隱形的屏障。

「妳見過吊式滑輪這種道具嗎？」

「你在從前那個家可是住到了上國中，現在你已經忘得一乾二淨了？那附近不是住了一個專門做電線工程的岡本叔叔嗎？」

御子柴經郁美這麼一提，才回想起來，舊家的對面那一排住宅，曾經有一家個人經營的電線工程行。前陣子前往那附近時，那家店已經變成了完全不同的店鋪。

「那間店的店門口，吊了好幾個像滑輪的東西。我曾經問過岡本叔叔，他說那是做牽線作業時需要用到的工具。但是在刑警告訴我那叫吊式滑輪之前，我根本不知道那個東西的名稱。」

「妳曾經在成澤家及當年的園部家看過那個東西嗎？」

郁美再度陷入沉默。

「成澤女士，我再告訴妳一次，我不是警察，也不是檢察官。我是妳的辯護人，跟妳站在同一陣線。妳不管告訴我什麼，我都有義務要保密。妳沒有必要對我行使緘默權，請妳把所有的事情都說出來吧。」

但郁美依然維持著反抗的眼神，堅持不肯再談關於吊式滑輪的事。

「妳是想要守住什麼祕密嗎？還是妳故意想要被判有罪？」

「聽說你還是單身？」

「這跟我問妳的問題有什麼關係？」

「就算是孩子，也會有不想被大人知道的祕密。我聽梓說，你是個非常優秀的律師。既然你這麼優秀，應該可以只靠我願意提供的證詞，幫助我打贏官司。」

「那是不可能的事情，妳這是在強人所難。」

「就算是強人所難，也要想辦法辦到，否則怎麼能夠稱得上是優秀的律師？」

這幾句話已經不是反抗，而是挑釁了。御子柴的忍耐已接近極限。

「今天就先談到這裡吧，我明天會再來。」

「我不想見一個稱自己父親為膽小鬼的孩子。」

「我的父親在醫療少年院裡。除了那個人之外，我沒有任何親人。」

御子柴承受著責備的視線，起身走向門口。

離開了看守所之後，御子柴依然感覺到胸中殘留著一股無處宣洩的怒火。過去御子柴面對過相當多在社會上遭到唾棄或抹殺的委託人，但從來不曾遇過像這樣在談完後心情難以平復的狀況。那個婦人所說的每一句話，甚至是臉上的每一個表情，都足以磨耗御子柴的耐心。

當年的郁美，就有著這樣的性格嗎？一下子想要拉近跟自己的關係，一下子卻又表現出反抗的態度。有時看起來徬徨無助，有時卻又頑固到難以理喻的程度。打從當初第一眼見到郁美，御子柴就感覺這個婦人不斷以軟硬兼施的方式戲弄著自己。

御子柴試著回想從前自己被稱為信一郎的那段歲月。但是記憶裡的郁美及謙造卻是如此模糊，只能勾勒出大致的輪廓，完全塑造不出具體的形象。當然自己曾經跟他們住在同一個屋簷下，互相之間一定有一些對話，御子柴的心裡也還記得一些零星的片段。但是在郁美成為被告之後，自己在跟她交談的過程中，內心深處的那些記憶竟逐漸變得越來越虛假。記憶力過人向來是御子柴最自豪的長處，如今記憶卻變得如此模糊，很有可能是自己下意識地封印了那些記憶。

對御子柴來說，自己進了關東醫療少年院之後的記憶，才算是身為人的記憶。在那之前的自己，就像是披著人皮的野獸，每天就只是渾渾噩噩地吃飯、睡覺，以及前往名為學校的寵物寄放所。因此御子柴只要聽見有人提及自己入院以前的往事，身體就會產生抗拒反應。

繼稻見的案子之後，如今自己又接到了一個非常棘手的案子。

但是在御子柴的心裡，這兩個案子完全不同。稻見是自己非救不可的被告，而郁美卻是最沒有拯救價值的被告。

2

隔週的星期一，御子柴前往了位於大田區蒲田的一家小工廠。那工廠的門口掛著「小曾根工業股份有限公司」的招牌，照理來說現在應該是午休時間，工廠內卻不斷傳出車床的聲音。

御子柴走進工廠旁邊的辦公室，看見一個中年男人正在裡頭喝著茶。

「我是曾經打過電話的律師御子柴，請問小曾根亮司先生在嗎？」

「我就是。」

男人低頭行了一禮，比了比一張椅子，請御子柴就坐。辦公室相當狹窄，只有約四張榻榻米大，但除了這裡之外，工廠裡應該沒有其他會客的場所。

「我接到你的電話時，可有些嚇了一跳呢。我本來以為社會上的人早就忘了這個案子，沒想到竟然還有律師在追查。」

「我負責的不是你這個案子，只是有些關聯而已。」

「我的證詞能夠救人一命？」

「至少我是這麼希望的。」

「既然是這樣，我會盡可能地幫你。」

小曾根露出了親切的笑容。這個人的外貌看起來有些寒酸，但那恐怕不是因為長相的關係。包含整座工廠及這間辦公室，都是由鐵皮屋搭建而成，辦公室內的桌椅一看就知道是便宜貨，只是勉強充數而已。原子筆、檔案夾等各種文具用品看起來都已相當老舊，如果是在御子柴的事務所裡頭，應該早就報廢了吧。整間辦公室所流露出的寒酸感，決定了辦公室主人的第一印象。

平成二十二年八月，發生在三軒茶屋車站附近的一起隨機凶殺案，奪走了成澤拓馬的前妻佐希子的性命。當時三十二歲的町田訓也，先開著自家的廂型車，撞死了一名六十三歲的男性及一名二十三歲的女性，並讓一名十五歲少女身受重傷。接著町田下了車，以生魚片刀攻擊路上的四名男女。這件慘案最後的結果是造成三人死亡、四人輕重傷，佐希子正是其中的遇刺身亡者。

遭町田開車撞死的六十三歲的男性，名叫小曾根淳吉，正是眼前這個人的父親。

「這裡原本是我老爸的工廠，在事發之前，我是工廠的專務董事。這頭銜聽起來響亮，但說穿了我只是被原本上班的公司開除，後來又沒有認真找工作。無業實在有損顏面，所以只好先在工廠裡掛個專務董事，實際上只是虛名而已。沒想到後來發生了那件事，我老爸就這麼走了，我老媽因為大受打擊而罹患了憂鬱症。這裡雖然是只有十個員工的小工廠，但總不能讓它就這麼倒了，所以我就變成社長了。」

小曾根搔著頭，以自嘲的口吻說道：

「工廠裡的老練員工們都願意留下來，所以維持運作大致上沒有問題，但我年過四十才突然開始經營工廠，每天都是一個頭兩個大。」

「一定很辛苦吧。」

「有些沒口德的傢伙，還說我這個社長的身分是天上掉下來的，真是氣死我了。那案子雖然結案了，但即使是現在，我對町田那傢伙的恨意，還是跟當初剛看見我老爸的遺體時一樣。聽說那傢伙如今還在醫院裡悠悠哉哉地接受治療？我從來沒有一天忘了那個混帳。」

這起事件合計造成七人傷亡，卻沒有任何媒體繼續追蹤家屬們的後續狀況。這些人的親人突然被奪走，接下來必定得過著迥然不同的人生。像小曾根這樣雖然手足無措，但還能繼承故人遺留的家業，已經算是比較幸運的例子了。

「聽說受害者與死者家屬們組成了訴訟團，發起了集體訴訟？」

「那又是個讓人不願想起來的回憶。」

「發生了什麼令你們難過的事情嗎？」

「不是難過，而是痛苦與煎熬。我們家受害的是上了年紀的老爸，但也有受害者是二十三歲的年輕女性。當然人命沒有輕重之分，但是白髮人送黑髮人畢竟太可憐了，看在我們這些外人的眼裡也不禁嘆息。訴訟團不過是人數約二十人的小團體，大家都像一家人一樣。那種喪女之痛，我們雖然沒有辦法體會，卻也忍不住鼻酸。」

「町田被診斷為罹患思覺失調症，檢察官做出不起訴處分……以及後來訴訟團的訴訟結果，擔任律師團總召的來生律師都已經告訴我了。」

小曾根苦笑著說道：

「到頭來只是白忙一場……雖然承蒙來生律師等人義務幫忙，但是凶手被關在醫院裡，父母不知逃到哪裡去了，就算我們擁有要求支付賠償金的請求權，實際上卻是一毛錢也討不到。我們的心情，恐怕沒有人能夠體會吧。該怎麼形容呢……那種感覺就像是不僅家人遭到殺害，而且還得眼睜睜看著家人的一生被放在地上踐踏。」

小曾根或許是回想起了當時的心情，臉上逐漸籠罩一層陰影。

「我永遠忘不了來生律師說過的一句話。他說『法律是為了窮困與病苦之人而存在』，當初我剛聽到這句話時，還以為法律一定能夠幫助我們這些受害者家屬討回公道。但結果完全不是那麼一回事。町田被診斷罹患精神病，他的父母倒債潛逃，我們什麼也得不到。這時我們才知道，原來法律是站在町田一家那邊，真是讓我們連哭也哭不出來。」

原本看起來溫和厚道的小曾根，此時卻露出了邪惡的微笑。

「受害人之中，有一位成澤佐希子，不知你是否還記得？年紀約六十多歲，同樣是被町田殺死了。」

「當然記得，她老公是成澤拓馬。長年相依為命的老伴被人殺死，讓他又氣又恨，我永遠不會忘記他當時的表情。像那種老紳士，一氣起來更是魄力十足。」

「成澤拓馬已經過世了，這件事你知道嗎？」

「好像是七月死的吧？聽說遺體在自己家裡被人發現，不久之後再娶的老婆就被逮捕了。訴訟團的成員們到現在都還經常互相聯絡，我也是聽他們說的。老婆先被殺死，後來老公也被殺死……真是太可憐了，這世間還有天理嗎？」

「聽說佐希子遭到殺害後，成澤拓馬相當生氣，卻不參加集體訴訟，是真的嗎？」

「是啊，我當初聽到的時候也很訝異，但是來生律師似乎很明白他的心情。」

「一般家庭不可能有那麼多錢支付賠償金給七個家庭。就算勝訴，到頭來也只是白費力氣而已……聽說成澤當初是這麼想的，是嗎？」

「大致上沒錯吧。來生律師認為成澤雖然很愛他老婆，但是另一方面，他也是個非常理性的人，所以來生律師也沒有一再勸他參與訴訟。不過我的想法倒是有些不同。」

「哪一點不同？」

「民事訴訟贏了也沒有意義，所以不參與訴訟……這確實很像成澤會做出的理性判斷，來生律師認同的也是這個部分。但我認為一個人不會只有理性，我相信像成澤那樣的老紳士，一定也有情緒性的一面，只是來生律師沒有看見而已。」

「你認為你看見了？」

「在組織訴訟團之前，我們先組成了受害者互助會，彼此經常交流心得。成澤對待我，就像是對待親戚的孩子一樣，我想他心裡或許把我當成了兒子看待吧。」

小曾根的臉上露出了緬懷的微笑，但那笑容一閃即逝。

「成澤平常的言行舉止相當理性，在他人的面前總是表現出冷靜沉著的一面，說起話來總是溫文儒雅。但我相信他的心中一定有著受到壓抑的感情。我曾經和成澤喝過一次酒，他喝醉了之後，嘴巴就停不下來，不斷跟我說一些他老婆的往事，後來又對町田罵個不停。他說只要一想到町田，總是會流下不甘心的眼淚。」

「如此憎恨町田，卻不參加訴訟團，這似乎有些矛盾。」

「在成澤的心裡，這一點也不矛盾。他曾經對我說過，訴訟是費神費力的事情，就連心中的恨意也會消磨殆盡，卻一毛錢也拿不到。他說與其這麼做，不如把恨意好好保留下來，才不會讓老婆死得毫無價值。」

不設法消除恨意，反而將恨意囤積在身體裡……這確實是將往生者牢記在心中的有效做法，但實在不太健康。因為憎恨會腐蝕一個人的內心。

「民事訴訟雖然贏了，但結果就像成澤所說的，大家只是白忙一場。而且被他說中的可不是只有這一點而已，這一場訴訟，讓許多訴訟團的成員都感到焦頭爛額，對町田一家人的怒火也熄滅了一大半。在看見這個結果之後，我有一個很深的感觸，那就是憎恨會磨耗掉一個人非常多的精力。我這麼說或許對來生律師不太好意思，但我認為正是因為這場徒勞無功的訴訟，搞得訴訟團與律師團的精力都被消耗光了，到最後什麼也不想管了。」

小曾根原本微低著頭，此時他緩緩抬頭說道：

「我知道自己是因為受害者意識才會說出這種話，但我真的認為日本的法律太奇怪了。什麼《刑法》第三十九條，什麼《少年法》，根本都是莫名其妙的法律。管他是精神病還是未成年，犯罪就是犯罪，殺人就要償命，這不是天經地義的事情嗎？正因為法律對某些人特別寬容，我們這些受害者的家屬才會這麼痛苦。當時町田如果按照正當的審判程序被判死刑，就不會有後來那些白費力氣的民事訴訟，大家也不會累得精疲力竭。我恨法律的程度，就跟恨町田一家人沒什麼不同。不止是我，包含訴訟團的所有成員，以及成澤，我相信都有著相同的心情。」

小曾根的話中所批評的對象，正是像御子柴這樣的人物。他會對御子柴說出這些話，可見得他並不清楚御子柴的來歷。

「我老爸跟成澤佐希子都不是單純的犯罪受害者。他們先被町田殺了一次，接著又被法律殺了一次。」

小曾根的口氣相當平淡，並不特別顯得激動。然而這一句話卻道出了犯罪受害者與死者家屬的心聲。不過這樣的論點也有其偏頗之處。有些人雖然逃過了法律的制裁，但還是得面臨法律以外的制裁及譴責。當然受害者及家屬並非不懂這個道理，他們只是刻意避免去思考這個問題。身為受害者的本能，讓他們知道一旦思考這個問題，對加害者的恨意就會減少。

離開了小曾根的辦公室之後，御子柴前往了湯島。

這一帶雖然鄰近湯島神社，但因為一丁目有著東京醫科齒科大學附屬醫院，附近又有順天堂醫院及東京大學醫院，所以聚集了不少醫療相關企業。御子柴的目的地，正是其中一家相關企業。

御子柴走進商業大樓林立的區域，在一棟外觀特別摩登的建築物前停下了腳步。目的地「氏家鑑定中心」就在這棟建築物裡的二樓。

不愧是醫療相關企業，研究室相當乾淨整潔，御子柴一腳踏入，耳中聽見了空氣清淨機的細微運轉聲。

中央一張大桌子，數名人員正專心進行著各自的鑑定作業，沒有人抬頭望向御子柴。除了血液檢查、筆跡鑑定、成分分析及指紋鑑定之外，還有一些會讓外行人看得一頭霧水的鑑定作業。

這些人不像是一般企業的職員，反而像是研究人員。御子柴並不討厭這樣的氣氛。雖然像這樣的專業組織往往具有相當強烈的排他性，卻也帶來了一種信賴感。

「律師先生，你來了。」

所長氏家京太郎從後頭的房間走了出來。他留著一頭長髮，平常總是把頭髮綁在腦後。根據他本人的說法，這是為了避免頭髮掉落在研究室內，但這麼做到底具有多大的效果，御子柴當然無從得知。

「我又有東西要請你們鑑定了。」

從法庭戰術的角度來看，如果想要對檢察官所提出的證據進行重新鑑定，最好的做法是透過法院委託警視廳科搜研處理。因為採用與檢方相同的鑑定機構，能夠增加說服力。

但如果是要鑑定檢方還不知道的證物，御子柴通常會委託氏家處理。氏家原本任職於科搜研，相當受到器重，升官是早晚的事情。沒想到他竟然辭去工作，開設了這麼一家民營的科學搜查鑑定所。有些人打著反權力、反組織的口號，只是為了掩飾自己的無能，但氏家並不是這種人，他的能力就連御子柴也不得不佩服。他的鑑定所的最大特色，就在於鑑定速度非常快。科搜研要花三天才能完成的鑑定工作，這裡只要一天就能完成。當然擁有優秀的員工也是重要的理由之一，但如果少了氏家的智慧與指揮，絕對無法實現這樣的效率。

「來，我看看。」

御子柴在氏家的催促下，從公事包中取出了那樣東西。那是一塊前幾天才得手的木片，如今裝在塑膠袋裡。御子柴另外又拿出了木片原本位置的現場照片，作為參考資料。

「這材質應該是扁柏。」

「沒錯。」

「而且相當老舊，當作建材使用應該有約二十年的歷史。」

「這一點我不是很清楚，但應該相去不遠吧。」

「你希望我鑑定什麼？」

「耐荷重。」

氏家二話不說便答應了。

「什麼時候要？」

「下一次開庭是三天後。」

「那就是明天要完成。好，我盡量趕。之前的電腦資料修復剛好已經結束了。」

「謝謝，多虧了你，我才能毫無後顧之憂地進行辯護。」

「不必說這些客套話。」

氏家意興闌珊地說道。

「每次你都找我們鑑定證物，只要有這份信賴就夠了，吹捧反而糟蹋了我們的信賴關係。」

這正是氏家離開警視廳的理由之一。置身在組織之中，卻完全不在乎他人對自己的評價，做事總是我行我素。像這樣的人，當然會在組織裡遭到排擠。如果懂得適當修正自己的行徑，那還沒什麼關係，偏偏氏家缺乏那樣的能力，因此遭到排擠的狀況越來越嚴重。他將「組織內的摩擦」與「自我滿足」放在天平上衡量，最後決定離開組織。御子柴自己也是遭到排擠的人物，因此在某種程度上能夠理解氏家的心情。

「我委託你們進行鑑定，單純是因為你們的鑑定能力與科搜研相比，可說是有過之而無不及。」

「能夠幫上忙，是我們的榮幸。對了，上次你交給我們的電腦，今天就可以歸還。」

「查出什麼成果了嗎？」

御子柴不久前曾委託氏家將一臺電腦中遭到刪除的瀏覽紀錄復原。只要能夠證明電腦的持有人過去曾經瀏覽過哪些網站，就能夠成為辯護上的佐證資料。

「這是這臺電腦過去一整年的瀏覽紀錄。」

氏家遞出了一份清單，上頭依照瀏覽時間順序列出了網站一覽表。御子柴接過清單，由上往下逐一檢視，果然看到了不少自己熟悉的網站。

網路瀏覽的行為，就有點像是逛圖書館。以什麼樣的頻率，造訪或搜尋過什麼樣的網站，可以明顯看出一個人的興趣與嗜好。正因為這個緣故，公共圖書館的借還書履歷受到《個人資料保護法》的保護。換句話說，窺探一個人的網路瀏覽紀錄，就等於是窺探這個人的思想、信念、興趣、嗜好及人格傾向，未來政府應該會修法限制這樣的行為。

御子柴看著那份清單，忽然看見了一個特別令自己在意的網站。

「少年犯罪網」的第九頁。

御子柴自己也瀏覽過那網頁很多次，因此一看到網頁名稱，便知道內容是什麼。

這個網站的第九頁，公開著當年的「屍體郵差」園部信一郎的臉部特寫照片。

御子柴的過去經歷雖然已在法律界廣為流傳，但在一般社會上知道的人還不算非常多。畢竟這不是什麼光彩的事，御子柴當然不會主動向氏家提及。氏家是否知道御子柴就是從前的園部信一郎？御子柴試著觀察氏家的表情，但看不出什麼端倪。

「這清單可以成為相當有效的佐證。」

「那太好了。」

「對了，所長……不知你對神經科學是否有所研究？特別是關於人格特質的遺傳。」

御子柴這麼問，當然不是基於挑釁或調侃。但既然自己與氏家在工作上有著合作關係，御子柴想要摸清楚氏家心中的認知與想法。

「我從前讀研究所的時候，對神經科學稍有涉獵。當時只是基於個人興趣，後來在科搜研的研修活動中，也學了一些基本的知識……請坐。」

氏家在身邊的椅子上坐下，同時也請御子柴就坐。

「歐美國家自古以來有不少關於人格特質遺傳的研究成果，但是年代較久遠的學說大多包含著傳統上或宗教上的偏見，因此這個研究可以說是有著悠久歷史，也可以說是相當新。」

「現在還是有很多學者在進行這方面的研究嗎？」

「專門研究這個領域的研究機構並不多，畢竟這跟人類的大腦有關，很難進行實驗和驗證。不過近年來出現了一股從統計學的角度進行研究的潮流。例如在英國，有學者針對五千對的雙胞胎，進行著反社會人格傾向的遺傳率研究。另外在美國，也有學者針對被診斷為心理病態（Psychopathy）的囚犯，嘗試利用統計來釐清遺傳跟生活環境哪一邊對反社會人格傾向的影響較大。」

「生活環境包含了哪些要素？」

「例如在家庭之中是否遭受虐待的家庭環境要素，以及是否處在貧困狀態下的社會環境要素。說起來相當悲哀，這兩個外在要素向來與犯罪性向有著密不可分的關係。」

御子柴試著回想自己的人生經歷。從前的園部家是小康家庭，稱不上貧窮，而且記憶中謙造及郁美並不曾對自己做出任何暴力的行為。

「不過我個人認為從統計學的角度來研究人格特質的遺傳，並不是一個有效的手法。例如我剛剛說的這些研究，都把對象限定在心理病態者或是犯罪傾向較強的族群。統計這種手法，樣本數越多且涵蓋的屬性越複雜，得到的結果才越精準。一旦把樣本限定在特定的族群或有著特殊性向的族群，統計出來的結果往往會產生謬誤。」

「氏家所長，但我有一個問題，這種研究要如何檢查活人的腦袋？就算是囚犯，總不能把他們的腦袋切開。」

「現在有CT（電腦斷層掃描）及MRI（核磁共振成像）等技術，在某種程度上解析大腦結構是做得到的。例如有神經科學研究者解析了監獄裡的心理病態者及連續殺人魔的大腦，發現他們的大腦有個共通點，那就是他們的顳葉內側某部位有缺損的情況。該學者提出了一個假說，認為這種缺損現象是由MAO-A基因所造成，這個基因被稱為『暴力基因』……到目前為止的說明，可以理解嗎？」

「沒問題。」

「這個MAO-A基因是位在X染色體上，所以只會遺傳自母親。這個部分是此假說最高明之處。女性會繼承兩個X染色體，分別來自父親及母親，但男性只會繼承來自母親的X染色體。這可以說明為什麼心理病態者及性情凶殘的人大多是男性。」

氏家的說明雖然淺顯易懂，卻宛如尖刀一般刺入了御子柴的胸口。根據這個假說，「屍體郵差」的母親郁美的體內當然也隱含著殺人魔的人格特質。

「但是我對這個假說也抱持著懷疑的態度。第一，MAO-A基因的特性並沒有獲得生物學上的實證。第二，如果這個假說是對的，那麼犯罪史上赫赫有名的那些心理病態者，他們的母親當然也很有可能是心理病態者。但是到目前為止，沒有任何記錄可以證明那些人的母親也有著心理病態或性格殘暴的傾向。第三，研究大腦的皮質及損傷乍看之下似乎是非常科學的做法，但是該研究者並沒有證實那些顳葉內側的損傷是先天遺傳所造成。」

「太多環節沒有辦法證明。」

「追根究底，這種人格特質來自遺傳的推論，並不符合現代社會的道德觀。如果我們企圖根據這樣的推論來防止犯罪，勢必會遭批評為優生學的信奉者。我個人認為，將遺傳與犯罪連結在一起的假說或學說，自古以來每隔一定的周期就會在社會上受到鼓吹。而且像這樣的現象，必定發生在社會或政局動盪不安的時期，你知道為什麼嗎？」

「請說。」

「我認為這就像是一種謠言。以遺傳及外在環境因素來認定一個人的人格特質或行為，是一種非常單純明快的做法。正因為太過單純明快，反而讓人不禁懷疑其背後的動機。當然我不打算從陰謀論的角度來看這件事，但是當一個論點單純明快到任何人都可以理解的地步時，就很容易被某些團體或是勢力基於特定目的而加以利用。事實上我經常這麼提醒自己……到頭來每個人都只能以自己具備的知識來思考事情。」

「當然……」

「例如在自然環境裡，有可能會因為符合某些特定條件而產生真空狀態，一旦我們的身體觸及這個真空狀態，很可能會遭到切斷，而且甚至不會流血。缺乏科學知識的古代人，認為那是一種名為『鐮鼬』的妖怪在危害世人。同樣的錯誤認知，或許也可以套用在犯罪現象與遺傳的因果關係上。」

氏家的口吻雖然平淡，卻隱隱流露出理性與難以撼動的信念。御子柴忍不住問道：

「那麼你個人對於犯罪人格特質來自遺傳的論述有何看法？」

「我個人認為那只是單純的偏見。」

氏家坦率地說道。

「我們的社會上雖然有『老鼠的孩子會打洞』這種諺語，卻也有『青出於藍』這種成語。什麼樣的基因、什麼樣的環境及什麼樣的教育能夠教養出什麼樣的孩子，如果有一套明確機制的話，這個世界上的任何國家及家庭都不會處於瞎子摸象的狀態，我們也不需要警察及法院來維護治安了。然而現實中的情況卻是窮苦人家也能生出天才，出生於富裕家庭的大惡棍當然也從來沒少過。許多女性囚犯的孩子擁有端正高尚的品德，具有犯罪傾向的人只占了大腦顳葉缺損者的一小部分。所以，御子柴律師……」

氏家忽然面色慈和地說道：

「你沒有必要感到害怕。」

御子柴接過鑑定結果報告書，走出了研究室。太陽即將下山，整個湯島在靜謐中逐漸萌生了一絲喧囂。

今天來到氏家的鑑定所，原本只是為了拿鑑定結果報告，沒想到卻陰錯陽差地對自己的出身進行了一番回顧與省思。

氏家顯然早已對御子柴的來歷一清二楚，才會對御子柴說了那麼多話。當然御子柴無法確認氏家口中說出的那些理論的真實性，但是氏家想要傳達的意圖卻是相當明顯。

御子柴不禁心想，不管是律師公會的谷崎也好，還是這個氏家也罷，為什麼周圍這些特立獨行的人都對自己青睞有加？

真是自以為是的善意。

3

十一月十二日，第三次開庭。

御子柴一踏進八〇二號法庭，立刻便察覺氣氛有異。郁美明明還沒有入庭，旁聽席上的人群已開始交頭接耳。而且放眼望去，絕大部分的旁聽人都是媒體記者。為什麼這些人每次都能搶到旁聽席？御子柴心想，多半是派工讀生提早前來排隊吧。與過去不同之處，是今天的媒體記者比例大幅增加。

理由很簡單，一定是因為上次開庭時，槙野提及了二十九年前的事件。原本只是一場「自殺或他殺」的審判，如今又多了「凶手可能是為錢殺人的慣犯」這個助燃物，媒體的關注自然會大幅攀升。這一點光是從這兩個星期以來新聞媒體對這個案子的關心程度，便可以窺知一二。

大體而言，司法記者下筆會比較謹慎，但是雜誌及電視節目的報導方式則大多是極盡煽情之能事。體育報紙*、週刊雜誌、電視評論節目都為郁美貼上了「世間罕見的惡毒婦人」的標籤，藉此增加買氣及收視率。

幸好檢察官封鎖了關於郁美的舊姓及過去經歷的訊息，目前還沒有任何一篇報導文章將二十九年前的事件與「屍體郵差」聯想在一起。但網路上如今依然有一些網站公開著園部信一郎的個人資料，甚至是追蹤著加害者家屬們的一舉一動，相信一些眼尖的好事之輩遲早會懷疑起御子柴與郁美的關係。

檢方針對被告與辯護人的關係下了封口令，是因為擔心這會被塑造成一個「感人」的故事，受到過度渲染，因而改變了整個社會對這起案子的看法。一個努力想要為母親洗刷冤屈的犯罪少年，這樣的劇本具備了「賺人熱淚」的要素，很可能會對容易被輿論牽著鼻子走的裁判員們造成影響。

不過同樣的情節，也可以從完全不同的角度來看。不管是在現實世界，還是在網路上，經常可以看見類似「殺人魔的人格特質會遺傳」的偏見。正如同前幾天氏家的說明，這樣的觀念雖然不符合現代社會的價值觀，但世界上依然有一些學者正在進行相關的研究。當然這些學者提出的假說都還存在著許多破綻，難以視為合理的學說，然而這世上向來有一定比例的人對優生學抱持認同立場，而且大多數的人都對偏見趨之若鶩。要是有人提出從家族關係能夠鎖定心理病態者或連續殺人魔，這些人肯定會拍手叫好吧。

六名裁判員在開庭之前都曾被告知「應盡可能排除社會偏見」，但他們畢竟也是凡人。要是有任何一

*日本的體育報紙雖然雖然歸類為體育報紙，但內容通常涵蓋演藝、八卦等娛樂新聞，算是八卦報紙的代名詞。

套理論能夠簡單明快地區分出「自己與殺人魔的不同」，他們想必都會欣然接受。因為沒有人會想承認自己的體內隱含著殺人魔的人格特質。

一旦抱持著「殺人魔的人格特質會遺傳」這種偏見，自然就會產生「生下了『屍體郵差』的郁美當然也具有殺人魔的人格特質」這種想法。這對辯護方可說是相當不利。

因此現階段御子柴與郁美的關係還沒有被公開，對辯護方或許也是好事一樁。嚴格說來，這得感謝檢察官及法院下了封口令。接下來的問題，就在於最後是由哪一方在什麼樣的時機點公開這個祕密。

御子柴望向旁聽席，果然梓也在裡頭。她還是一樣板著一張臉，直盯著自己瞧。板著一張臉的原因多半來自於懊惱，而懊惱的原因多半來自於「必須把郁美的命運交到御子柴的手上」。御子柴心想，妳就好好看著吧。

過了一會，槙野也入庭了。這個人雖然長相還帶著幾分稚氣，但是在法庭上卻表現得相當沉著冷靜，甚至可以說是頗為狡獪刁鑽。在第一次開庭之後，御子柴曾經查過這個人的底細，得知他在工作上深受額田順次檢察官的薰陶。額田檢察官有「別著檢察官徽章的法理學者」的美稱，槙野的邏輯推論能夠做到毫無破綻，想必是受了額田的指導吧。

槙野只是朝御子柴瞥了一眼，便迅速走到座位坐下。從他的臉上看不出任何表情，無法得知他調查當年謙造自殺的案子是否有所進展。

福岡縣警本部的友原只要查出了任何線索，一定會逐一向槙野報告。那老人雖然年事已高，卻是陰魂不散，即使拖著一把老骨頭也要查出二十九年前的真相。

但是御子柴自己前往禮乘寺的時候，並沒有查到任何蛛絲馬跡。二十九年的歲月，不僅會帶走一切有形之物，而且會奪走人的記憶。那條老狗除非運氣太好，否則不太可能叼回來什麼新的證據。

事實上當年謙造的案子，如今已成為這場審判的最大關鍵。謙造的死因到底是什麼？如果是郁美覬覦保險金而殺了他，法官及裁判員對郁美的印象當然會跌落谷底。雖說檢方找不到證據，無法證明當年是郁美殺了謙造，但只要藉此建立起郁美的負面形象，就可以達到相同的效果。因此不管有沒有證據，都對辯護方相當不利。

又過了一會，郁美也在法警的帶領下走了進來。旁聽人的視線全都集中在她的身上，讓她的表情非常僵硬，與當初會見御子柴時的表情截然不同。這種會隨著觀眾的有無而改變表情的性情，與御子柴可說是有著天壤之別。

哼，什麼來自母親的 MAO-A 基因。

就在通過御子柴的身旁時，郁美轉頭望向御子柴。那眼神帶著七分的不安，卻也帶了三分的責備，似乎還在介意御子柴稱謙造為膽小鬼。一旦坐上了被告席，就不能在臉上流露出身為母親的感情。御子柴本來打算這麼提醒她，但旋即打消了這個念頭。

被告是否殺了人，並不是重點。律師的唯一職責，是守護委託人的利益。這次的案子當然也不例外。辯護的目標並不在於確認郁美是否殺了成澤，而是在於讓法官及裁判員不判郁美有罪。

不能將私情帶到法庭上。不管郁美再怎麼哭鬧，只要不影響審判的進行，那都與自己無關。

最後，南條等三名法官及六名裁判員也走了進來。

「全體起立。」

三名法官都面無表情，但六名裁判員皆對被告席投以好奇的視線。上次開庭的時候，槙野所揭發的往事顯然引起了他們相當大的關心。四十多歲的家庭主婦甚至表現出了露骨的厭惡神情。不，不止是她。二十多歲的上班女郎，也好幾次朝郁美偷眼窺望。其他四名男性則或許是過於投入案情的關係，各自帶著驚恐之色。畢竟坐在被告席上的這個女人不僅是「屍體郵差」的母親，而且還是為了錢財謀殺親夫的慣犯，他們會產生這樣的反應，也是理所當然的事情。這些人明明站在審判他人的立場，表現出來的態度卻有如一般的凡夫俗子，令御子柴不禁微微冷笑。這幾個人根本不懂司法為何物，只因為被隨機挑上，竟然就在法庭上與法官並列而坐。這對他們來說，或許也算是一種不幸吧。既然他們完全不在乎流露出自己的感情，對御子柴的各種煽動言行及誇飾手法應該也會表現出明顯的反應。這麼容易操控的裁判員，對御子柴而言可說是求之不得。

相較之下，三名法官可就不容易對付了，尤其是擔任審判長的南條。

雖然最後的判決是採九人的合議制，但審判長的發言及立場，當然會比其他法官及裁判員更具影響力。換句話說，今天只要能夠推翻南條的心證，辯護方就有勝算。

由於這是一場爭點不多的審判，不太可能再增加開庭的次數。針對甲五號證物，也就是被視為凶器的繩索的辯論，這次也必須做個了結。

接下來是重頭戲了。御子柴在心中激勵自己打起精神。

南條一就坐，書記官再度發號施令。

「現在開庭，審理平成二十七年（WA）第七三二號案件。檢察官，你上次提到被告過去可能曾犯下相同的犯行，但你當時說正在尋找證據，現在找到了嗎？」

「畢竟是二十九年前的案子，調查需要花不少時間。」

槙野說得有些支支吾吾。這是自首次開庭以來，槙野第一次以這樣的方式說話。御子柴心想，果然不出自己所料，友原的調查沒有任何進展。

「這麼說來，你還沒有辦法證明？」

「還需要一些時間。」

御子柴心想機不可失，現在正是將這個最危險要素從這場審判中剔除的大好機會。

「審判長。」

「辯護人，有什麼事？」

「檢方似乎想要為了二十九年前的案子而延長本案的審理時間，辯護人在此提出異議。」

「你有什麼見解，請說。」

「檢方所提的二十九年前的案子，指的是昭和六十一年九月十四日，被告的前夫被發現上吊自殺的案子。我們都很清楚，不管是比照平成十六年十二月改正的《刑事訴訟法》，還是比照平成二十二年改正的《刑事訴訟法》，就算這起案子真的適用殺人罪，也已經過了追訴期，因此對目前審理中的案子不應該造成任何影響。」

「審判長，我不同意。」

槙野立即舉手說道：

「辯護人曲解了檢方的主張。檢方並非打算將被告過去的罪責納入本案中一併計算，只是想要論證被告的犯罪傾向。」

「不，審判長。二十九年前的案子，應該從本案的審理中排除。」御子柴說道。

「辯護人，請說明你的理由。」

「殺一個人頂多判處徒刑，殺兩個人就有可能判處死刑，這是法律界眾所皆知的『永山基準』。何況在三十年前，當時的被告因為親人犯罪的關係，整個家庭不僅在社會上受到譴責與抨擊，而且還必須支付受害者家屬高額的賠償金，可說是處於極大的困境之中。」

御子柴的這番話，讓眾法官及槙野全都臉色一變。沒有人預料到當年的「屍體郵差」竟然會主動提及自己的案子。

當然御子柴並沒有說出那幾個關鍵的名詞，因此旁聽人多半沒有察覺他指的就是「屍體郵差」的案子。想要讓自己的論述只有法官、裁判員及槙野理解，這可說是唯一的表達方式。

「加害者的家人往往會在社會上受到無情排擠，這是眾所皆知的事情。即使是在昭和六十一年，甚至是更早的年代，這都是存在的現象。不僅如此，而且當時這對夫妻還必須支付即使工作一輩子也無法清償的高額賠償金，其生活的窘迫與困頓可想而知。檢方所提的二十九年前的案子，就是發生在這樣的環境局勢之下。因此就算檢方能夠證明當年被告的犯行，也不該以此作為認定被告犯罪傾向的證據。」

御子柴目不轉睛地望著南條。在今天開庭之前，御子柴事先讀過了南條過去所寫的所有判決文，推測南條在判案上依然是依循著「永山基準」。因此御子柴的這番話，可說是以南條為主要的訴求對象。

「剛剛檢察官也說了，檢方不打算將被告過去的罪責納入本案中一併計算。這不是理所當然的事情嗎？像我剛剛所說的，本案不僅不應該以二十九年前的案子來追究被告的罪責，而且不應該以任何的形式提出來。況且二十九年前的案子早就以自殺結案，檢方只基於寥寥數個共通點，就刻意在審理過程中提出，這完全只是想要詆毀被告的形象。」

「審判長！」

槙野再度舉手說道：

「辯護人的主張，只是他個人的臆測……」

「檢察官，那麼我請問你，你是否認為在二十九年前的案子徹底釐清真相之前，現在的案子不應該結案？」

在法庭上要進行反駁，原則上必須獲得審判長的允諾，御子柴的行為可說是有些越矩。但由於這個問題牽涉到法院及法官的利益，御子柴推測南條不會追究。

果不其然，南條並沒有制止御子柴繼續說下去。

「雖然說欲速則不達，但毫無意義地拖長審理時間，只是徒然耗損經費及參與審理者的勞力，更會讓被告陷入身心俱疲的狀態。這兩起案子，打從一開始就互不相關。」

南條聽完了御子柴的論述，與右陪審平沼、左陪審三反園交談了兩句話。南條似乎並非想要徵詢兩人的意見，而是想要確認自己的判斷是否適當。

過了一會，南條轉頭對槙野說道：

「檢察官，關於二十九年前的案子的部分，必須從紀錄中刪除。」

「但是，審判長……」

「辯護人，你既然主張不應該拖長審理時間，對於你之前提出不同意的甲五號證物，你今天是否能提出反證？」南條朝御子柴問道。

言下之意，是要以此作為交換條件。南條向來自詡為中立、公正的法官，這樣的做法確實很符合他的風格。

「沒有問題。」御子柴回答。

南條一聽，微微睜大了雙眼。

「我將會搭配事前提出申請的證人，針對繩索的部分提出反證。」

南條詫異地低頭望向手邊的資料，說道：

「你指的是第一名證人氏家？」

「我可以開始了嗎？」

「請。」

「那麼，請將證人帶進來。」

法警接到指示，打開了法庭的大門。氏家走了進來，背後還跟著五名員工，身上各自扛著大大小小的器具。不僅是旁聽人，就連法官們及槙野也看得目瞪口呆。

「辯護人，這是怎麼回事？」

「我現在要進行甲五號證物的反證。首先，請進行人別詢問。啊，請你們趁現在把裝置組裝完成。」

「……證人請上證人臺。」

氏家似乎並不是第一次在法庭上作證，他顯得落落大方，在朗讀宣誓書時一點也不緊張。宣誓書上早已簽名蓋章，接下來與御子柴的問答也早已事先練習過。

「證人，請說出你的姓名及職業。」

「氏家京太郎，三十二歲，在湯島經營一家民營研究機構，名稱是『氏家鑑定中心』。」

「什麼樣的研究機構？」

「跟警察組織中的科學搜查研究所大致相同，做的是鑑定工作，過去曾經數次提供鑑定結果給東京地檢廳，應該可以查得到紀錄。」

「你在本案中提供了什麼樣的鑑定？」

「這次不是鑑定，而是驗證。我驗證了甲五號證的繩索是否能用來達成檢方所推斷的殺人手法。」

在兩人一問一答的過程中，氏家的員工們迅速依照指示書組合起一根根的建材。除了御子柴及氏家之外的所有人都看傻了眼。

「審判長！這是侮辱法庭的行為。」

槙野舉手抗議。但他的神情依然游刃有餘。

「在法庭裡搭建這種東西，實在是太荒謬了，請立刻下令停止這場鬧劇。」

「辯護人，你能說明你現在在做什麼嗎？」

「不如讓證人來說明吧。證人，組合這個東西的理由是什麼？」

「為了進行實驗。」

氏家說得輕描淡寫。

轉眼之間，員工們已利用兩根橫木及兩根柱子搭建起了一座門框。兩根柱子牢牢固定在底座上。

「這個裝置相當於遺體發現地點的部分建築結構，在各種條件上都與垂吊死者的門框橫木幾乎完全一致。原本最精確的做法，應該是將現場的結構體直接拆下搬過來，但是在建築的結構上不可能將橫木取走，因此我們使用了老朽程度相同的木材，材質同樣都是扁柏。當然屋頂的重量及牆壁的壓力也完全重現建築物的狀況。我現在發下規格書，詳細的結構及規格都寫在上頭。」

氏家從公事包中取出數份規格書，轉交法警分發給眾法官及槙野。

「不過唯獨裝設吊式滑輪的部分，是直接將現場的橫木切割下來使用。這個部分如果不使用現場的結構體，恐怕會降低這個實驗的可信度。」

御子柴不忘補充說明：

「當然從現場取走任何東西，都事先經過建築物的繼承人，也就是被告的同意。」

南條看完了規格書，無奈地點了點頭。他當然非同意不可。這個裝置可是氏家跑遍了各地的建材業者及回收業者才湊齊材料，不論材質還是強度都與真正的成澤家完全一樣。套一句氏家的說法，如果法官還不滿意，就只能使用真正的成澤家來做實驗了。

原本提出抗議的槙野讀了規格書之後，也沉默了好一會。從他的表情，可看出他也感受到了這是一場相當嚴謹的實驗。但他似乎不願意遭奪走主導權，因此又舉手說道：

「審判長，這樣的做法是在侮辱法庭。在法庭內進行上吊實驗？這根本是瘋了。」

「審判長。」

「辯護人，請說。」

「檢方的起訴內容，是由唯一的物證配上許多的間接證據所組成。說得更明白一點，絕大部分的內容都只是檢方的臆測。雖然我們不可能親眼目睹犯案的過程，但我們可以在最嚴謹的條件下進行實驗。這樣的實驗結果，應該與檢方所提出的證物有著相同程度的證據力。倘若檢察官的主張是正確的，實驗的結果也必定會符合檢察官的推論。」

槙野聽御子柴最後一說，再度啞口無言。如果反駁御子柴的這番言論，等於是質疑自己的主張。

「檢察官，你要再度提出異議嗎？」

「不用了。」

槙野說完這句話之後，嘴角不由得微微下垂。

他似乎已經發現了。將大型器材道具搬進法庭內進行實驗的手法，從前御子柴在跟額田對決時也曾經用過。這次槙野與御子柴的對決，槙野想必接受了額田的諸多建議，但他恐怕沒有預料到，御子柴竟然會依樣畫葫蘆，再度使出相同的手法。

此時南條與槙野都已不再提出質疑。旁聽席上的圍觀者，每一個都露出了充滿好奇與期待的興奮表情。御子柴在排除了阻礙之後，將實驗的主導權交給氏家。

「證人，請你在實驗的過程中，盡可能加入說明。」

「好的。」

氏家從公事包中取出一條繩索，拿在手裡高高舉起，讓法庭內的所有人清楚看見。

「檢察官所提出的甲五號證物的繩索，是一條直徑約十六公釐的麻繩，是由『日本繩索股份有限公司』所製造及販售的商品。我手上這條麻繩，是完全相同的商品，而且為了增加精確度，這條麻繩浸泡過藥水，強度已經調整至與甲五號證物完全相同。另外……」

氏家一邊說明，一邊指著裝置上的橫木說道：

「根據檢方的主張，吊式滑輪是裝設在上方的橫木上。裝設吊式滑輪的部分，我們直接從現場取來，自兩側夾住固定。而檢方所認定被告在犯案中使用的吊式滑輪，是『安田電工』的商品，型號是M-223，我們這邊也使用了完全相同的商品。」

說完這段話之後，氏家站上事先準備好的梯子，將吊式滑輪裝設在上方的橫木上。

「所謂的吊式滑輪，顧名思義，就是只要能夠將滑輪吊起來，就能夠使用在任何地點的簡易滑輪。裝設的方法也很簡單，只要準備一個能夠勾住滑輪吊鉤的零件就行了。現場的橫木上所殘留的裝設痕跡，其實是裝設支撐滑輪的零件的痕跡。」

氏家再度舉起一隻手，這次他的指尖捏著一根帶有光澤的小東西。那是一根頭部成環狀的小螺絲釘。

「這個零件叫做吊環螺絲，在一般的五金行都買得到。實際上犯案所使用的零件是不是這種吊環螺絲，我們無從求證，但這個零件的用途只是用來勾住滑輪，所以頭部的形狀並不重要，重要的是零件的粗細及長度。現場的橫木上所殘留的裝設痕跡，是一個深三十二公釐，直徑四公釐的小孔，剛好符合這個吊環螺絲的尺寸。」

氏家將吊環螺絲轉入位在橫木中央位置的孔內，直到螺旋的部位全部沒入橫木內。接著他將吊式滑輪的吊鉤勾在吊環螺絲的圓環上。

「裝上去之後，就完成了這個舞臺裝置。」

氏家的口氣，簡直像在進行著一場街頭表演。通常在法庭上以這樣的口氣說話，必定會引來責備，但審判長南條正看得全神貫注，其他人也沒有多說什麼。

「接下來要做的事，就是將繩索穿過滑輪，然後將人吊起來……抱歉，請問現場有沒有體重接近五十九公斤的人？」

氏家朝著法庭內的所有人問道。每個人都忍不住朝著其他人的身體窺望。半晌之後，有一個人心不甘情不願地舉起了手。

竟然是槙野。

「我的體重差不多五十九公斤。」

「能不能請你協助我們的實驗？根據資料顯示，死者的體重為五十九・四公斤，跟你非常接近。」

「你們要把我吊起來？」

「請放心，我們會架設安全網。剛好你是檢察官，如果想要證明你的主張沒有錯，現在正是最好的機會。」

氏家不僅表現得落落大方，而且口才好到當研究人員實在太可惜了。槙野聽到這事關檢方的利益，當然也不好拒絕，只見他的眉毛微微抽搐，半晌後無奈地點了點頭。

「為了追求精確性，我們還要先做一件事。」

氏家這個人做事的周到程度，連御子柴也不禁咋舌。他從公事包內取出一臺電子體重計，要求槙野站上去。

「嗯，五十九・一公斤，還差了三百公克。」

接著氏家從公事包內取出砝碼。

「請把這個放進口袋裡。」

再一次量秤，體重計上頭顯示正好五十九・四公斤。

「ＯＫ，接下來請恕我失禮了。」

氏家將繩索的一端繞成環狀，環的大小是人的頭部可以輕易穿過的程度，他將結緊緊打死，使環的大小不再變化。接著他將繩環交到槙野的手上，要槙野握好，然後將繩索的另一端纏繞在橫木上。

「第一個實驗，我們嘗試讓身體正常地垂吊在橫木下方。也就是說，我們先不考慮謀殺，假裝這是一場單純的自殺。檢察官，麻煩你現在上吊看看。」

槙野故意誇張地重重嘆了一口氣，跨到梯子上，緊緊抓牢在半空中搖晃的繩環，套在脖子上。

「請踢掉梯子。」

槙野將雙手手掌伸進繩環與脖子之間，一腳踢開梯子。他的身體開始前後搖晃，橫木與柱子卻是紋風不動。接著槙野的身體逐漸停止晃動，橫木還是沒有任何變化。

「好，可以了。現在證明了橫木可以承受體重五十九・四公斤的人垂吊在下方。接下來我們將進行第二場實驗。」

「還要實驗什麼？現在不是已經證明橫木跟繩索的強度都相當足夠了嗎？」

「請再忍耐一下，馬上就結束了。」

接著氏家將繩索從橫木上解下來，接著將前端穿過吊式滑輪，以雙手緊緊抓住。

「第二個實驗，我們嘗試使用滑輪，將身體吊起來。檢察官先生，請你將繩環套在脖子，然後平躺在地上不要動。」

槙野雖然嘴裡嘀咕，還是按照指示將手掌伸進繩環裡，筆直地躺在地上不動。地板上有一塊小小的墊子，那似乎就是氏家口中所稱的「安全網」。

「好，我要拉了。」

氏家一說完這句話，立刻開始拉動繩索。槙野的身體被拉動，逐漸向上浮起。

就在眾人以為這次的實驗也會成功的瞬間……吊式滑輪陡然脫落，槙野整個人跌回墊子上。

噹！

滑輪掉在地板上，發出了輕脆聲響。滑輪的前端吊鉤處，還連著鬆脫的吊環螺絲。

經過一陣短暫的沉默之後，旁聽席上的眾人開始交頭接耳。

「肅靜！」

南條一聲令下，法庭內再度恢復寂靜。槙野有些著惱，他看了看脖子上的繩索，又看了看掉在地板上的滑輪，朝氏家抗議道：

「這是怎麼一回事？」

「顯然橫木無法支撐檢察官的體重。」

「剛剛吊起我的身體，不是完全沒問題嗎？這次為什麼會連螺絲一起掉下來？」

「剛剛橫木能夠支撐你的體重，是因為你的體重所形成的荷重擴散在整根橫木上。」

氏家將滑輪連著吊環螺絲一同撿起。螺絲的上頭附著不少木屑。

「但是大家應該很清楚，一棟超過二十年的木造房子，任何部位的木材都會出現老朽的現象。一旦像剛剛那樣，荷重集中在一個小點上，鎖在木材上的零件就會因為無法承受重量而脫落。這是打從一開始就可以預期的結果。」

槙野整個人傻住了。御子柴以眼角餘光看著他，接著氏家的話繼續說道：

「審判長，正如同你所看到的，按照檢方所主張的方法，根本沒有辦法把一個人吊起來。更何況被告是個上了年紀的婦人，不可能獨力吊起一個體重將近六十公斤而且失去了意識的男人。」

「抗議！」

「檢察官，請說。」

「剛剛的實驗只是一場騙局。雖然橫木已經老朽，但是被告在犯案的時候，或許螺絲剛好能夠勉強支撐起了死者的身體，我們不能完全排除這個可能性。何況死亡現場的橫木上頭，確實有裝設了螺絲的痕跡。還有，甲五號證物的繩索上頭，我們採驗到了被告的皮膚碎片，而且位置還是在繩結的內側，這些都足以證明被告曾經握著繩索將死者吊起來，但是辯護人卻刻意不提及。」

「針對這一點，我可以進行反證。」

「辯護人，請說。」

「被告的皮膚碎片，並不是在事件發生的當下附著上去的。」

槙野一時驚訝得合不攏嘴。這是他第一次在法庭上露出這種喪失戰意的表情。

「我透過法院委託警視廳科搜研，對甲五號證的繩索進行了再次鑑定。這跟檢方當初所委託的鑑定單位是一樣的。鑑定結果就是我事前提出的辯八號證。」

「這鑑定的是甲五號證的成分分析……？」

「組成這條繩索的成分，絕大部分都是麻的纖維，但此外也分析出了微量的木屑。」

「應該是將繩索綁在橫木上時，繩索磨下了一些木屑吧。」

「不，審判長。橫木的材質是扁柏，但從繩索分析出的是山毛櫸的木屑。」

「……原來如此。」

「第二頁是針對這些山毛櫸木屑的詳細成分分析，可看出這木屑浸泡過雜酚油（Creosote oil）。」

「雜酚油？」

「那是一種木材防腐劑。成澤的宅邸內，有著大量浸泡了雜酚油的山毛櫸木材。」

「怎麼會有那種東西？」

「那就是園藝用的枕木。死者的興趣是園藝，附著在繩索上木屑正是來自園藝用的枕木。審判長，現在我想請被告上證人臺，進行簡短的詢問。」

南條猶豫了一下，但他或許是認為這不至於阻礙審理流程，因此便答應了。

「被告請上證人臺。」

或許是因為事態的變化太大，郁美在登上證人臺時，臉上帶著摸不著頭緒的表情。

「請問被告，當初妳在接受警方訊問時，曾表示在發現成澤的遺體之後，從來不曾觸摸過繩索，是嗎？」

「是的。」

「但其實妳在發現遺體之前，曾經觸摸過那條繩索。請妳仔細回想看看，在成澤死亡的兩天前，妳是不是曾經和他一起做過什麼事？」

「啊……」

郁美瞬間恍然大悟。

「我想起來了，我曾經和他一起把不要的枕木搬到垃圾收集場。」

「當時你們如何搬運枕木？」

「我們把好幾根枕木用繩索綁在一起。」

「這法庭內有沒有什麼東西，類似你們當初使用的繩索？如果有的話，請妳指出來。」
郁美伸手指向實驗用的麻繩。
「當初綁枕木的人是成澤，還是妳？」
「是我。他說他扶著枕木，叫我拿繩索綁緊。」
「這應該需要相當大的力氣，妳是不是感覺手掌快要磨破皮了？」
「他一直叫我再綁緊一點，說了好幾次。綁完之後，我感覺手掌好痛。」
「審判長！辯護人刻意誘導被告的證詞。」
槙野的聲音幾乎接近哀嚎。這種程度的反擊當然毫無意義。南條歪著頭說道：
「在我聽來不太像是刻意誘導，抗議駁回。辯護人，請繼續說。」
從南條這句話，亦可看出法庭內的氣氛有了戲劇性的變化。原本旁聽人都視郁美為蛇蠍婦人，如今卻都像是在看著一個遭到冤枉的無辜婦人。
「以上就是針對甲五號證的疑點。此外，橫木上的吊式滑輪裝設痕跡，很有可能是遭人刻意偽造。根據鑑識報告書內的說明，螺絲的螺紋並沒有磨耗的跡象，對比剛剛的實驗結果，可知滑輪及螺絲雖然曾經一度裝上去，但很可能從來不曾使用過。換句話說，死者應該不是遭到殺害後偽裝成自殺，而是真正的自殺。繩索上的被告皮膚碎片，以及橫木上的滑輪裝設痕跡，顯然都是遭人刻意安排的假象。由於居住在成澤家裡的人，除了被告之外就只有成澤，顯然布置下這些謀殺假象的人物，就是成澤自己。這乍聽之下相當矛盾，但由此推導出的結論卻相當單純。成澤在自殺的同時，故意將現場布置成遭到殺害的樣子，為的就是誣陷被告為殺人凶手，令她蒙受不白之冤。」

「辯護人，你的主張確實在許多環節都說得通，問題是死者為什麼要刻意誣陷被告？他的動機是什麼？」

「關於這一點，我想透過另外一名證人來說明。審判長，請允許我詢問第二名證人。」

「請。」

進入法庭的第二名證人是小曾根亮司。

「證人，請說出你的姓名及職業。」

完成了人別詢問，朗讀完宣誓書之後，小曾根說出自己跟成澤都是三軒茶屋隨機殺人案的受害者家屬。包含南條在內，所有的法官及裁判員聽了都相當驚愕。

「成澤曾經和你一起喝酒，當他說完了關於亡妻的回憶之後，他又說了些什麼話？」

「他開始咒罵凶手町田。他說只要一想到町田，總是會流下不甘心的眼淚。」

「此外他還說了些什麼？」

「他說既然一毛錢都拿不到，他寧願不要參與訴訟，把恨意好好囤積下來，才不會讓老婆死得毫無價值。」

「謝謝你。」

小曾根的這番證詞，顯然已徹底改變了法官及裁判員心中對成澤這個人的印象。再加上剛剛證明的偽裝謀殺，如今眾人心中認定的加害者與受害者已完全對調了過來。

南條對槙野說話的口氣似乎帶了三分同情，這當然也不會是錯覺。

「檢察官，你是否要進行反方詢問？」

「我不打算進行反方詢問，但我要提出抗議。」

槙野的聲音已少了原本的霸氣。看來剛剛的實驗及小曾根的證詞對他造成了相當大的打擊。

「方才辯護人主張本案的審理不應該涉及過去的案子，如今卻傳喚這名證人，這不是與他剛剛的主張背道而馳嗎？本案與三軒茶屋隨機殺人案並沒有任何關聯性。」

「審判長。」

「辯護人，請說。」

「本案與三軒茶屋隨機殺人案是完全不相同的兩件案子，這點檢察官說得確實沒錯。但是另一方面，我能夠證明三軒茶屋隨機殺人案與本案有著相當大的關聯性。為了證明這一點，我想要請剛剛的證人氏家再度上證人臺。」

「好。」

「氏家先生，請你再上來一次。」

氏家原本站在法庭的角落，臉上帶著一副無事可做的表情。他聽到呼喚，再度踏上了證人臺。

「我在今天開庭之前，已事先提交了辯九號證。請在聆聽證詞的同時，參照這份文件。」御子柴說道。

所謂的辯九號證，就是當初氏家交給御子柴的網站瀏覽紀錄。南條帶著些許不安的神情，小心翼翼地看著那份瀏覽紀錄，說道：

「辯護人，這是網路的瀏覽紀錄，是嗎？誰的瀏覽紀錄？」

「我想請證人來回答這個問題。證人，這是我請你分析電腦資料後取得的瀏覽紀錄，是嗎？」

「是的，沒有錯。」

「你分析的是誰的電腦？」

「成澤拓馬的電腦。那是一臺設定了密碼的電腦。」

「這麼說來，你是先解開了密碼，接著才分析出瀏覽紀錄？為什麼你能夠解開密碼？密碼很好猜嗎？」

「很好猜。密碼就是『SAKIKO』，那是成澤拓馬的過世妻子的名字英文拼法。像這樣的密碼設定相當常見，我猜了三次就猜到了。看來他真的很愛那個過世的妻子。」

「審判長，證人說的是他自己的主觀感想。」槙野說道。

「證人，請你就事實回答即可。」

「審判長，這不是我自己的主觀感想，而是我在分析過許多電腦之後得到的結論。因此這不是我的個人看法，而是客觀的傾向分析。」

氏家以委婉的語氣反咬了槙野一口。槙野惡狠狠地瞪了氏家一眼。

「證人，謝謝你。」御子柴說道。

接下來又輪到自己上場了。御子柴深吸一口氣，投下了最後一顆炸彈。

「這是死者過去一年的網站瀏覽紀錄。在這一年之中，死者只瀏覽了十八個網站。抗老化知識、看護機構介紹、一般園藝介紹、以中高齡人士為對象的相親活動網站……從死者的年齡來看，瀏覽這些網站都很合情合理。但在這些網站之中，有兩個網站的性質特別不同。其中一個網站名叫『少年犯罪網』，另外一個網站名叫『把加害者家屬找出來』。由於時間有限，我在這裡並不介紹這兩個網站的所有內容，只挑出一些特別值得注意的頁面。首先是『把加害者家屬找出來』這個網站，正如同網站名稱，這個網站的目的在於追蹤一些震驚社會的重大刑案的加害者家屬下落。大部分的重大刑案，凶手都已入獄服刑，因此凶手的家人往往成為社會大眾攻擊中傷的對象。在這個網站的第八個頁面，公開了本案被告的姓名及相貌。上頭寫著兩個姓氏，一個是被告的舊姓蔦田，另一個則是被告前一段婚姻的夫姓園部。」

數名裁判員面露詫異之色，愣愣地看著御子柴的臉。一部分的旁聽席上也傳來了騷動聲。

「接著請看『少年犯罪網』的第九頁。上頭公開了一名少年的臉部特寫照片及簡單的個人履歷，這名少年就是當年以『屍體郵差』的別稱聞名全國的園部信一郎，他是被告的兒子。」

南條等眾法官、裁判員及槙野都露出了難以置信的表情。雖然他們早已知道御子柴與郁美的關係，但完全沒想到當事人會直接了當地說出口。

連南條等人都感到震驚不已，原本毫不知情的旁聽人當然更不用說。一名急性子的記者忽然起身奔出了法庭，手裡還抓著剛剛寫的筆記。

「清單上的瀏覽紀錄並沒有按照順序排列，但成澤的瀏覽行為當然有先後的順序。若從時間的先後順序來看，他先瀏覽的是『把加害者家屬找出來』的園部郁美頁面，接著瀏覽的是『少年犯罪網』的園部信一郎頁面，接著是『TREASURE』出版社的相親聚會廣告頁面，最後又回到『把加害者家屬找出來』的頁面。另外再配上剛剛小曾根的證詞，以及再婚後依然在房間裡擺著前妻照片的做法，不難想像成澤是一個相當固執己見，喜歡鑽牛角尖的人物。」

法庭內一時鴉雀無聲，連咳嗽聲也聽不見。整個場面完全受到御子柴的操控，就連槙野的視線也沒有辦法從御子柴的嘴唇上移開。

「雖然成澤已經過世，我們無從求證他的真正想法，但在某種程度上還是可以推測得出來。深愛著妻子的成澤，想必對於因《刑法》第三十九條而獲不起訴處分的町田懷抱著強烈的恨意。但町田本人不曉得收容在哪一間醫療機構裡，原本應該支付賠償金的雙親也失蹤了，成澤只能將怨念與憎恨囤積在心中。為了讓憎恨的情緒找到宣洩的出口，他開始上網搜尋過去的隨機傷人事件的紀錄，以及毀謗中傷加害者家屬的網站。後來他參加了由『TREASURE』出版社舉辦的中高齡人士相親聚會活動。剛開始的時候，他或許是真的想要找一個續絃的伴侶。但是在聚會活動的會場上，他遇見了被告。這個女人是誰？為什麼這麼眼熟？自己到底是在哪裡見過她？對了，是在那個『把加害者家屬找出來』的網頁上。成澤回到家中之後立刻上網確認，果然長相和名字都沒有錯，那個女人正是當年震驚社會的少年犯『屍體郵差』的母親。心中懷抱著滿腔怨恨的成澤，在得知這件事情後，會採取什麼樣的行動？我們都知道成澤後來主動接近被告，向被告求婚。從本案中的蓄意誣陷行為來看，不難想像成澤求婚的動機並不是愛情，而是一種替代性的復仇行為。」

御子柴在前幾次開庭中並沒有公開自己與郁美的關係，其實正是為了在這一刻發揮最大的效果。

對亡妻的思念逐漸扭曲變形，轉化為對逍遙法外的犯罪者家人的怨恨。這樣的推論要能夠成立，有一個前提，那就是憤怒的能量必須足夠強大。替代性復仇行為的對象如果是惡名昭彰的「屍體郵差」的家人，說服力當然就會大增。

「成澤當時已經七十五歲了，他或許打算利用所剩不多的餘生，對犯罪者的家人進行報復。我們無法求證他這麼做是基於私怨還是正義感使然，但我們可以清楚推測出他所採取的行動。在自殺的前兩天，他故意要求被告協助丟棄不要的木材，讓被告緊握繩索，在上頭留下皮膚碎片。接著他就把繩索藏起來，直到自殺的那天才取出。在預定作為自殺地點的起居室裡，他偷偷將吊式滑輪裝設在橫木的上方再取下，留下裝設過的痕跡。在自殺的當天，他以自己的電腦打出了一封遺書，簽名的部分故意使用複寫紙寫上去。他早就算準了，這樣的一封遺書必定會引來懷疑。舞臺布置完畢之後，他故意喝下大量的酒，讓自己酩酊大醉，最後在橫木的下方上吊自殺。他相信自己灑下的這些誘餌，一定能夠吸引警察上鉤。恐怕他在斷氣之後，靈魂依然笑嘻嘻地看著被告揹負殺人的不白之冤吧。」

御子柴結束了這一大段論述，法庭內的所有人都像凍結了一般。御子柴旁邊的郁美將這些話聽得一清二楚，此時臉上已慘無血色。

「抗議！」

槙野以沙啞的聲音說：

「以上這些都只是辯護人的臆測，我要求從紀錄中刪除。」

「審判長。」

「辯護人，請說。」

南條的聲音也有些沙啞。

「檢察官說這些都是我的臆測，我並不否認。就像我在一開頭所說的，成澤已經過世，我們無從求證他的真正想法。但如果臆測的內容符合大多數人的心態，那就不是臆測，而是常識了。」

「辯護人，我不太懂你的意思……」

「說得明白一點，檢察官。不論於公於私，你是否曾經憎恨過那些逃過法律制裁的大惡棍？如果你曾有那麼一瞬間，認為應該要將你眼前這個當年的『屍體郵差』從世界上抹除掉，那麼你也跟成澤是同類。」

槙野整個人僵住了，坐在座位上有如雕像一般。

這正是御子柴的最後一顆炸彈。簡潔有力的一段話，讓所有人認同了成澤的動機。

一陣沉默之後，南條輕咳一聲，問道：

「檢察官，是否有其他異議？或者你要進行反方詢問？」

「……不必了。」

「審理到此全部結束，下一次將在十一月二十六日進行最終辯論，閉庭。」

南條一站起來，神情呆滯的平沼與三反園也跟著起身。六名裁判員也都像失了魂一樣，陸續起身走了出去。

驀然間，旁聽席上一陣譁然，有如被人打了一棍的蜂窩。多名記者興奮得脹紅了臉，爭先恐後地奔向出口。現在立刻回報消息，或許還趕得上今天的晚報，或是電視臺的午間新聞。

槙野慢吞吞地把桌上的資料放進公事包裡，朝御子柴瞥了一眼，有氣無力地走向門口。

法庭裡只剩下御子柴、郁美、法警，以及旁聽席上的梓。

這場訴訟，御子柴已有十足的勝算。最終辯論只像是例行公事罷了。剛剛雖然在論述上花了千言萬語，但那不過都是些說明的詞句。唯一的重點，就只是讓甲五號證喪失證據力。只要能做到這一點，基於無罪推定原則，郁美絕對不會被判刑。

但是御子柴完全感受不到勝利的喜悅。

不管是逃過了刑罰的郁美，還是救回了母親的梓，看著御子柴的表情都有如殘兵敗將。

說到底……

這真的能稱為勝利嗎？

4

十一月二十六日。

最終辯論正如同御子柴的預期，就只是例行公事而已。御子柴依然強調被告無罪，槙野也維持著原本的主張。但是任何人都看得出來，檢察官的話鋒已少了當初的氣勢。或許槙野心裡正在想著如果時間能夠倒轉，好想把這個案子改成不起訴處分。

除了檢察官的自尊嚴重受挫之外，南條在面對郁美時的眼神也轉變為同情。種種的跡象，都顯示著大局已定。

「被告，接下來是最終陳述，妳還有什麼想說的話？」

郁美畏畏縮縮地站了起來。雖然審理的時間並不長，但大家都認為被告的心裡一定有些感想。不管是法官還是旁聽人，都在屏息等待著遭到冤枉的被告會說出什麼樣的話來。

然而郁美卻違背了眾人的期待，只說了一句：

「沒有。」

南條露出了期待落空的表情，但他馬上就恢復了平常心，對著眾人說道：

「本案將在十二月十日結審，閉庭。」

旁聽人也都看得出來這場審判的勝負已定。如果可以的話，他們一定很想拿攝影機對準御子柴及郁美，朝著他們遞出麥克風吧。可惜法庭內不能攝影也不能錄音。唯有法庭畫家能夠透過畫筆傳達法庭內的狀況，但今天的法庭畫家並沒有高明到能夠描繪出這一天絲毫沒有緊張感的氛圍。

「母子兩人都是殺人魔」的聳動標題成了泡影，取而代之的是「犯罪少年挺身為母親辯護」的美好故事已然成形。女性週刊雜誌的讀者想必會非常喜歡這樣的故事，可惜相較於「母子都是殺人魔」還是在氣勢上弱了一大截。這樣的結果雖然不能說是雷聲大雨點小，但畢竟聳動的程度不如當初的預期，導致各媒體報社之間竟瀰漫著一股沮喪的氛圍。

眾人紛紛離去，法庭內只剩下親子三人及一名法警。

「媽媽。」

坐在旁聽席上的梓首先發聲。

「妳一定能夠無罪開釋吧？如果媽媽不反對的話，我想再跟妳一起生活。」

「說這些還太早了，判決都還沒有出來呢。」

「繼續糾纏下去也只是丟更多臉而已，檢察官絕對不會愚蠢到想要上訴。律師先生，你說對吧？」

「到處都有愚蠢之輩，檢察官也不例外。」

「你的尖酸刻薄一點也沒變。」

事實上梓的毒辣舌鋒也沒變過，但今天她的心情特別好，所以說起話來也溫和得多。

「算了，不跟你計較，你的表現確實符合我們的期待。當初說好勝訴報酬是一千萬圓，對吧？但這筆錢可得等到媽媽的遺產繼承手續完成之後才能給你。」

「年底之前必須支付完畢，不然我會加算利息。」

「……真是的。」

梓拋下這句話後走了出去。

郁美忽然開始左顧右盼。確認法庭之內包含自己只剩三個人之後，她朝著御子柴說道：

「信一郎。」

「我是御子柴。」

「我有話要告訴你。」

郁美說完這句話，轉頭對著法警說道：

「呃，刑務官先生。」

「請問你貴姓？」

「我是法警。」

「我姓室井。」

「真是不好意思，室井先生。我有話想要跟律師說，能請你離席五分鐘嗎？」

「不行，在法院做出判決之前，妳依然是被告的身分。」

「要不然請你向後轉，摀住自己的耳朵。」

「可是……」

「你應該也有父母跟孩子，不能通融一下嗎？」

「……只能五分鐘。」

室井於是轉過身，摀住了耳朵。郁美與御子柴正面相對。

「報酬的事，我會跟原本的委託人討論。」

「我要告訴你的是關於你父親的事。你不是一直很在意嗎？」

「一定要在這個時候嗎？」

「等到我獲判無罪之後，我想你多半不會再出現在我的面前。」

御子柴的心中確實是這麼盤算著。此時忽然被郁美說出來，一時不知該回答什麼才好。

「如今過了這麼多年，我不會要求你跟我一起生活，或是恢復親子關係。你有你的人生，我也有我的，我們的人生幾乎沒有什麼交集。」

這一句話也說到了御子柴的心坎裡。郁美一直在過著逃避過去的人生，御子柴卻是過著與過去對峙的人生。

「以後我們可能再也沒有機會說話了，所以我就老實告訴你，你爸爸當年是死在我的手裡。」

御子柴一聽到這句話，瞬間感覺全身的血液往上衝。

「妳說什麼？」

「你聽我解釋。當年你遭到逮捕之後，家裡可以說是亂成了一團。為了躲避街坊鄰居的目光，我們根本不敢隨便外出，你爸爸也丟了工作。家庭沒有了收入，已經很慘了，還得支付佐原家多達八千萬圓的賠償金。當時我跟你爸爸的存款也都花光了，再也生活不下去，你爸爸逐漸變得神經衰弱。有一天，你爸爸突然告訴我，他想要用他的身故保險金，來支付賠償金。」

御子柴想要別過頭，視線卻有如被郁美的雙眸深深吸住了。

「身故保險金只有三千萬，要拿來支付賠償金是完全不夠的，但你爸爸說，如果我們不幫忙支付一部分，你就得揹負全部的責任。你爸爸下定了決心，為了多少減輕你的負擔，這是他唯一能做的事。當時我也已經變得有些神經衰弱，聽到你爸爸這麼說，我也沒有反對。但因為我自己沒有買保險，加上還得照顧梓，所以我沒有跟你爸爸一起死。」

「妳說謊。」

「我沒有說謊。我這一輩子從來沒有忘記那一天發生的事。你爸爸親筆寫下了遺書之後，拿起我前一天買的威士忌，灌了一大堆。他說他擔心自己會臨時改變心意。還有，你爸爸和我事先商量過，他說既然要自殺，他想要趁醉得不醒人事的時候上吊，才不用承受痛苦。所以我等到你爸爸完全喝醉之後，全身脫到只剩內衣。人在死了之後，會出現大小便失禁的狀況，這是你爸爸告訴我的。接著我把繩子套在你爸爸的脖子上，繩子的另一端穿過裝在橫木上的滑輪。憑女人的力氣沒有辦法把失去意識的男人吊起來，但如果使用滑輪的話，就能夠辦得到。這是你爸爸告訴我的，滑輪也是他裝上去的。」

竟然有這種事？

謙造的做法，竟然和成澤陷害郁美的機關完全相同？

「但是男人的身體實在太重了，我用雙手勾著你爸爸的兩側腋下，費了好大的力氣才把他拖到橫木底下。接下來我做的事情，你應該都猜得到。我把你爸爸的身體吊起來之後，使盡力氣把繩子的另一端綁在橫木上。那時候我真的很害怕，你爸爸被勒住脖子的時候，突然踢了我一腳，而且看起來很痛苦的樣子。但是過了一陣子之後，你爸爸就完全不動了。我對著你爸爸的遺體，不曉得道歉了幾次。你爸爸是個非常好的人，個性溫和，說話彬彬有禮，從來不曾對我大小聲，更不曾動手打我。他的臉上總是帶著溫柔的微笑，就算是在罵我的時候，他的態度也相當溫和。只要他待在我的身邊，我就能感到非常安心。信一郎，或許你已經把你爸爸忘得一乾二淨了，但他真的是一個好人。而且他選擇自殺的原因，也不是你所說的害怕社會譴責。」

「妳說謊。」

「我沒有說謊。就算你殺了人，就算全世界的人都認為你是怪物，爸爸媽媽依然想盡了辦法要幫助你。你爸爸為了區區三千萬圓自殺，正是因為想要減少你未來的負擔。」

「妳夠了沒有！」

「你進入醫療少年院之後，媽媽從來沒有去看過你，一來老實說是因為媽媽有點怕你，二來則是因為負責指導你的稻見教官看起來是個值得信任的人。那個稻見教官曾經對媽媽說……你兒子在這裡，會像嬰兒一樣重新開始他的人生。媽媽聽到這句話，很擔心自己會干擾你重新做人，所以才決定不再來看你，讓你從此擁有全新的人生。」

「夠了，不要再說了。妳剛剛說的那些行為，是明顯的幫助自殺。妳好不容易才可望獲判無罪，別再說那種會讓妳坐牢的謊話。這輩子別再把這些謊話告訴任何人。」

「媽媽從來不曾對你說過謊話。」

「我要解除契約。從現在起，我不再是妳的辯護人。」

御子柴知道自己如果繼續聽下去，很可能會精神錯亂。

「反正接下來只是等判決而已，有沒有辯護人都一樣。獲判無罪之後，希望妳好自為之，安安分分地過完妳的餘生吧，告辭了。」

「信一郎……」

「我再告訴妳最後一次。」

御子柴頭也不回地走向門口。

「我的名字是御子柴禮司。」

法院的正門口想必已經擠滿了大量的媒體記者，御子柴決定先到律師會館避避風頭。從霞門進入日比谷公園，往鶴像噴水池的方向前進，這是御子柴早已走慣了的路線。

御子柴逐漸恢復了冷靜，同時也放慢了步伐。驀然間，御子柴看見一個頗為眼熟的女孩子，坐在噴水池邊。那女孩子一看見御子柴，立刻奔了過來。

「律師！」

津田倫子奔到御子柴的身邊，抱住了御子柴的腳。

「妳怎麼會在這種地方？」

「我打電話到事務所，洋子姊姊說你一定在這裡。她好厲害，完全沒有說錯呢。」

倫子露出了燦爛的笑容。御子柴正要提醒「小孩子不該一個人到處亂跑」，眼前突然出現了一束花。

雖說是一束，其實只是一枝包在玻璃紙裡的粉紅色蘭花，看起來相當可愛。

「這是什麼？」

「妳自己買的？」

「慶祝你搬到了新的事務所。對不起，這麼晚才給你。」

「花店的姊姊說最好送蝴蝶蘭，但是我的零用錢不夠……」

「笨蛋，小孩子不必做這種事。」

「嘿嘿嘿。」

最後一次見到倫子，已經是兩年前的事了，但御子柴清楚記得倫子的相貌。此時的倫子不僅長高了，而且說話方式也更像個大人。短短兩年的時間，小孩子竟然會有這麼大的變化。

「妳現在住在親戚家？」

「嗯，叔叔跟阿姨都對我很好，每天都問我要不要當他們的孩子。」

御子柴本來想要詢問「有沒有常跟妳媽媽見面」，但最後沒有問出口。

「倫子。」

「什麼事？」

「妳喜不喜歡妳媽媽？」

「律師，你怪怪的。」

倫子露出了些許驚訝的表情。

「這問題還需要問嗎？」

「嗯，原來如此。」

原本以為話題已經結束，倫子卻肆無忌憚地仰頭望著御子柴。

「律師，你怎麼了？」

「什麼怎麼了？」

「你的表情看起來跟平常不一樣。」

「……妳想知道理由嗎？」

「嗯！」

「這是我有生以來第一次羨慕別人。」

『連續殺人鬼青蛙男』系列

上顎被勾子勾住，懸掛於大廈十三樓的一具全裸女屍。旁邊留著一張筆跡如小孩般稚拙的犯罪聲明。這是殺人鬼「青蛙男」讓市民陷入恐怖與混亂漩渦中的第一起凶殺案……

就在警察的搜查工作遲遲無進展時，接二連三的獵奇命案發生，整個飯能市陷入一片恐慌絕望……。「青蛙男」好似故意嘲笑警察地一再犯下無秩序的慘絕人寰惡行。

結局逆轉再逆轉，第八屆『這本推理小說了不起！』令評審激辯的候選之作。

連續殺人鬼青蛙男

14.8×21cm　384 頁　定價：320 元

《連續殺人鬼青蛙男》竟然拍成電影！？

出資的大股東以資金威脅導演，硬是想要干涉其中。以人道關懷為宗旨的團體，屢次要求導演撤除某些內容。此外，還有輕率的男偶像與醜聞纏身的招牌女優，一堆頭痛的問題之外，竟還發生弔詭的命案！

負責拍片的知名導演大森，將這部電影視為導演生涯遺作，會如何面對這一連串「阻礙」？

「電影」究竟是什麼？它值得讓人賭上生命嗎？

繼音樂推理小說之後，中山七里再度超越自我，推出新類型電影推理小說。

START!

14.8×21cm　368 頁　定價：320 元

一起獵奇爆炸案的現場，只留下了四處飛散的殘破遺體，以及一張勾起眾人恐懼回憶、筆跡幼稚的犯罪聲明……。那個讓眾人陷入極度恐慌的噩夢象徵，再次從黑暗中甦醒了嗎？渡瀨、古手川這對刑警搭擋將再度挺身迎戰青蛙男的殘酷惡意。在奮力追尋真相的過程中，也逐步拼湊出那隱藏在黑霧之後的衝擊事實……。

第 8 屆『這本推理小說真厲害！』的評審熱議話題作

《連續殺人鬼青蛙男》正統續篇，再次逆襲！

連續殺人鬼青蛙男 噩夢再臨

14.8×21cm　384 頁　定價：350 元

『犬養隼人』系列

在東京深川警察署跟前，發現一具器官全被掏空的年輕女屍。自稱「傑克」的凶手寄出聲明文到電視臺，簡直像在嘲笑慌張失措的搜查本部。正當所有線索指向與器官捐贈相關的同時，該捐贈者的母親竟然行蹤不明……！搜查一課的犬養隼人，他的女兒也正準備接受器官移植手術，在刑警與父親之間擺盪，還必須鍥而不捨地追捕凶手……。究竟「傑克」是誰？目的是什麼？犬養該如何克服內心衝擊，揭開令人意外的真相！

開膛手傑克的告白

14.8×21cm　352 頁　定價：320 元

好人，一念之間就可能變成壞人！逆轉情勢的風暴一波波襲來！ 7 種顏色引出 7 則離奇案件！兇手該說是他還是他!?
這次，《開膛手傑克的告白》犬養隼人擺脫「弱掉的帥哥刑警」稱號，在他洞若觀火的偵察之下，鮮烈地挖掘出沉睡於人性深處的惡念……

七色之毒

14.8×21cm　288 頁　定價：280 元

一名罹患記憶障礙的少女，在母親陪同返家的途中遭到誘拐。歹徒留下了一張畫有「哈梅爾的吹笛人」的明信片，卻未曾索求贖金。
面對如此不尋常的綁架案，犬養隱約察覺到了兩名少女之間的關聯之處。他緊咬著僅有的線索，卻遭到歹徒猖狂的追擊——眾目睽睽之下再次發生了綁架案！就在警方大感顏面掃地之時，歹徒發出了超乎想像的犯罪聲明！歹徒的目標竟是——

哈梅爾吹笛人的誘拐

14.8×21cm　320 頁　定價：350 元

「Doctor Death」。繼承了推廣積極安樂死之傑克 ・ 凱沃基安醫師的遺志。人皆生而平等。以低廉的代價讓人獲得安詳解脫的神秘來訪者，究竟是病患的「救世主」，還是穿著白袍的「索命死神」？
當我們來到攸關生命尊嚴的岔路時，心中搖擺不定的指針，最後會在這場艱困選擇中朝向哪一方？一連串「不存在被害者」的犯罪，到底該如何予以制裁？

死亡醫生的遺產

14.8×21cm　336 頁　定價：350 元

TITLE

惡德輪舞曲

STAFF

出版　瑞昇文化事業股份有限公司
作者　中山七里
譯者　李彥樺

總編輯　郭湘齡
文字編輯　張聿雯
美術編輯　許菩真
封面設計　許菩真
排版　許菩真
製版　明宏彩色照相製版有限公司
印刷　桂林彩色印刷股份有限公司
　　　紘億彩色印刷有限公司
法律顧問　立勤國際法律事務所　黃沛聲律師

戶名　瑞昇文化事業股份有限公司
劃撥帳號　19598343
地址　新北市中和區景平路464巷2弄1-4號
電話　(02)2945-3191
傳真　(02)2945-3190
網址　www.rising-books.com.tw
Mail　deepblue@rising-books.com.tw

本版日期　2023年4月
定價　520元

國家圖書館出版品預行編目資料

惡德輪舞曲 = あくとくのロンド / 中山七里作 ; 李彥樺譯. -- 初版. -- 新北市 : 瑞昇文化事業股份有限公司, 2022.11
304面 ; 14.8 x 21 公分

ISBN 978-986-401-592-4(平裝)

861.57　111016329